Für meine Tochter Alexandra

weil sie neben ihren vielen anderen Büchern auch gerne mal einen Krimi liest.

W0294060

Uli Herzog

Frauenduft

Ein Bodensee-Oberschwaben-Krimi

Oertel+Spörer

Dieser Kriminalroman spielt an realen Schauplätzen.
Alle Personen und Handlungen sind frei erfunden.
Sollten sich dennoch Ähnlichkeiten mit lebenden oder verstorbenen Personen ergeben, so sind diese rein zufällig und nicht beabsichtigt.

© Oertel+Spörer Verlags-GmbH + Co. KG 2017

Postfach 16 42 · 72706 Reutlingen
Alle Rechte vorbehalten.

Titelbild: ©fotolia, lassedesignen
Gestaltung: PMP Agentur für Kommunikation, Reutlingen
Lektorat: Elga Lehari-Reichling
Satz: Uhl+Massopust, Aalen
Druck und Bindung: Longo AG, I-Bozen
Printed in Italy
ISBN 978-3-88627-780-3

Besuchen Sie unsere Homepage und informieren Sie sich über unser vielfältiges Verlagsprogramm:
www.oertel-spoerer.de

Ludwig Hirschberger, pensionierter Fallanalytiker der Wiener Kriminalpolizei, staunte nicht schlecht über das Angebot, das ihm da ins Haus geflattert kam: »Culturus«, ein kleiner, aber feiner Fernsehsender aus München, hatte ihn zu einer Gesprächsrunde eingeladen. Obwohl die Zuschauerzahlen dieses Senders meistens nur im fünfstelligen Bereich lagen, kannte Ludwig ihn sehr gut. Er schätzte dessen qualitativ anspruchsvolles Programm.

Besonders mochte er die Sendereihe *Ereignisse, die uns bewegten*. Und genau für eine deren Folgen war er eingeladen worden. Mit von der Partie waren Johnny Breitleder, ein Serienmörder aus Wien, der mehrere Prostituierte auf bestialische Weise getötet, der Schauspieler Emilio Ehstatt, der in einer Verfilmung Johnny Breitleder gespielt und – last, not least – Ludwig Hirschberger, der den Serienmörder damals zur Strecke gebracht hatte. Gastgeberin und Moderatorin war die reizende Elena Bingerl, die durch alle Sendungen dieser Reihe führte.

Erfreut über die Abwechslung seines Pensionistendaseins, wie man in Österreich zu sagen pflegt, nahm der gebürtige Schwabe die Einladung an. Schließlich lag München nicht allzu weit von seiner Geburtsstadt Biberach entfernt.

Zuvor aber musste er sich noch einen neuen Anzug für die Sendung kaufen. Ludwig rief Lea an, seine geschiedene Ehefrau, mit der er immer noch freundschaftlich verbunden war, und bat sie um Hilfe bei der Suche nach einem passenden Outfit. Lea hatte viel mehr Geschmack als Ludwig. Und so fuhr Ludwig mit einem nagelneuen Anzug im Gepäck mit seinem Auto nach München.

Das Fernsehstudio lag in Ismaning, nordöstlich von München. Einmal mehr erfreute er sich an den Neuerungen der Technik. Das Navi führte ihn schnurstracks an die richtige Adresse. Eigentlich war ein Navigationsgerät im Jahr 2016 ja keine Neuerung mehr, aber Ludwig legte sich immer so ziemlich als Letzter eine technische Innovation zu.

Am Nachmittag gab es eine Vorbesprechung. Ludwig war gespannt auf Breitleder, den er seit seiner Gerichtsverhandlung nicht mehr gesehen hatte, und natürlich auf Emilio Ehstatt, den berühmten Schauspieler. Auch interessierte es ihn, ob Elena Bingerl wirklich so hübsch war, wie sie auf dem Bildschirm rüberkam.

In der Tat, auch ohne Maske war die Moderatorin eine bildhübsche Person. Nur war sie noch viel zierlicher, als Ludwig sie sich vorgestellt hatte. Auch Emilio Ehstatt wirkte in seinen Filmen wesentlich größer als in Wirklichkeit.

Johnny Breitleder hätte er auf der Straße nicht wiedererkannt. Der Mann war in der Haft stark gealtert. Zwei Justizbeamte führten ihn in Handschellen in den Besprechungsraum hinein.

Ludwig erwartete, dass ihm Breitleder äußerst feindselig gegenüberstehen würde, immerhin hatte er damals im Gerichtssaal den Richter, den Staatsanwalt und Ludwig mit dem Tode bedroht. Umso mehr überraschte Ludwig die freundliche Art, mit der ihn Breitleder begrüßte.

»Na, keine Mordgedanken mehr gegen mich?«, fragte Ludwig.

»Absolut nicht, Herr Hirschberger, Sie können völlig beruhigt sein. Wissen Sie, im Nachhinein betrachtet, bin ich Ihnen sogar dankbar. Sie haben mich von einer großen Last befreit. Wer weiß, wie viele Frauen ich noch umgebracht hätte, zwanghaft umgebracht hätte, wären Sie mir nicht auf die Schliche gekommen. Glücklicherweise habe ich heute diesen Zwang nicht mehr.«

»Hat Ihnen die Sterilisation geholfen?«

»Auch, aber viel entscheidender waren die Gespräche mit dem Doktor Heubl. Der hat ganz tief in meinem Kopf diesen Dämon entfernt.«

Ob Breitleder das ernst meinte, konnte Ludwig im Augenblick natürlich nicht feststellen.

»Was, der Doktor Heubl hat Sie damals therapiert? Das wusste ich gar nicht mehr!«, reagierte er überrascht.

Dr. Gernot Heubl, der frühere forensische Psychiater beim Innenministerium, inzwischen ebenfalls pensioniert, war ein nicht nur beruflich verbundener Freund Ludwigs und hatte ihn vor allem mit seinem enormen Faktengedächtnis, dem ungeheuer raschen Tempo des Aktenstudiums, seiner Kombinationsgabe und seinen ungewöhnlichen Verhörmethoden beeindruckt.

»So meine Herren«, sagte Elena Bingerl, »ich werde Sie jetzt mal über den heutigen Abend informieren. Sie wissen, dass es sich um eine Livesendung handelt. Normalerweise hat die Sendung zwischen 50 000 und 80 000 Zuschauer, manchmal mehr, manchmal weniger. Heute Abend erwarten wir aber wesentlich mehr Zuschauer, was wir Ihnen zu verdanken haben, Herr Ehstatt.«

So einen prominenten Gast konnte Elena Bingerl normalerweise in ihrem Programm nicht begrüßen. Da der bekannte Schauspieler teilnahm, hatte sich die Presse in

Deutschland, Österreich und der Schweiz ausführlich mit dem Thema des heutigen Abends beschäftigt, weshalb mit weit mehr als 100 000 Zuschauern gerechnet wurde. Vielleicht würde sogar der bisherige Rekord von 141 500 gebrochen.

»Nach Ihrer persönlichen Begrüßung«, erklärte die Moderatorin, »wird ein kleiner Dokubeitrag über die Taten von Herrn Breitleder gesendet, damit auch die jüngeren Zuschauer wissen, worum es geht. Schließlich liegen die ersten Taten schon zwanzig Jahre zurück.«

»Aber ich möchte schon den Beitrag vorher sehen«, forderte Breitleder in durchaus höflichem Tonfall.

»Selbstverständlich«, sagte die Moderatorin.

Gemeinsam sahen sie sich die Dokumentation an und schnell kamen Ludwig wieder die Bilder der ermordeten Prostituierten in den Sinn. Außer ihm, den zuvor ermittelnden Beamten, den Entdeckern der Opfer und natürlich Johnny Breitleder hatte niemand die Leichen gesehen. Das war wohl der Grund, mutmaßte Ludwig, warum Breitleder unbedingt den Film ansehen wollte, bevor er über die Bildschirme flimmerte. Aber er konnte beruhigt sein. Der Film enthielt keinerlei Bilder der von ihm so grauenvoll zugerichteten Opfer.

Der Abend kam und die Sendung begann. Das Studio erinnerte Ludwig ein wenig an die Kultsendung des ORF, *Club 2*, die während der 70er- und 80er-Jahre ausgestrahlt worden war und in deren besten Zeiten die Popikone Nina Hagen einen denkwürdigen Auftritt hatte.

Zu Beginn der Sendung stellte Elena Bingerl die Teilnehmer vor und erklärte, in welchem Zusammenhang sie zu dem Ereignis standen. Danach wurde der Film gezeigt, ehe als Erster Johnny Breitleder zu Wort kam. Er bekannte offen und ehrlich, dass er damals gar nicht anders habe handeln können, als diese Frauen zu ermorden. Es sei wie eine innere Stimme gewesen, die ihm das befohlen habe. Anschließend schilderte Emilio Ehstatt, welche Mühe er habe aufwenden müssen, um sich in die Psyche des Täters hineinzuversetzen. Zuletzt war Ludwig an der Reihe. Er wurde als der Profiler vorgestellt, der den Serienmörder schließlich entlarvt hatte.

»Zunächst einmal«, begann Ludwig, »möchte ich betonen, dass das Wort Profiler nicht ganz richtig ist. Ich war Fallanalytiker bei der Wiener Kriminalpolizei. Profiler kommt aus den Vereinigten Staaten und bezeichnet nur einen Teil unserer Tätigkeit. Daneben muss ich darauf hinweisen, dass ich es ganz bestimmt nicht alleine war, der Herrn Breitleder zur Strecke gebracht hat. Ich war zwar der Leiter der OFA, also der Abteilung Operative Fallanalyse, aber in so einem OFA-Team arbeiten viele Spezialisten mit. Erst deren Zusammenspiel ermöglicht eine professionelle Fallanalyse.«

»Dann erzählen Sie uns einfach mal, wie Sie oder Ihr Team an den Fall herangegangen sind«, forderte ihn die Moderatorin auf.

»Zunächst hatten wir es ja nur mit den Fällen in Österreich zu tun. Man versucht, aus den Akten der Kriminalpolizei den Modus Operandi herauszufinden.«

»Stopp, das müssen Sie unseren Zuschauern erklären, was ein Modus Operandi ist.«

»Das ist die Art der Herangehensweise des Täters. Wir untersuchen die Vor-Tathandlung, die eigentliche Tathandlung und die sogenannte Nach-Tathandlung. Wenn ich jetzt im Einzelnen erklären müsste, um was es sich dabei genau handelt, würde das sicher die Sendezeit sprengen.

Ich begrenze mich daher auf das Wesentliche. Wenn dieser Modus Operandi in wesentlichen Teilen bei verschiedenen Verbrechen übereinstimmt, sprechen wir von einer Serientat und dann suchen wir nach weiteren möglichen Straftaten mit übereinstimmendem Modus Operandi.«

»Und da wurden Sie vermutlich schnell fündig«, warf die Moderatorin ein, während Johnny Breitleder und Emilio Ehstatt interessiert zuhörten.

»Ja, wir fanden Fälle in Tschechien, Ungarn, Kroatien und Deutschland. Von da an wussten wir, dass wir es mit einem international agierenden Täter zu tun hatten.«

»Wie kamen Sie drauf, dass ich in Wien wohnte?«, fragte Breitleder neugierig. »Ich hätte doch auch in Tschechien oder Deutschland zu Hause sein können!«

»Das war uns relativ schnell klar. Wir haben nämlich einen Kreis um alle Tatorte gezogen und im Zentrum dieses Kreises, ganz genau in der Mitte, lag Wien. Also vermuteten wir von Anfang an, dass Sie in Wien beheimatet sind.«

»Vermutet, aber nicht gewusst!«, beharrte der Täter.

»Da haben Sie völlig recht. Aber die Fallanalyse arbeitet auch mit Vermutungen, Hypothesen und subjektiven Wahrnehmungen. Würden wir nur nach den Fakten arbeiten, bräuchten uns ja die Polizisten nicht. Und im Gegensatz zur Kripo, die in allerhöchster Eile handelt, arbeiten wir mit dem Faktor Zeit. Die Zeit ist der Feind der Kripo, aber unser Freund.«

»Das müssen Sie mir schon näher erklären«, mischte sich der Schauspieler ein.

»Sehen Sie, Herr Ehstatt, die meisten Morde werden in den ersten 24 bis 36 Stunden nach der Tat aufgeklärt. Das heißt, während dieser Zeit läuft die Maschinerie der Kripo auf Hochtouren. Erst wenn in einem Fall eine schnelle Aufklärung nicht mehr möglich ist, wird die OFA eingeschaltet. Und wir arbeiten ohne jeglichen Zeitdruck, können Akten sehr präzise studieren, können sie mit anderen Fällen vergleichen. Wir können die Ergebnisse der Spurensicherung, der Leichenbeschauer, der Einschätzung eines forensischen Psychiaters genauestens untersuchen und versuchen, Dinge miteinander zu verknüpfen, was in der Hektik der ersten Tage nicht stattfinden kann. Ich will mich aber nicht zu sehr verzetteln. Jedenfalls gingen wir davon aus, dass der Täter ein in Wien wohnhafter Mann sein musste, der eine intensive Reisetätigkeit ausübte. Wir vermuteten, dass unser Delinquent entweder ein Geschäftsmann, ein Handlungsreisender oder ein Monteur auf Montage war, der in einem bestimmten Umkreis tätig war. Dieser Umkreis war durch unseren Kreis klar skizziert.«

»Sie meinen den Kreis, den Sie um die Tatorte gezogen haben?«, fragte Ehstatt.

»Ja klar!«, sagte Ludwig. »Danach beginnt das Aktenstudium. Man bedient sich ähnlich gelagerter Fälle, national und international, und versucht, aufgrund von Täterabgleichen herauszufinden, wie alt die Täter sind, aus welchem sozialen Hintergrund sie stammen und ob sie irgendwelche psychischen Auffälligkeiten aufweisen. Dann wird untersucht, ob das Umfeld irgendetwas wahrgenommen hat. Die Pathologen vergleichen die Fälle genauso intensiv wie die forensischen Psychiater, die ja ebenfalls zu einem OFA-Team gehören. Am Schluss dieser hier nur ganz kurz angerissenen Tätigkeiten versuchen wir, ein Täterprofil zu erstellen, welches wir der Soko, also der Sonderkommission, übergeben. Wegen des Ausdrucks Täterprofil werden wir von manchen auch Profiler genannt.«

»Wozu führte das im Falle Breitleder?«, hakte die Moderatorin nach.

»Nun, ich bin natürlich nicht befugt, Einzelheiten aus den Untersuchungsergebnissen hier breitzutreten, aber so viel kann ich sagen: Nach unserer Analyse wurde die Soko nach Wien verlegt und ihr gehörten ab sofort auch Kriminalbeamte der angrenzenden Länder an. Als Nächstes haben wir festgestellt, dass der Täter aus gehobenem sozialem Milieu stammen musste, was Einfluss auf die Fahrzeugmarke und die jeweils genutzten Hotels hatte. Wir gingen davon aus, dass der Täter in den jeweiligen Städten mindestens in Vier-Sterne-Hotels abgestiegen war, dass er mit den Damen vorher vermutlich in nicht ganz billigen Restaurants zum Essen war, dass es sich bei seinem Auto eher um eine Nobelmarke handelte. Daneben konnten wir sein Alter auf 40 bis 45 Jahre eingrenzen. Die Summe dieser Ergebnisse und noch ein paar weitere Daten, über die ich hier nicht sprechen möchte, führte die Soko dann relativ schnell zu Herrn Breitleder.«

»Wie haben Sie die Situation damals empfunden, Herr Breitleder?«, wandte sich Elena Bingerl nun an ihn.

»Ich?«, fragte Johnny Breitleder. »Ich war total überrascht, als die Polizei eines Tages bei mir auftauchte. Ich hätte nie gedacht, dass die mich jemals als Täter entlarven. Ich war doch so vorsichtig. Habe versucht, keine Spuren und möglichst keine DNA zu hinterlassen. Natürlich hatte mein Sperma DNA-Spuren hinterlassen, aber die hatte mich gar nicht entlarvt, die war lediglich der endgültige Beweis für die Staatsanwaltschaft und den Richter. Entlarvt haben mich eindeutig Herr Hirschberger und sein Team.«

Nach einer kurzen Pause fügte er noch hinzu:

»Und das war auch gut so, das möchte ich heute im Rückblick eindeutig betonen. Man hat nicht nur unzählige Frauen vor dem gleichen Schicksal wie die Opfer bewahrt, man hat auch mich aus diesem entsetzlichen Zwang befreit.«

»Spüren Sie das oder wissen Sie das?«

Die Moderatorin wollte es genau wissen.

»Beides. Sehen Sie, heute kann ich Ihnen ganz locker gegenübersitzen, ohne mögliche Hintergedanken. Vor meiner Behandlung durch Doktor Heubl wäre ich Ihnen gegenübergesessen und hätte nur zwanghaft überlegt, wie ich Ihrer habhaft werden könnte, wie ich Sie in einen Hinterhalt locken kann. Ich hätte keinen anderen Gedanken fassen können als diesen.«

»Hört sich schaurig an, um Gottes willen!«

Elena Bingerl schien richtiggehend geschockt und schwieg.

Der Schauspieler Emilio Ehstatt nutzte die Situation und wandte sich Ludwig zu.

»Herr Hirschberger, wenn Sie dann in eine Soko kommen, übernehmen Sie dann gleich die Leitung?«

»Überhaupt nicht. Im Gegenteil, wir sind gar nicht Teil dieser Soko, wir sind nur deren Berater. Von außen kommende Berater.«

»Wie muss ich mir das vorstellen?«

»Stellen Sie sich einen Industriebetrieb vor«, entgegnete Ludwig, »dort gehen ja auch verschiedene Beraterfirmen ein und aus. Unternehmensberater, Finanzberater, Werbeberater und so weiter. Die bieten der Firma eine Beratung an, aber die Firma entscheidet letztlich selbst, ob sie die Beratung annehmen will oder nicht. So ist das auch in unserem Fall: Die Soko entscheidet, ob sie das von uns erstellte

Täterprofil, ob sie die von uns gemachten Analysen übernehmen.«

»Und im Falle von Herr Breitleder hat die Soko Ihren Rat offensichtlich befolgt«, stellte Emilio Ehstatt fest.

»Das kann man so sagen.«

Nun schaltete sich wieder die Moderatorin ein.

»Haben Sie auch Fälle erlebt, in denen man sich Ihrer Analysen nicht bedient hat, Herr Hirschberger?«

»Und ob! Zu Beginn meiner Tätigkeit als Fallanalytiker mehr, später, nachdem die OFA-Teams schon etliche Erfolge nachweisen konnten, weniger.«

Dem Schauspieler war dies jedoch zu allgemein, er fragte:

»Gab es auch Fälle, wenn man Ihrem Rat nicht gefolgt war, dass man dann – und ich meine genau deswegen, weil man Ihren Analysen nicht gefolgt ist – den Täter nicht zu fassen bekommen hat?«

»Nicht zu fassen bekam – oder erst viel später durch einen Zufall gefasst hat. Ja, diese Fälle gibt es natürlich. Es gibt im Übrigen einen sehr prominenten Fall hier in Deutschland.«

»Welchen?«, fragten die anderen drei Teilnehmer gleichzeitig.

»Die ganzen NSU-Morde«, sagte Ludwig, »schon zu einem relativ frühen Zeitpunkt wiesen die deutschen Kollegen die Soko aufgrund ihrer Analysen darauf hin, dass es sich um Taten mit rechtsradikalem Hintergrund handeln müsse.«

»Und was ist dann passiert?«

Sogar Johnny Breitleder interessierte sich dafür.

»Nichts, leider gar nichts in dieser Richtung. Die Soko ging trotz der Beratung mit bestem Wissen und Gewissen weiter davon aus, dass es sich um mafia-ähnliche Morde innerhalb des Migrantenkreises handelt. Mit den Folgen, die sich ja dann leider ergeben haben.«

»Unfassbar, fürchterlich!«, empörte sich Emilio Ehstatt.

Doch Ludwig nahm seine Kollegen in Schutz.

»Irren ist menschlich, Herr Ehstatt, wenn ein Arzt oder sagen wir mal ein Chirurg eine falsche Entscheidung trifft, gibt es auch Tote. Und die Kripobeamten, das kann ich mit Fug und Recht behaupten, haben sich die Entscheidung ganz sicher nicht leicht gemacht, sie waren nur einfach aufgrund ihrer Ermittlungen felsenfest vom Gegenteil überzeugt. Ich glaube, man kann ihnen nicht einmal einen Vorwurf daraus machen. Und eines dürfen Sie mir glauben: Niemand hadert mit dieser Entscheidung heute mehr als meine Kollegen!«

»Braucht man eigentlich intuitive Fähigkeiten für Ihren Job?«, fragte die hübsche Moderatorin interessiert.

»In erster Linie sind schon logische, analytische Fähigkeiten gefragt. Vor allem: verknüpfende Intelligenz. Das ist in erster Linie Aktenstudium. Das bedeutet eigentlich büffeln wie in der Schulzeit. Aber es gibt auch Fälle für uns, bei denen es anders ist: in denen es keine Fakten gibt, es eigentlich nichts zu analysieren gibt, wir de facto gar nichts haben außer dem Opfer und dem Tatort. Dann schaden intuitive Fähigkeiten auf jeden Fall nicht. Auch hier möchte ich mit einem Beispiel dienen: Ein Kollege, Doyen der deutschsprachigen Fallanalytiker, arbeitete ursprünglich als Polizist am Innsbrucker Hauptbahnhof. Durch präzise Beobachtungen konnte er im Laufe der Zeit die Menschen auf dem Bahnsteig ziemlich genau analysieren. Er konnte aus ihren Bewegungen und ihrem Gehabe mit hoher Wahrscheinlichkeit die Automarke erraten, die sie fuhren, konnte in vielen Fällen auf die richtige Zigarettenmarke tippen und vor allem:

Er konnte aufgrund der Verabschiedungszeremonie auf dem Bahnsteig fast immer voraussagen, ob vor dem Bahnhof schon der Liebhaber oder die Liebhaberin wartete. Dieses intuitive Talent war natürlich eine ideale Voraussetzung für diesen großartigen Fallanalytiker.«

Danach wechselte die Moderatorin das Thema. Von nun an entwickelte sich ein höchst unterhaltsamer und spannender Dialog zwischen Emilio Ehstatt und Johnny Breitleder. Der Schauspieler schilderte, wie er sich in die Psyche des Mörders eingelesen und eingelebt hatte. Und Breitleder attestierte Ehstatt eine grandiose Leistung, er habe sich in diesem Film weitgehend wiedererkannt.

Dieses Zwiegespräch nahm fast die restliche Sendezeit in Anspruch. Die beiden sammeln beim Publikum viel mehr Punkte als ich, weil sie über emotionale Dinge sprechen können, während ich hier nur trockenen Stoff preisgebe, dachte Ludwig etwas resigniert. Doch dann fasste er einen Entschluss: Sollte sich die Möglichkeit ergeben, wollte auch er noch ein emotionales Bonmot zum Besten geben. Und die Möglichkeit ergab sich bald.

»Eines wollte ich Sie noch fragen, Herr Hirschberger«, wandte sich Emilio Ehstatt ganz am Schluss der Sendung noch einmal an Ludwig, »haben Sie Johnny Breitleder jemals verhört?«

»Eigentlich«, begann Ludwig, »sollte ich mit Ihnen gar nicht mehr sprechen, Herr Ehstatt.«

»Wieso, habe ich Ihnen denn etwas getan?«, fragte der Mime und runzelte dabei die Stirn.

»Ja und ob«, entgegnete Ludwig Hirschberger, »Sie haben meine erste Geliebte erschossen!«

Emilio Ehstatt schmunzelte. Zu oft war ihm dieser Vorwurf schon gemacht worden. Souverän sagte er:

»Ich weiß, wen Sie meinen, Winnetous Schwester Nscho-tschi, von der reizenden Madeleine Servier ganz besonders in Szene gesetzt. Was glauben Sie, wie oft ich schon mit diesem Vorwurf konfrontiert worden bin. Hunderttausende Heranwachsende haben sich in dem Film ›Winnetou 1‹ in das Indianer-Mädchen verliebt. Und ich als Gangster musste sie erschießen. Es brach, heute würde man sagen, ein wahrer Shitstorm über mich herein, und wie Sie sehen, verfolgt mich das heut selbst nach über fünfzig Jahren noch.«

Danach war die Sendung zu Ende, bevor Ludwig die Frage des Schauspielers überhaupt beantworten konnte.

Kurz darauf kam der Programmdirektor mit hochrotem Kopf herein.

»Unvorstellbar, geil, klasse: 250 000 Zuschauer, damit hätte ich nicht mal in meinen kühnsten Träumen gerechnet. Vielen Dank Elena, vielen Dank meine Herren!«, rief er überschwänglich aus.

»Na ja, der Löwenanteil liegt schon bei Herrn Ehstatt«, meinte Ludwig, »ohne ihn hätte wir niemals so viele Zuschauer gehabt.«

Ludwig hatte noch gar nicht registriert, dass er gerade von einer riesigen Menge Menschen gesehen worden war. Und was er zu diesem Zeitpunkt noch nicht wissen konnte: Diese Sendung würde ihn nach langen Jahren pensionsbedingter Abstinenz wieder in einen Fall verwickeln.

Für Sie habe ich übrigens einen dringenden Anruf, Herr Hirschberger«, meinte der Programmdirektor einige Zeit später, als Ludwig gerade den Sender verlassen wollte,

»eine Kommissarin Gerlinde Lüscher von der Kriminalpolizei in Biberach möchte Sie sprechen.«

»Gerlinde Lüscher? Nie gehört.«

Ludwig konnte sich auf sein Namensgedächtnis normalerweise verlassen. Dass er die Dame kannte, war ihm in diesem Moment allerdings noch nicht bewusst.

»Geben Sie mir die Nummer bitte?«

Der Programmdirektor überreichte Ludwig einen Zettel mit einer Handynummer. Und er solle sofort anrufen, schärfte er ihm noch ein.

Der Wahl-Wiener hielt die Rückrufbitte zunächst für eine Falle, in die ihn eine Journalistin locken wollte. Viel zu oft war ihm dies in den vergangenen Jahren passiert, weshalb er direkt bei der Polizei in Biberach anrief und Kommissarin Lüscher verlangte.

»Tut mir leid, Frau Hauptkommissarin Lüscher hat das Haus heute schon lange verlassen. Sie können sie morgen Vormittag wieder erreichen«, erwiderte ihm der diensthabende Beamte.

»Frau Lüscher hat mir folgende Handynummer gegeben, ist die noch aktuell?«

Ludwig las dem Beamten die Telefonnummer vor, die ihm der Programmdirektor zuvor gegeben hatte.

»Das ist nach meinem Kenntnisstand die Handynummer der Hauptkommissarin, Herr Hirschberger.«

Offensichtlich hatte es im Biberacher Kommissariat einen Personalwechsel gegeben, denn als er im Jahr 2009 zuletzt mit der Polizei in seiner Geburtsstadt zu tun hatte, hieß die Kommissarin noch Linde Schwegler. Aber Ludwig war neugierig geworden und rief die Nummer an.

Die Hauptkommissarin meldete sich prompt.

»Gerlinde Lüscher, guten Abend.«

»Hirschberger hier, Ludwig Hirschberger, Sie wollten mich ganz dringend sprechen, Frau Lüscher?«

»Ah, guten Abend Herr Hirschberger. Vielen Dank für Ihren Rückruf. Das ist ganz toll, dass Sie das so schnell nach der Fernsehsendung machen. Übrigens, eine ganz tolle Sendung und Sie haben unseren Berufsstand glänzend vertreten!«

»Danke«, erwiderte Ludwig, »aber jetzt verraten Sie mir mal, wer Sie sind und was Sie von mir wollen. Ich kenne Sie ja gar nicht!«

»Doch, doch, Sie kennen mich schon. Allerdings unter meinem Mädchennamen Linde Schwegler. Wir hatten 2009 im Mordfall Robert Maurer miteinander zu tun.«

Ludwigs Tonfall wechselte augenblicklich und wurde sehr viel freundlicher und verbindlicher.

»Ach, Sie sind das. Na klar kenne ich Sie noch. Wäre ja noch schöner. Ich konnte nur mit Ihrem neuen Namen so gar nichts anfangen. Sie haben sich ja sogar einen neuen Vornamen zugelegt.«

»Nein, ich hieß immer schon Gerlinde. Nur bei meinem Mädchennamen hörte sich Linde Schwegler besser an, fand ich. Aber Linde Lüscher hat mir gar nicht gefallen, deshalb verwende ich wieder meinen korrekten Vornamen«, erklärte die Kommissarin.

»Was kann ich denn für Sie tun, Frau Lüscher?«

»Wir haben einen ganz vertrackten Fall hier. Genauer gesagt sind es sogar sieben Fälle. Die haben aber nach unserer Einschätzung alle miteinander zu tun.«

»Na, dann erzählen Sie mal.«

Hirschberger war neugierig geworden.

»Am Bodensee sind insgesamt sieben Frauen entführt und für längere Zeit festgehalten worden. Dabei erstrecken sich die Tatorte nahezu auf den gesamten deutschen Uferbereich des Sees.«

»Davon habe ich gehört«, meinte Ludwig, »aber wieso sind Sie in Biberach damit konfrontiert? Der Bodensee gehört doch nach meinen Informationen zu einem ganz anderen Polizeipräsidium als Biberach.«

»Ja, das stimmt schon, das ist richtig. Aber fünf dieser Frauen wurden in Biberach wieder freigelassen, deshalb sind wir in den Fall oder, besser gesagt, in diese Fälle involviert. Wir gehen nämlich davon aus, dass der Täter sehr wahrscheinlich ein Biberacher ist.«

»Aha – und ich soll Ihnen jetzt helfen, den zu finden.«

»Ganz genau, ich bitte Sie darum.«

»Eigentlich helfe ich Ihnen immer ganz gerne, ich hab's Ihnen ja damals versprochen. Aber wieso haben Sie denn nicht eine OFA vom LKA angefordert?«, fragte Ludwig etwas verwundert.

»Selbstverständlich habe ich das gemacht, aber die vom Landeskriminalamt sind alle in der Salafistenszene und bei den Neonazis unterwegs. Außerdem haben wir ja gar keine Todesopfer«, klagte Gerlinde Lüscher.

»Und jetzt soll ich alter Mann euch die Kohlen aus dem Feuer holen?«, fragte Ludwig und musste dabei lachen.

»Ja, bitte. Ich habe während der Sendung gesehen, dass Sie immer noch der Alte sind und immer noch topfit. Da habe ich mir gedacht: Mensch, der Herr Hirschberger, der könnte vielleicht weiterhelfen!«

Ludwig, der in Wien gerne mal wieder an Fällen beteiligt gewesen wäre und dem es manchmal ganz schön langweilig war, brauchte nicht lange zu überlegen.

»Tja, wenn mich so eine charmante Dame so nett um Hilfe ersucht, kann ich ja wohl schlecht Nein sagen.«

»Klasse«, freute sich die Kommissarin.

»Aber wie ist das mit Ihren Vorgesetzten? Sind denn die damit einverstanden, dass Sie plötzlich einen pensionierten österreichischen Fallanalytiker auf Ihren Täter ansetzen?«

»Ich werde gleich morgen früh den Sti..., äh, den Leitenden Oberstaatsanwalt Doktor Bellmann fragen, ob er einverstanden ist.«

»Den kenne ich ja noch vom Mordfall Maurer her«, erinnerte sich Ludwig.

»Richtig, der war damals als ganz junger Staatsanwalt zu uns gekommen.«

»Hat aber offensichtlich mächtig Karriere gemacht«, stellte Ludwig fest, »habe ich aber auch nicht anders erwartet.«

»Mensch, dann kennt der Sie ja auch noch. Umso besser. Unter welcher Nummer darf ich Sie morgen früh anrufen, Herr Hirschberger?«

Ludwig gab ihr seine Handynummer und fuhr danach in seine Pension. Ein Luxushotel konnte sich der kleine Sender für seinen Wiener Gast nicht leisten. Aber das machte Ludwig gar nichts aus. Auf solche Dinge hatte er noch nie großen Wert gelegt. Und seit seiner Pensionierung schon gar nicht mehr.

Die junge Frau an der Rezeption hatte die Fernsehsendung offenbar nicht gesehen, denn sie erkannte Ludwig nicht. Sie gab ihm seinen Zimmerschlüssel und Ludwig legte sich gleich ins Bett. Er war hundemüde und schlief sofort ein.

Am nächsten Morgen nahm er das nicht sehr üppige, aber wohlschmeckende Frühstück in seiner Pension ein. Als ein

Paar an einem anderen Tisch tuschelte und dabei immer wieder zu ihm herübersah, ahnte Ludwig, dass diese Gäste die Sendung offenbar gesehen hatten.

Die Empfangsdame kam mit einem Telefon zu Ludwig und fragte, ob er für eine Frau Lüscher zu sprechen sei.

»Lassen Sie sich bitte ihre Nummer geben. Ich rufe sie nach dem Frühstück sofort zurück.«

Das wäre ja noch schöner. Ludwig hasste es, wenn Menschen während der Mahlzeiten telefonierten. Die Marotte mancher Manager und vieler junger Leute immer und überall zu telefonieren, dabei fast nur Belangloses auszutauschen und gleichzeitig sich wichtigtuerisch in Szene zu setzen, hielt Ludwig für dekadent. Er würde sein Frühstück nie für Bagatellen unterbrechen, niemals, so viel Kultur musste sein.

Nachdem er in aller Ruhe zu Ende gefrühstückt hatte, ließ er sich von der Rezeption die Telefonnummer von Gerlinde Lüscher in Biberach geben.

»Sorry, Herr Hirschberger, dass ich Sie beim Frühstück gestört habe«, begann Gerlinde Lüscher, der der frühe erste Anruf offenbar peinlich war, das Gespräch.

»Na, Sie können ja nichts dafür, dass ich verschlafen habe. Normalerweise bin ich um diese Zeit schon längst fertig mit frühstücken. Haben Sie mit Doktor Bellmann gesprochen?«

»Ja, habe ich. Und er ist einverstanden, aber nur unter der Voraussetzung, dass Sie rein auf Kostenersatz kommen!«

»Nichts anderes habe ich von einer deutschen Behörde erwartet.«

Ludwig lachte ins Telefon. Dass er kein Honorar bekommen sollte, war ihm völlig egal. Er hatte wieder einen

Fall. Die Eintönigkeit des Pensionistendaseins war erst mal unterbrochen. Das war ihm wichtiger als ein paar Euro Beratungshonorar auf seinem Konto.

»Ich packe meine sieben Zwetschgen zusammen und fahre sofort nach Biberach«, beeilte sich Ludwig zu sagen, »und Sie brauchen mir sehr wahrscheinlich noch nicht einmal ein Hotelzimmer bezahlen. Ich habe nämlich noch ein Angebot, das ich wahrscheinlich wahrnehmen werde.«

Ludwig spielte auf seine Jugendliebe Gabi Maurer an, die ihm vor einigen Jahren einmal angeboten hatte, bei ihr zu übernachten, nachdem Ludwig nach zehn Jahren den Mord an ihrem Ehemann Robert Maurer aufgedeckt hatte.

»Ich kann mir schon denken, wo. Bestimmt wohnen Sie wieder bei Lothar Sattler, Ihrem alten Schulfreund«, zeigte sich die Kommissarin gut informiert.

»Gut geraten, aber leider falsch. Der hat inzwischen wieder Familie und da würde ich nur stören. Ich werde, sofern alles klappt, solange bei Frau Maurer wohnen.«

»Auch gut«, meinte Gerlinde Lüscher, »in dem Fall darf ich ja bald mit Ihnen rechnen. Sollen wir Sie vom Bahnhof abholen?«

»Nein, ich bin mit dem Auto hier. Ich werde in knapp drei Stunden bei Ihnen aufkreuzen, Frau Kommissarin.«

Ludwig legte auf und rief sofort bei seiner Jugendliebe an.

»Hallo Gabi, hier spricht der Ludwig aus Wien.«

»Na so eine Überraschung. Gestern noch der große Fernsehstar und heut ruft er bei einer alten Rentnerin und Witwe an. Wie komme ich zu der Ehre, Ludwig?«

Gabi, seine große Jugendliebe, die vor vielen Jahren von einem Tag auf den anderen Schluss mit ihm gemacht hatte. Die sogar nicht einmal mehr mit ihm geredet hatte, bis er den Mord an ihrem Ehemann und seinem Jugendfreund aufklärte. Und quasi als Nebeneffekt erfahren musste, dass sie ihre Beziehung zu Ludwig nur deshalb beendet hatte, weil sie einer abscheulichen Lüge ihres Vaters aufgesessen war.

»Am besten, ich falle gleich mit der Tür ins Haus, Gabi. Ich würde gerne auf dein großzügiges Angebot zurückkommen, das du mir vor ein paar Jahren gemacht hast, und dich fragen, ob es noch gilt, dass ich einige Tage bei dir wohnen kann.«

Ludwig war offenbar tatsächlich mit der Tür ins Haus gefallen, denn Gabi wirkte sichtlich überrascht.

»Was treibt dich nach Biberach? Das Schützenfest ist doch schon vorbei!«, sagte Gabi ironisch.

»Na ja, ein alter Mann braucht eine gewisse Vorlaufzeit. Bis zur nächsten Schützen!« Ludwig musste selbst über seinen Scherz lachen. »Nein, im Ernst«, fuhr er fort, »die Arbeit ruft mich nach Biberach. Die Kripo hat mich um Mitarbeit bei den Entführungsfällen vom Bodensee gebeten. Und so einen interessanten Fall kann ich wohl schlecht ablehnen.«

Ludwig bat Gabi, die ihm natürlich zusagte, bei ihr vorübergehend wohnen zu können, anschließend noch um Diskretion. Er wollte nicht, dass man in Biberach Aufhebens um seine Person machte. Außerdem wusste er nicht, ob es der Kommissarin recht war, dass in seiner Heimatstadt publik wurde, den pensionierten Fallanalytiker aus Wien in den Fall eingeschaltet zu haben.

Nach dem Telefonat mit Gabi checkte Ludwig aus und fuhr sofort los. Sein Navi führte ihn nördlich an München vorbei direkt zur Autobahn 96 Richtung Memminger Kreuz. Er wunderte sich, wie sehr der Verkehr auf der

Autobahn 96 zugenommen hatte. Früher, als sie noch eine Schnellstraße gewesen war, hatte er auf ihr einigermaßen entspannt fahren können. Heute wies sie ein Verkehrsaufkommen wie die Wiener Südost-Tangente auf. Aber es war ja zwischenzeitlich sowieso alles anders als früher. Nur wenn man sich längere Zeit irgendwo nicht mehr aufgehalten hatte, fielen solche Veränderungen extrem auf. Und so war es schon nach 13 Uhr, als Ludwig endlich in Biberach bei Gabi ankam.

Gabi lebte nicht mehr in der Villa, die sie mit Robert Maurer zu seinen Lebzeiten bewohnt hatte. Sie war vielmehr nach dem Tod ihrer Mutter und einige Jahre später dem Selbstmord ihres Vaters in das schmucklose Haus ihrer Eltern in der Memelstraße gezogen, in eine komfortable Fünfzimmerwohnung mit zwei Bädern.

In unmittelbarer Nähe vom Liebherr-Wohnhochhaus und dem Fußballstadion verströmten die Gebäude zwar immer noch den spröden Charme des Baustils der 60er-Jahre. Da sie aber ständig renoviert und verbessert worden waren, konnte Ludwig selbst hier den Wohlstand seiner Geburtsstadt spüren.

Gabi begrüßte ihn herzlich und erfreut.

»Na, dass du so lange Zeit nach meinem Angebot noch davon Gebrauch machen würdest, hätte ich nicht mehr gedacht«, sagte sie dann aber mit leicht spöttischem Unterton.

Ludwig hatte ihr zur Begrüßung einen Strauß mit Gerbera besorgt. Auf der Suche nach einer Blumenhandlung war ihm erneut aufgefallen, wie sehr sich seine Geburtsstadt verändert hatte, seit er von ihr weggezogen war. Dort, wo er die Blumengeschäfte in Erinnerung hatte, gab es keine mehr.

Gabi hatte einen köstlichen Marmorkuchen gebacken und dazu einen kräftigen Kaffee gekocht.

»Seit ich vor ein paar Jahren in der Nähe von Wien war, weiß ich, dass ihr den Kaffee viel stärker trinkt als wir«, erläuterte sie.

»Das ist wohl wahr, aber dieser hier kann es mit jedem Kaffeehaus in Wien aufnehmen«, machte Ludwig der Hausherrin Komplimente. »Ich finde es ganz toll, dass ich hier bei dir wohnen darf. Ich hätte auch bei Lothar Sattler unterkommen können, aber der hat ja inzwischen nochmals eine Familie gegründet und da wollte ich nicht stören.«

»Ganz ehrlich: Mich wundert, dass das so lange funktioniert mit dem Lolo. Der war doch noch nie ein Familienmensch. Und seine Laster sind ja sprichwörtlich«, lachte Gabi, die auf den unsteten Lebenswandel des ehemaligen Politikers anspielte.

»Ich weiß es. In einem Telefonat prahlte er einmal damit, dass ihn seine Jelena auf den Pfad der Tugend zurückgebracht habe.«

»Und, glaubst du ihm das?«

»Ich denke eher an einen Spruch von François de La Rochfoucauld: ›Wenn die Laster uns verlassen, schmeicheln wir uns mit dem Wahn, wir hätten sie verlassen.‹ Auch an Lothar Sattler ist die Zeit nicht spurlos vorübergegangen.«

»Und deine Laster?«, fragte Gabi neugierig.

»Meine Laster? Mhm. Schwer zu sagen. Mir fehlen da die Möglichkeiten zur präzisen Einschätzung. Seit mich meine Lea verlassen hat, hat es wenige Möglichkeiten für Laster gegeben.«

»Du hängst wohl noch sehr an ihr?«

Ludwig fragte sich, was Gabi wohl mit dieser Frage bezwecken wollte.

»Ja, in gewisser Weise schon. Genauso wie ich damals jahrelang nicht fassen konnte, dass du mich so grundlos verlassen hattest.«

»Ich weiß. Lug und Trug und eine Mauer des Schweigens haben auch mich damals leiden lassen. Ich kann bis heute nicht begreifen, wie ein Vater seinem eigenen Kind so etwas antun kann. Aber lassen wir das. Wir haben es ja seinerzeit ausführlich diskutiert.«

Gabi schien tief in ihre Gedanken versunken.

»Ja, und auch das ist schon wieder sieben Jahre her. Wir werden alle nicht jünger, liebe Gabi.«

»Aber jetzt erzähle mir mal, was dich dieses Mal nach Biberach verschlagen hat.«

»Du kannst dich doch sicher noch an die Assistentin der Kommissarin von damals erinnern, als dein Mann ermordet aufgefunden wurde, die Frau Schwegler. Die hat in der Zwischenzeit geheiratet und heißt jetzt Lüscher. Sie bearbeitet den Fall mit den sieben entführten Frauen am Bodensee und hat mich um Mithilfe gebeten.«

»Ich weiß. Die meisten Frauen wurden dann an verschiedenen Orten in Biberach freigelassen. Mysteriös, unheimlich, mich fröstelt, wenn ich daran denke.«

»Weil man die Frauen in Biberach freigelassen hat, geht die Polizei davon aus, dass der Täter ein Biberacher ist oder zumindest schon lange hier lebt. Die Stellen, wo man sie gefunden hat, lassen nämlich auf eine ziemlich gute Ortskenntnis schließen.«

»Aber was ich nicht verstehe, warum fragt sie dich? Ich meine, du bist 67 Jahre alt, pensioniert und nicht mehr im aktiven Polizeidienst tätig. Wie kommt die auf dich?«

»Ganz einfach: Die hat mich wie du in dieser Fernsehsendung gesehen mit dem Emilio Ehstatt zusammen und hat sich meiner erinnert. Ich habe schließlich vor sieben Jahren den Mordfall an deinem Mann aufgeklärt. Und da zurzeit alle OFA-Teams in Baden-Württemberg anderweitig beschäftigt sind, hat sie mich um Mitarbeit gebeten.«

»Was bitte ist denn ein OFA-Team?«

»Entschuldige Gabi, da bin ich mal wieder in mein Fachchinesisch gerutscht. Das ist eine Abteilung, die sich mit der operativen Fallanalyse beschäftigt. Immer, wenn die Spurenlage der alltäglichen Polizeiarbeit unzureichend ist, schaltet man heutzutage eine OFA ein. Und weil ich früher in Wien ein solches Team geleitet habe und jetzt unendlich viel Zeit habe, dachte die Frau Lüscher, ich könne ihr womöglich helfen«, erklärte Ludwig.

»Da hast du eine schöne Mammutaufgabe vor dir. Da kann ich mich wohl auf einen längeren Aufenthalt einrichten?«

»Nein, ich hoffe, recht bald eine professionelle Fallanalyse machen zu können, damit ich dir nicht allzu lange zur Last falle.«

»Nein, nein, so war das nicht gemeint. Von mir aus kannst du ein halbes Jahr dableiben. Als einsame Witwe freut man sich, männlichen Besuch in seinen vier Wänden zu haben. Meine Freundinnen von unserem Kaffeekränzchen werden sowieso total eifersüchtig sein«, sagte Gabi kichernd.

Kaffeekränzchen, so etwas wäre Gabi früher sicher nie in den Sinn gekommen. Aber Ludwig wusste aus eigener, bitterer Erfahrung, wie froh man als Alleinstehender im fortschreitenden Alter war, wenigstens zwischendurch mit anderen Menschen reden zu können.

Gleich nach seinem Einzug bei Gabi machte er sich auf den Weg zur Kommissarin. Diese erwartete ihn schon mit großer Ungeduld und Spannung.

»Oh, Sie haben sich aber kaum verändert, Herr Hirschberger, seit wir uns das letzte Mal 2009 gesehen haben. Obwohl, wenn ich Sie mir genauer anschaue, ein paar Pfunde weniger sind es schon geworden!«

Gerlinde Lüscher wusste offenbar, wie man mit alternden Herren umgehen musste. Hocherfreut über das Kompliment – wann hatte er zum letzten Mal eines bekommen? – meinte Ludwig zur Kommissarin:

»Ganz genau zwölf Kilo sind es. Zumindest vor meiner Abreise war das so.«

In der Tat fühlte Ludwig, dass sich seine Spannkraft durch die Gewichtsreduktion drastisch erhöht hatte.

»Aber bevor wir anfangen mit unserer Arbeit: Ich finde, wir sollten uns duzen. Dieses förmliche Sie hindert uns doch nur bei der Arbeit. Ich bin der Ludwig.«

»Und ich die Gerlinde«, sagte die Kommissarin ziemlich erleichtert und schloss Ludwig kurz in die Arme.

Sie war eine völlig unkomplizierte Person und das Siezen unter Kollegen ging ihr ganz schön auf die Nerven. Allein bei Dr. Rüdiger Bellmann akzeptierte sie eine Ausnahme. Aber der war sowieso eine Respektsperson und spielte in einer anderen Liga.

»Du wirst sicher gleich mal die Akten studieren wollen, Ludwig. Hier auf diesem Wagen hast du alle vorliegenden Akten zu den Fällen. Ich nehme an, du wirst schon eine gewisse Zeit benötigen.«

»Oh ja, das glaube ich auch. Da habt ihr ja mächtig viel Arbeit geleistet.«

Ein riesiger Aktenberg türmte sich da vor ihm auf.

Schon jetzt bedauerte er, dass er seinen früheren Kollegen und Freund Gernot nicht mitgenommen hatte. Dr. Gernot Heubl, forensischer Psychiater beim Wiener Innenministerium und regelmäßiges Mitglied in Ludwigs OFA-Teams, wurde von allen Kollegen die »Aktensau« genannt, weil er die Unterlagen mit einer unvorstellbaren Geschwindigkeit lesen konnte und vor allem nie vergaß, was er einmal gelesen hatte. Der wäre jetzt der Richtige. Erst jetzt fiel Ludwig auf, dass das Aktenstudium während seiner aktiven Zeit meistens Heubl übernommen hatte. Nun musste er dies selbst durchführen und betrat damit fast Neuland.

Drei Tage lang studierte Ludwig die Akten, schlug mehrmals bereits gelesene wieder auf, um nachzusehen, ob er ihren Inhalt richtig interpretiert hatte.

Natürlich hatte ihm Gerlinde angeboten, die Akten auf einem Tablet zu begutachten. Dieses hätte er abends mit zu Gabi nehmen können. Das aber wollte Ludwig nicht. Seinen Augen tat das lange Hinsehen auf den Computer nicht gut. Er bekam dann immer trockene, gerötete Augen und musste Augentropfen einträufeln.

Auch konnte er herkömmliche Akten besser sortieren und markieren. Fast zwei Blöcke Klebezettel hatte er schon verbraucht. Auf jedem hatte er eine Bemerkung notiert, damit er später genau wusste, wonach er suchen musste.

Während seines Aktenstudiums fiel Ludwig auf, mit welch unheimlichem Fleiß und nachhaltig feststellbarer Akribie die Polizei und Kripo bisher ans Werk gegangen waren. Aber wie immer waren die Ermittlungen unter einem irrsinnig hohen Zeitdruck gestanden. Und schnell wurde Ludwig klar, dass ein Großteil der Ergebnisse nicht für eine Fallanalyse ausreichte. Aber das hatte er nicht anders erwartet, das war in Wien genauso gewesen und sicher auch bei anderen Polizeibehörden noch so.

Die ersten zwölf Stunden sind für die Ermittler die wichtigsten. Die meisten Verbrechen klären sich in den ersten zwölf bis 24 Stunden nach der Tat auf. Danach wird es sehr schwierig. Vor allem, weil sich die ersten Eindrücke der Beteiligten und der Zeugen verändern. Verändern, ohne dass sie es selbst bemerken. Eigene Gedanken werden hinzugefügt, die schließlich für Erlebtes gehalten werden. Und dann wird es für die Polizei immer schwieriger, präzise Aussagen zu bekommen, weshalb die Fall-Ermittler immer nur von »Wahrnehmungen« sprechen, wenn sie über Zeugenaussagen diskutieren.

Voll bestätigen konnte Ludwig auf jeden Fall die Einschätzung Gerlinde Lüschers, wonach bei dieser Entführungsserie alles sehr verwirrend war.

Das Bild, das sich Ludwig nach dem Aktenstudium machen konnte, war ziemlich eindeutig: Es handelte sich um einen sexuell abartigen Täter, der regelmäßig Frauen entführte. Sieben an der Zahl. Dass er damit aufhören würde, war kaum zu erwarten, weshalb die Behörden weiter unter immensem Ermittlungsdruck standen. Doch sie tappten völlig im Dunkeln, wie Ludwig den Akten entnahm.

Für ihn bestätigte sich noch nicht einmal die Hypothese, wonach der Täter aus Biberach stammen oder hier wohnhaft sein sollte. Und dies, obwohl fünf der sieben Entführungsopfer in Biberach gefunden worden waren und die Fundorte auf eine präzise Ortskenntnis des Täters hindeuteten.

Die erste der Frauen war auf dem Gigelberg, in Biberach liebevoll »Gigele« genannt, gefunden worden. Morgens in aller Herrgottsfrühe. Das ist der Platz, wo alljährlich das Biberacher Schützenfest seinen zentralen Kern hat, mit Bierzelt, Vergnügungsbetrieben und zahlreichen Veranstaltungen. Zum Zeitpunkt des Geschehens fand aber kein Schützenfest statt und der Platz diente den zahlreichen Pendlern wieder als willkommener, weil kostenloser Parkplatz.

Ludwig vermutete, dass der Täter diesen Platz mit Bedacht ausgewählt hatte. Zu der Zeit, als er sein Opfer unter Betäubung auf einer der zahlreichen Bänke absetzte, musste er noch absolut menschenleer gewesen sein. Und noch besser: Er konnte die Frau mit dem Auto unbemerkt dorthin bringen, absetzen und davon ausgehen, dass sie von den Pendlern garantiert gefunden wurde. Ein idealer Platz also. Zumal es auf dieser östlichen Seite des »Gigele«, der dort ziemlich steil zum Zentrum Biberachs abfällt, keine Anwohner gab.

Es wurden zwar zahlreiche Reifenspuren entdeckt. Doch sie führten wegen der vielen Pendler zu keinem Ergebnis. Auch die weiteren Spuren von Inlinern, Fahrrädern, Waveboards und ähnlichen Fortbewegungsmitteln konnten nicht zugeordnet werden.

Die Vernehmungsakte dieser Frau führte Ludwig ebenfalls nicht weiter. Er nahm sie gleichwohl noch einmal zur Hand und las:

Fall 1 Dorothea Frank
geboren 13. Juli 1975 in Villingen-Schwenningen,
wohnhaft Rengoldshauser Straße, Überlingen.
Größe 1,71 Meter, dunkelhaarig.

Entführt am 3. August 2016 um 21.45 Uhr in Überlingen im Waldstück unweit der »Waldklause«.

Dorothea F. machte am späten Sonntagabend bei regnerischem Wetter noch einen Spaziergang, um »noch etwas Luft zu schnappen«. Sie benutzte wie üblich dieselbe Route. An der »Waldklause« vorbei ging sie zum nahen Wald, um dort richtig regenerieren zu können, als sie plötzlich von hinten ein übel riechendes Tuch vor Mund und Nase gehalten bekam, welches sie unmittelbar ohnmächtig machte.
Im Halbschlaf nahm sie wahr, sich in einem Krankenwagen zu befinden, ehe sie wieder ohnmächtig wurde. Danach wurde sie wach. Sie befand sich in einem dunklen, fensterlosen Raum. Sie war an Oberarmen und Füßen an einen gynäkologischen Stuhl gefesselt.
Nach geraumer Zeit kam ein Maskierter und Vermummter in den Raum und legte ihr ein Tablet hin, worauf geschrieben stand: »Dir wird nichts geschehen, in wenigen Tagen wirst Du wieder freigelassen.«
Danach wurde ihr eine neue Seite gezeigt. Mit derselben Schrift: »Wenn Du aufs Klo musst, dann drücke auf den entsprechenden Knopf auf dem Tablet.«
Eine dritte Seite folgte. »Essen wird Dir regelmäßig gebracht, Trinken ebenso.«
Auf der vierten Seite stand: »Du kannst schreien, so laut Du willst. Es wird Dich niemand hören«, worauf Dorothea F. tatsächlich einen Schreikrampf bekam. Daraufhin erhielt sie eine Injektion und schlief sofort wieder ein.

Auch die Vernehmungsprotokolle der anderen Opfer waren ähnlich knapp gehalten. Sie entsprachen allgemeiner, akribischer Polizeiarbeit. Allerdings: für einen Fallanalytiker nicht ausreichend. Er würde sich der Mühe unterziehen und alle Opfer, aber auch wirklich alle, noch einmal vernehmen müssen.

Opfer Nummer zwei war auf einer Bank direkt neben dem Sportplatz »Lindele« gefunden worden. Ebenfalls ein Ort, den Ortsfremde nicht unbedingt kennen und der auf umfangreiche Ortskenntnisse hingewiesen hatte. Die Spurenlage war allerdings noch dürftiger als auf dem Gigelberg. Und: Auch hier war das Opfer noch vor dem Morgengrauen abgesetzt worden. Auch hier konnte der Täter sicher sein, dass das Opfer relativ schnell gefunden wurde.

Wesentlich komplexer verhielt es sich bei Opfer Numero drei: Diese Frau war im Fohrhäldele, einem kleinen Wäldchen am östlichen Stadtrand Biberachs, abgesetzt worden. Höchst idyllisch gelegen und ideal für Waldspaziergänge in unmittelbarer Stadtnähe. Allerdings, so schien es Ludwig, war hier keinesfalls sichergestellt, dass das Opfer unmittelbar nach Sonnenaufgang gefunden werden konnte. Hier wurden überraschenderweise auch Reifenspuren entdeckt, die sich zuordnen ließen. Es handelte sich um Reifen, wie sie vor allem an Rettungswagen des Roten Kreuzes und anderer Rettungsdienste montiert wurden.

Auch hier hatte es unzählige weitere Spuren gegeben. Fahrräder, Kinderwagen, Inliner, verschiedene Boards und Rollstuhlspuren. Nichts allerdings, was die Ermittler mit dem Fall in Verbindung bringen konnten.

Nach längerem Nachdenken kam Ludwig der Gedanke, dass sie es mit einem durchgeknallten Rettungssanitäter zu tun haben könnten. Er notierte, dass Gerlinde Lüscher zuerst unter den Rettungskräften am Bodensee-Ufer nach einem Mann suchen müsste, der enge Beziehungen nach Biberach oder womöglich seine Wurzeln in der Kreisstadt hatte.

Die Quintessenz nach diesem Aktenstudium war Ludwig klar: Mit diesen Ermittlungsergebnissen war kein Staat zu machen. Da war ein äußerst gerissener Täter am Werk, ein mit allen Wassern gewaschener Mensch mit sehr hoher Intelligenz. Von überdurchschnittlicher Intelligenz sogar. Das stand für Ludwig fest. Noch zwei Dinge schälten sich für ihn heraus: Es musste sich um einen Akademiker handeln und – das Allerwichtigste – er trachtete seinen Opfer nicht nach dem Leben. Im Gegenteil, er empfand sogar Empathie für sie.

Sieben Frauen waren an sieben verschiedenen Orten am Bodensee entführt worden. Alle auf deutscher Seite. Diese Frauen befanden sich alle ungefähr im selben Alter. Sie waren zwischen 43 und 52 Jahre alt, durchweg sportlich veranlagt und deswegen topfit.

Bei der Dauer der Gefangenschaft gab es allerdings auffällige Unterschiede. Drei Damen befanden sich drei Tage lang in den Händen des Entführers. Eine Frau zwei Tage und eine weitere fünf Tage. Zwei wurden am selben Tag wieder freigelassen – aber nicht in Biberach, sondern am Ort ihrer Entführung. Die Gründe dafür lieferten Ludwig die Befragungsakten. Beide Opfer hatten einen sogenannten Unfall. Das eine hatte sich vor lauter Angst in die Hose gemacht und das andere hatte das Betäubungsmittel nicht vertragen und sich übergeben müssen.

Ludwig ging nach der Aktenlage davon aus, dass es sich bei dem Täter um einen sogenannten Geruchsfetischisten handelte. Demnach war zu vermuten, dass diese beiden Frauen für seine sexuellen Handlungen nicht mehr infrage kamen und der Täter sie deshalb sofort an Ort und Stelle wieder freiließ.

Am meisten enttäuschten Ludwig die Zeugenaussagen. Sie waren äußerst unergiebig.

Das lag vor allem daran, dass man die Frauen unmittelbar nach ihrer Freilassung vernommen hatte. Da standen alle noch unter dem Eindruck der Tat und waren fast durchweg traumatisiert. Das konnte Ludwig schon an den Antworten erkennen, welche sie in den meisten Fällen Gerlinde Lüscher gegeben hatten. Der Soko war es am vernünftigsten erschienen, die Kommissarin die Verhöre durchführen zu lassen. Eine Frau. Zu der hätten die weiblichen Opfer einfach mehr Vertrauen, hieß es zur Begründung.

Und genau das lag Ludwig so im Magen: Er musste Gerlinde davon überzeugen, dass er selbst, also ein Mann, alle Damen noch einmal befragen musste. Er hatte im Laufe seines aktiven Berufslebens viel Erfahrung mit traumatisierten Opfern sexueller Straftäter gesammelt und wusste, wie man Details aus ihnen herauskitzeln konnte.

Aus der Bevölkerung hatte es zwar sehr viele Hinweise gegeben. Leider waren sie aber kaum geeignet, Licht ins Dunkel der Fälle zu bringen. Ludwig sah seine Erfahrung bestätigt, dass Menschen oft verhasste Nachbarn einer Tat bezichtigen. Zum Teil, weil sie wirklich glaubten, dass diese Verbrecher seien, zum Teil aber auch nur, um ihnen Probleme zu bereiten – allerdings auf Kosten der Polizei, die Zeit für unnötige Ermittlungen aufwenden muss.

Deswegen markierte Ludwig auch nur einen Hinweis: Einem Betreiber mehrerer Fitnessstudios am nördlichen Bodensee-Ufer war aufgefallen, dass durchweg alle Entführungsopfer Mitglied seiner Studios waren. Das hatte die Mannschaft um Kommissarin Lüscher natürlich auf den Plan gerufen, doch die umfangreichen Ermittlungen endeten in einer Sackgasse. Die tiefe Enttäuschung der Ermittler darüber war sogar in den Akten zu erkennen.

Gleichwohl nahm sich Ludwig vor, auch in diesen Studios noch einmal herumzuschnüffeln und mit dem Inhaber zu sprechen.

Nach der ersten Entführung hatte sich außerdem eine Zeugin gemeldet, die in unmittelbarer Nähe des Tatorts gewesen sein musste. Dieser Elke Schmidt selbst war zwar nichts Auffälliges aufgefallen, sie hatte jedoch gemeint, dass die Frau Apothekerin Ingrimm womöglich etwas dazu sagen könne, weil diese mit ihrer Mutter zu dieser Zeit dort einen ihrer zahlreichen Spaziergänge gemacht habe. Den Akten zufolge hatte diese Apothekerin bei ihrer Befragung ausgesagt, sie habe einen großen und starken Mann in schwarzer Lederkleidung beobachtet, der in schnellem Lauf den Ort des Geschehens verlassen habe. Allerdings sei dieser Mann alleine gewesen und sie habe ihn für einen einsamen Jogger gehalten.

Weil auch das Entführungsopfer eine Joggerin war, hielt es Ludwig für möglich, dass durchaus ein Zusammenhang bestehen könnte. Bisher war diese Spur aber im Sande verlaufen. Der große schwarz Gekleidete wurde trotz intensiver Suche nicht gefunden und konnte auch durch Aufrufe in der Presse nicht ermittelt werden.

Diese Apothekerin Ingrimm sollte er sich unbedingt auch noch einmal anhören, beschloss Ludwig.

Als der Wahl-Wiener am nächsten Morgen der Soko »Schnüffler« vorgestellt wurde, war er erfreut, dass es sich um eine sehr kleine Sonderkommission handelte. Der Leitende Oberstaatsanwalt Dr. Rüdiger Bellmann hasste »Mammutgruppen«, wie er sie bezeichnete, und achtete immer darauf, dass die Einheiten klein, flexibel und effektiv waren.

Mit Ludwig gehörten genau sechs Personen dieser Soko an: Dr. Bellmann selbst, Gerlinde Lüscher, die Kommissarin aus Biberach, ihr Assistent Jens Kötter, Hauptkommissar Joachim Moor aus Friedrichshafen und Polizeihauptwachtmeister Konrad Biller aus Überlingen.

Bis auf Dr. Bellmann duzten sich alle in der Runde, was Ludwig sehr entgegenkam. Deshalb sagte er auch sofort:

»Ich bin der Ludwig. Ich komme aus Wien, war dort bis zu meiner Pensionierung Fallanalytiker, stamme aber aus Biberach und wurde hier immer Lude genannt.«

»Da haben Sie mir ja schon einiges vorweggenommen, Herr Hirschberger«, ergriff Dr. Bellmann das Wort. »Also den Herrn Hirschberger haben wir als außenstehenden Berater aus zwei Gründen engagiert. Erstens hat uns das LKA keine OFA zur Verfügung gestellt, weil sämtliche Teams derzeit mit Pegida, NSU und Salafismus beschäftigt sind. Zweitens hat Herr Hirschberger vor einigen Jahren geholfen, einen uns unlösbar scheinenden Fall aufzuklären. Es handelte sich damals um den Mordfall Robert Maurer aus Biberach, der bekannte Architekt, der von seinem Schwiegervater umgebracht worden war.«

»Brauchen wir denn wirklich eine OFA?«, mischte sich PHM Konrad Biller ein. »Ich meine, solche Fisimatenten bringen uns doch nicht wirklich weiter. Wir sollten uns vielmehr auf eine erhöhte Präsenz an Beamten in der Region konzentrieren. Das würde den Täter viel mehr abschrecken und präventiver wirken als so ein amerikanischer Nonsens. Nehm's nicht persönlich, Ludwig, aber ich habe von diesen neumodischen Methoden noch nie was gehalten.«

Dass Biller vom badischen Teil des Bodensees stammte, war ihm deutlich anzuhören. Ludwig mochte diesen alemannischen Einschlag im Dialekt. Außerdem war er Konrad wegen dessen ablehnender Haltung seiner Tätigkeit gegenüber keinesfalls böse. Zu oft waren ihm grundsätzliche Zweifel an der Arbeit der Fallanalytiker gerade in Polizeikreisen untergekommen, als dass er sich darüber noch aufregte. Allerdings hatte er schon erwartet, auf deutlich weniger Skepsis nach den objektiven Erfolgen der Fallanalyse in den letzten Jahren zu stoßen, und war deshalb etwas enttäuscht.

»Jaja, Biller. Wir kennen Ihre Ablehnung allem Neuen gegenüber zur Genüge. Aber Frau Lüscher hat als Leiterin der Soko das Recht und die Pflicht, alles zur Aufklärung dieser mysteriösen Fälle zu tun. Dabei bestimmt sie die Mittel. Klar?«

Nach der Sitzung erfuhr Ludwig von der Kommissarin, dass der »Stinkbert«, wie Dr. Bellmann in Polizeikreisen genannt wurde, den Konrad Biller nicht unbedingt gut leiden konnte und dem gerne Vorpreschenden oft verbal die eine oder andere schallende Ohrfeige verpasste.

»Stinkbert« wurde Dr. Bellmann hinter seinem Rücken nicht etwa wegen irgendwelcher Gerüche oder Ausdünstungen genannt. Nein, im Gegenteil: Rüdiger Bellmann war eine äußerst gepflegte Erscheinung. Aber er stammte aus St. Ingbert im Saarland und aus seinem Wohnort leitete sich der Spitzname des sowohl von Delinquenten als auch von der Polizei gefürchteten Staatsanwalts ab.

»Konnten Sie denn schon Erkenntnisse aus den Akten herausfiltern?«, fragte Dr. Bellmann Ludwig nach seinem Rüffel gegenüber Konrad Biller.

»Nun, allzu viel konnte ich nach dem ersten Überblick, den ich mir bisher gemacht habe, noch nicht herausfiltern. Ich werde sehr viel persönliche Ermittlungsarbeit in diesen Fall legen müssen, so viel ist mir jetzt schon klar«, antwortete Ludwig. »Was ich aber mit ziemlicher Sicherheit schon jetzt sagen kann, ist, dass für unsere Opfer relativ wenig Gefahr bestand und dass auch bei zukünftigen Taten unseres Täters die Gefahr, dass die Opfer physische Schäden davontragen, relativ gering ist. Wir haben es vermutlich mit einem Geruchsfetischisten zu tun. Das ist im breiten Spektrum sexueller Abartigkeiten eine Gruppe, die wir zu den ›harmlosen‹ Tätern zählen. Allerdings darf nicht außer Acht gelassen werden, dass Verzweiflungstaten durchaus möglich sind, wenn sich der jeweilige Täter zu sehr in die Enge getrieben fühlt.«

»Alles Hokuspokus«, warf Konrad Biller ein. »Ich habe in meiner langjährigen Arbeit bei der Streifenpolizei schon Gäule vor der Apotheke kotzen sehen.«

»Ich weiß es, Herr Biller, ich weiß es«, meinte der Staatsanwalt. »Allerdings interessiert mich im Augenblick die Meinung von Herrn Hirschberger weitaus mehr als die Ihre. Haben Sie noch einen weiteren Punkt herausfiltern können, Doktor Hirschberger?«

»Oh, ich habe keinen akademischen Grad, Doktor Bellmann. Ich bin einfach nur der Ludwig Hirschberger. Tja, der zweite Punkt, der mir auffiel: Der Täter ist mit hoher Wahrscheinlichkeit Akademiker, möglicherweise Mediziner. Notfallmediziner wahrscheinlich.«

»Ja und er wohnt in Biberach in der Ravensburger Straße

im zweiten Stock, erste Türe links, hat eine Glatze und ein Glasauge.«

PHM Biller konnte es offenbar nicht lassen, sich über Ludwigs Ausführungen lustig zu machen.

Rüdiger Bellmann begann schon rot anzulaufen. Doch bevor er lospoltern konnte, antwortete Ludwig in ganz ruhigem, sachlichem Ton:

»In Biberach gibt es keine Ravensburger Straße, nur eine Waldseer Straße. Und ob unser Täter dort wohnt, kann ich zum jetzigen Zeitpunkt noch nicht sagen. Was ich allerdings mit ziemlicher Sicherheit sagen kann, ist, dass ich alle Entführungsopfer noch einmal persönlich vernehmen muss. Mir sind nämlich die unterschiedlichen Kidnapping-Zeiten unserer Opfer aufgefallen. Die Gründe dafür will ich erörtern, die konnten bei den ersten Befragungen, die ja unter Zeitdruck durchgeführt wurden, noch nicht behandelt werden.«

»Siehst du Gerlinde, der meint, du hast bis jetzt alles falsch gemacht«, stichelte PHM Biller.

»Komm, lass doch mal Konni!« Gerlinde Lüscher wirkte genervt. »Der soll uns helfen und sich nicht ständig vor dir rechtfertigen müssen.«

»Dann ist mir noch eine Kleinigkeit aufgefallen, die ich aber noch nicht endgültig verifizieren kann. Der Täter weiß vermutlich ziemlich genau, was in dieser Soko vorgeht. In Zukunft darf nichts, aber auch gar nichts mehr aus diesem Raum nach außen dringen«, warf Ludwig energisch ein.

»Wollen Sie damit sagen, dass wir einen Whistleblower hier sitzen haben?«, fragte Jens Kötter, der junge Assistent von Gerlinde Lüscher, ganz aufgeregt.

»Ich glaube kaum, dass es sich um einen Whistleblower handelt, ich glaube vielmehr, dass es sich um Indiskretionen handelt. Vielleicht hat jemand Kollegen oder zu Hause Dinge aus der Soko erzählt. Das muss in jedem Fall aufhören, sonst ist die Arbeit für die Katz«, fand Ludwig deutliche Worte.

»Wie kommen Sie darauf?«, fragte Dr. Bellmann.

»Die Fallen, die Sie dem Kidnapper gestellt haben, waren perfekt. Die Testperson passte zu 100 Prozent und auch die Locations waren perfekt. Vor allem die Geschichte in diesem Fitnessstudio fand ich klasse.«

Ludwig spielte auf das »Balance-Fitnessstudio« nur für Frauen an, dessen Besitzer der Kripo mitgeteilt hatte, dass alle Opfer Mitglied in einem seiner Studios seien. Da die Verhöre aller Beschäftigten und aller anderen Personen mit Zugang zu diesen Studios völlig ergebnislos verlaufen waren, hatten die Ermittler eine Polizistin von der Polizeiakademie in Biberach als Lockvogel angesetzt. In allen »Balance«-Studios war sie mehrfach aufgetaucht und hatte jedem, der es wissen wollte oder auch nicht, erzählt, dass sie am Abend kurz vor der Dämmerung an einen bestimmten Platz zum Joggen gehe.

Die Soko war sich ziemlich sicher gewesen, den Täter damit auf frischer Tat ertappen zu können, und hatte viele Polizeikräfte zur verdeckten Überwachung eingesetzt. Indes, es tat sich nichts. Kein Täter, kein Angriff auf den Lockvogel. Und plötzlich wurde während dieser Aktion eine andere Frau, ebenfalls Mitglied bei »Balance«, entführt. Daraufhin brach die Soko die Lockvogelkampagne ab, was der Polizistin sehr recht war. Denn die gewiss nicht dicke Beamtin hatte durch das ständige Trainieren in den Studios und das abendliche Joggen schon mehr als fünf Kilo an Gewicht verloren.

Dieser vergebliche Einsatz hatte den ersten Eindruck

verstärkt, dass die entführten sportlichen Frauen offenbar nur zufällig den »Balance«-Studios als Mitglied angehörten.

Gerlinde Lüscher war glücklicherweise nicht erzürnt, weil Ludwig sämtliche Entführungsopfer noch einmal befragen wollte. Seine Absicht hatte er ihr nach der Soko-Sitzung unter vier Augen mitgeteilt.

»Das wird aber eine ziemliche Knochenarbeit, Ludwig. Die Frauen sind teilweise alles andere als einfach und wollten zum Teil schon mit mir gar nicht über Dinge sprechen, die ihnen da widerfahren sind. Dann auch noch mit einem Mann? Ich weiß nicht. Da mutest du dir und den Frauen vielleicht ein bisschen viel zu.«

»Du hast ja völlig recht, Gerlinde. Aber ich habe gar keine andere Wahl. Ich muss doch die Nadel im Heuhaufen finden. Wäre es eine größere Nadel, hättet ihr sie doch längst gefunden. Mein Vorteil ist doch, dass ich nicht unter eurem immensen Zeitdruck stehe. Von mir erwartet keiner eine schnelle Lösung. Von mir wird eine Lösung erwartet. Von mir wird erwartet, dass ich den Fall sauber analysiere, dass ich aufgrund kleinster Spuren am Tatort Rückschlüsse ziehe, dass ich den Modus Operandi unseres Täters herausfinde, dass ich seine Abartigkeit mit früheren Fällen vergleiche und dann ein Täterprofil erstelle. Unter diesen Aspekten haben wir auch in Wien immer wieder mit Zeugen und Opfern gesprochen. Nur so kann ich mir dieses Bild machen, das ich euch dann vom Täter geben kann.«

»Na ja, ich weiß zwar nicht, was du die noch fragen willst, was ich sie nicht gefragt habe, aber bitte sehr. Obwohl: Bei einer Frau bin ich mir ziemlich sicher, dass sie sich weigern wird, sich noch einmal verhören zu lassen. Die wird dir sicher gleich mit dem Anwalt drohen.«

»Wie heißt die Dame?«

»Bernadette Schneider.«

»Ach, das ist die, die eine spontane Darmentleerung hatte, das ist doch nichts Besonderes, das kommt vor, wenn man Todesangst hat«, wiegelte Ludwig ab.

»Ich glaube nicht, dass es daran liegt, ich glaube vielmehr, dass Frau Schneider unter einer ausgewachsenen Paranoia leidet.«

Damit überraschte Gerlinde Lüscher Ludwig nun wirklich.

»Wie kommst du da drauf?«

»Sie hält sich nicht für eines der sieben Entführungsopfer unseres Täters. Sie glaubt, die Mafia sei hinter ihr her.«

»Wieso das denn?«

»Lange Geschichte. Ihre Eltern sind 1990 bei einem Flugzeugabsturz ums Leben gekommen. Und da sie die einzige Angehörige ist, die dem Untersuchungsbericht keinen Glauben schenkt, sondern vielmehr bis zum heutigen Tag behauptet, die Mafia hätte dieses Flugzeug absichtlich abstürzen lassen, ist sie überzeugt, dass die Mafia jetzt nach ihrem Leben trachtet.«

Gerlinde runzelte die Stirn und Ludwig tat es ihr gleich.

»Da erwartet mich wohl auch psychologische Feinarbeit.«

»In der Tat.«

»Aber weißt du, dann hatte die ja wirklich Todesangst. Das erklärt auch die spontane Darmentleerung.«

»Ich würde jetzt gerne das Thema wechseln, wenn es dir recht ist!«, ereiferte sich die Kommissarin.

»Gerne, wohin gehen wir essen?«

»Scherzkeks. Das eine muss aber klar sein, Ludwig, Diese Verhöre finden in Überlingen oder in Friedrichshafen statt. Wir können den Frauen nicht zumuten, nach Biberach zu fahren.«

Ihr Tonfall signalisierte Ludwig, dass sie keinen Widerspruch duldete.

»Kein Problem, ich bin gerne am See«, sagte Ludwig lachend. »Ich habe aber noch eine andere Frage an dich: Könnte es sein, dass in eurer Gegend die Notärzte auch grenzüberschreitend arbeiten? Ich meine damit: Kann es sein, dass ein Notarzt heute mit einem deutschen Notarztwagen, morgen mit einem österreichischen und übermorgen mit einem aus der Schweiz unterwegs ist?«

»Das müssen wir den Kollegen Moor fragen. Da kenne ich mich nicht aus! Sowieso, wieso willst du das wissen?«

»Heuhaufen, du erinnerst dich?«

»Jetzt mach's nicht so spannend!«

»Also, die Spusi hat doch viele verschiedene Reifenspuren an den Tatorten gefunden. Eure Rückschlüsse waren die, dass das verschiedene Reifen waren, dass die Spuren teilweise von Reifen stammten, die nur in der Schweiz beziehungsweise in Österreich erhältlich sind.«

»Ja, somit waren die Spuren hinfällig!«

»Ich bin da etwas anderer Meinung. Ich habe recherchiert und festgestellt, dass alle diese Reifen dieselbe Größe hatten. Und eure Notarztwagen und vermutlich auch die in der Schweiz und in Österreich haben diese Reifengröße drauf!«

»Boah! Wieso hast du das nicht vorhin in der Soko erzählt?«

Die Kommissarin schaute sichtlich überrascht drein.

»Weil ich nicht will, dass der Täter das erfährt. Und ich solche Dinge zuerst mit dir besprechen will. Du hast mich engagiert, du bist meine Auftraggeberin. Und du erfährst solche Dinge immer zuerst. Du entscheidest, ob sie in der Soko vorgetragen werden!«

Ludwig wusste ganz genau, dass er bei Gerlinde Lüscher vertrauensbildende Maßnahmen benötigte. Wenn sie ihm nicht vollends vertraute, stand er auf verlorenem Posten.

Entführungsopfer Nummer vier hatte man im Morgengrauen vor einem Baumarkt im nördlich gelegenen Biberacher Stadtteil Birkendorf gefunden. Ursprünglich bäuerlich geprägt, blühte Birkendorf nach dem Zweiten Weltkrieg zu einem pulsierenden Industrie- und Gewerbegebiet auf. Das weltweit renommierte Pharmaunternehmen Boehringer Ingelheim betreibt hier seinen größten Forschungsstandort und trägt maßgeblich zur Prosperität der Stadt bei.

Auch dieser Ort erwies sich als geradezu ideal für den Kidnapper. Ein riesiger Parkplatz, menschenleer um diese Zeit. Die Überwachungskameras waren nur auf die Eingänge des Baumarkts, nicht auf den Parkplatz gerichtet. Dass der Parkplatz befestigt war, erschwerte zudem die Spurensicherung außerordentlich. Natürlich fand man unzählige Reifenspuren. Bloß, von wem stammten die? Hinzu kamen die vielen Spuren der Einkaufswagen. Es war völlig illusorisch, hier Verwertbares zu finden.

Dass man das vierte Entführungsopfer am frühen Morgen schlafend auf einer Bank aufgefunden hatte, passte außerdem in das Muster.

Opfer Nummer fünf hatte der Entführer am Braithweg

auf eine Bank direkt vor dem evangelischen Kindergarten gesetzt. Unterhalb verläuft der regulierte Lauf der Ach, ein Zufluss der Riss, den die Biberacher »Ratzengraben« nennen.

Dass der Täter eine längere Pause zwischen diesen beiden Entführungen eingelegt hatte, machte Ludwig nachdenklich. Er führte dies darauf zurück, dass die Polizei in Biberach zusätzliche Streifendienste im Morgengrauen eingesetzt hatte, die jedoch nach einer gewissen Zeit wieder eingestellt worden waren.

Das warf für Ludwig folgende Fragen auf: Wusste der Täter von der Einstellung der Überwachung? Und vor allem: Woher wusste er das? Er musste einen Informanten haben, das wurde für Ludwig immer deutlicher. Aber wer war der Informant? Und warum informierte er den Täter? Deckte er ihn? Warum deckte er ihn?

Jede Menge Gespräche lagen vor ihm. Schwierige Gespräche zwar, aber sie mussten sein, weil er nur so an die vielen Geheimnisse kommen konnte, die er lüften musste, um den Täter überführen zu können. Er würde alle sieben Frauen verhören, würde die Zeuginnen der ersten Entführung befragen, denn nur im ersten Fall gab es überhaupt externe Zeugen, und er würde auch mit dem Besitzer der »Balance«-Studios sprechen müssen. Also beschloss Ludwig, sich bereits ab dem nächsten Tag mit den Befragungen zu befassen.

Da die Vernehmungen in Friedrichshafen und Überlingen stattfinden mussten, überließen Ludwig und die Kommissarin den Kollegen Moor und Biller deren Koordination.

Dass er die Opfer nicht in der Reihenfolge der Entführungen befragen konnte, spielte für Ludwig keine Rolle. Er brauchte nur die Ergebnisse hinterher zu ordnen.

Gerlinde äußerte den Wunsch, bei der einen oder anderen Vernehmung gerne dabei zu sein, sofern es ihre Zeit erlaube.

»Sei mir bitte nicht böse, Gerlinde, aber meine Strategie zielt auf eine Befragung Face to Face ab. Du kannst von außen gerne zuhören, aber im Verhörraum bin ich gerne mit den Gesprächspartnern alleine«, wiegelte Ludwig ab.

So ganz einverstanden war die Kommissarin nicht, aber sie schluckte die Pille. Schließlich war sie auf die Ermittlungen des renommierten Fallanalytikers angewiesen. Sehr dringend sogar.

»Okay. Morgen Vormittag haben wir die erste Vernehmung. Es handelt sich um Frau Wahl. Wir haben sie für neun ins Kommissariat in Friedrichshafen einbestellt. Wir müssten spätestens um halb acht hier losfahren.«

»Alles klar, Gerlinde, bis morgen um halb acht. Und danke für dein Verständnis!«

Ludwig fuhr zu Gabis Wohnung.

»Und«, fragte sie, »habt ihr schon Ergebnisse?«

»Weißt du, man hat mich nicht geholt, um zu zaubern, Gabi. Ich bin hierhergekommen, um die Fälle sauber zu analysieren. Das kann Wochen, manchmal sogar Monate dauern.«

»Ach, da freue ich mich aber. Da wird dein Besuch ja womöglich doch länger dauern. Toll, da hab ich über einen längeren Zeitraum Gesellschaft.«

Zum Nachtessen gab es Linsen mit Spätzle und Saitenwürstle.

»Allmächtiger, wie lange habe ich das schon nicht mehr gegessen. Du verwöhnst mich nach Strich und Faden und ich muss aufpassen, nicht meine alte Figur wiederzubekommen.«

»Nur keine Angst, wenn ich das merke, werde ich dich sofort auf Diät setzen«, sagte Gabi und grinste dabei spitzbübisch.

Sie saßen den Abend gemütlich in Gabis Wohnzimmer. Sie sprachen über ihre gemeinsame Schulzeit, über die Jugend in den 60er-Jahren, ganz zwanglos auch über ihre damalige Liebe, die ihr Vater mit einer hinterhältigen Lüge so plötzlich zerstört hatte. Und sie kamen natürlich auch darauf zu sprechen, dass ihr Vater vor vielen Jahren ihren Ehemann Robert ermordet hatte. Versehentlich, wie Ludwig damals ermittelt hatte, denn eigentlich wollte er Roberts Geliebte, Vera Meerbusch, umbringen.

»Wie geht's eigentlich der Vera? Redet ihr immer noch nicht miteinander?«, fragte Ludwig neugierig.

»Die Zeit heilt Wunden, Ludwig. Irgendwann einmal haben wir Frieden geschlossen. Sie war ja fast in der gleichen Lage wie ich, und als wir alles besprechen konnten, war das Eis gebrochen. Am meisten hat sie damals schockiert, dass eigentlich sie das Opfer hätte sein sollen. Das hat sie, glaube ich, richtig traumatisiert.«

Es war schon nach Mitternacht, als sich Ludwig zu Bett begab. Nicht ohne jedoch noch einmal die Akte von Helga Wahl zu studieren. Schließlich galt es, gut vorbereitet in ihre Vernehmung zu gehen.

Pünktlich um halb acht fuhren Ludwig und die Kommissarin in den »Hafen«, wie die Oberschwaben und die Seebewohner die Stadt Friedrichshafen nennen. Hauptkommissar Joachim Moor von der dortigen Kripo hatte alles perfekt vorbereitet. Auch Helga Wahl war schon anwesend.

Hauptkommissar Moor meinte ebenfalls, bei der Vernehmung dabei sein zu müssen. Er begründete dies damit, dass Helga Wahl schließlich in seinem Bezirk entführt worden sei; außerdem habe er sich von ihr den Tatort zeigen lassen. Auch hier dasselbe Prozedere wie bei Gerlinde Lüscher, auch hier eine gewisse Enttäuschung, aber es ging nun mal nicht anders.

Zu Ludwigs Überraschung bestand aber das Entführungsopfer darauf, dass eine Frau am Verhör beteiligt sei. Deshalb wurde Gerlinde Lüscher doch hinzugezogen. Ludwig bat sie aber, sich nach Möglichkeit zurückzuhalten.

Helga Wahl war schon eine attraktive Person. Bei ihr könnte man durchaus Verständnis aufbringen, dass der Täter sie entführt hatte. Sie war mittelgroß, muskulös, dabei durchaus weiblich, mit den Rundungen an den richtigen Stellen. Himmel, warum soll man nicht auch einmal so eine bildhübsche Frau vernehmen dürfen, dachte Ludwig.

Gerlinde Lüscher führte sie in den Verhörraum herein. Sie trug eine enge, aber nicht zu enge Jeans, eine beigefarbene Bluse und darüber einen dunkelblauen Blazer. Dazu ein ebenfalls dunkelblaues Halstuch, mit beigefarbenen Bärchen drauf, die exakt zur Farbe der Bluse passten. Eine sehr geschmackvoll gekleidete Frau.

»Guten Tag, mein Name ist Ludwig Hirschberger, ich berate Frau Kommissarin Lüscher. Ich war früher mal Fallanalytiker in Wien …«

»Ich weiß, wer Sie sind«, fiel ihm Helga Wahl ins Wort, »Frau Lüscher hat Sie mir schon ausgiebig beschrieben. Und außerdem habe ich Sie erst kürzlich im Fernsehen gesehen, mit Emilio Ehstatt zusammen.«

»Ah gut, dann können wir uns jede weitere Einführung ersparen und gleich mit der Arbeit beginnen«, meinte Ludwig, der möglichst geschäftig wirken wollte, obwohl er mächtig stolz war, dass sie ihn sofort erkannt hatte.

»Schießen Sie los«, sagte Helga Wahl lächelnd.

Diese Frau war Ludwig auf Anhieb sympathisch. Sie könnte genau in seine Strategie passen, sich mit den Opfern etwas anzufreunden. Sie wäre die Idealbesetzung dafür. Sie war am längsten mit dem Entführer zusammen gewesen, hatte die größte Erfahrung und die höchste Anzahl an Berührungspunkten.

»Frau Wahl«, begann Ludwig, »den Unterlagen entnehme ich, dass Sie aus Langenargen am Bodensee kommen. Schildern Sie mir doch bitte, wie es zu Ihrer Entführung kam.«

Nach kurzem Überlegen antwortete Helga Wahl:

»Also ich war wie immer joggen. Sie müssen wissen, ich bin eine leidenschaftliche Joggerin. Neben meinen Besuchen im Fitnessstudio ist Joggen mein größtes Hobby.«

»Klar.«

»Es war schon etwas dämmrig. Ich lief wie immer der Argen entlang. Kurz hinter der alten Hängebrücke in Richtung Langenargen hatte ich plötzlich das Gefühl, dass ich überholt werde. Da ich mich in einem Modus mit relativ hohem Tempo befand, verwunderte mich das etwas, maß dem Ganzen aber keine besondere Bedeutung zu. Kurz nach der Unterführung der Straße wurde ich aber eingeholt. Aus den Augenwinkeln sah ich einen Vermummten mit einer schwarzen Lederkombi.«

»Hat Sie der Mann links oder rechts überholen wollen?«

»Moment, es muss wohl links gewesen sein. Plötzlich bekam ich ein Tuch auf die Nase gedrückt. Von da an habe ich keinerlei Erinnerung mehr, außer diesen Traumfetzen, die ich der Frau Kommissarin Lüscher ja schon beschrieben habe.«

»Und eine Chance, sich zu wehren, hatten Sie nicht?«, fragte Ludwig.

»Das ging so wahnsinnig schnell. Außerdem, ich konnte ja nicht ahnen, dass der Typ mich angreift. Ich laufe doch schon seit Jahren hier und noch nie ist da etwas passiert.«

Das passte genau in das Bild, das sich Ludwig schon aus den Akten gemacht hatte. Der Täter überwältigte seine Opfer mit einem blitzartigen Angriff von hinten. Aller Wahrscheinlichkeit nach benutzte er ein mit Chloroform getränktes Tuch, um seine Opfer außer Gefecht zu setzen. Und: Es musste eine beträchtliche Menge Chloroform sein, denn mit ein paar Tropfen wäre eine derart sportliche Frau wie Helga Wahl nicht sofort ohnmächtig geworden.

Ludwig hielt inne und ging zum Fenster. Er schien lange nachzudenken. Der Kerl weiß ganz genau, mit welcher Dosis er seine Opfer außer Gefecht setzen kann, dachte er. Da Helga Wahl genau in das Beuteschema des Täters passte – eine Frau um die 40, sportlich, muskulös, nicht übergewichtig, aber auch nicht zu dünn und mit weiblichen Formen –, war sie also kein Zufallsopfer, sondern sehr gezielt ausgewählt worden. Die Art der Vorbereitung wirkte ziemlich professionell. Ludwig beschloss, nach dem Verhör mit Gerlinde den Tatort zu inspizieren, begab sich wieder an den Tisch und setzte die Befragung fort.

»Frau Wahl«, begann er, »Sie sind mit fünf Tagen Verweildauer das Opfer, das sich am längsten in den Händen des Entführers befunden hat. Mich würde jetzt interessieren, warum das so gewesen ist. Drei Opfer waren drei Tage gefangen, eines zwei Tage, zwei Opfer wurden sofort wieder freigelassen. Nur Sie wurden fünf Tage festgehalten. Können Sie sich das erklären?«

»Keine Ahnung«, meinte Helga Wahl, »ich habe ja die meiste Zeit geschlafen. Ich war nur zu den Essenszeiten wach, da war er aber nie da. Und wenn mich diese Maschine gewaschen hat.«

»Wie oft wurden Sie denn von dieser Maschine gewaschen?«, fragte Gerlinde.

»Unterschiedlich.«

»Wie?«

»Na ja, die ersten beiden Tage fast stündlich, danach morgens und abends. Und jedes Mal, wenn ich ein menschliches Bedürfnis hatte. Ich meine, danach natürlich.«

»Hatten Sie das Gefühl, dass er sie beschnüffelt hat?«

Ludwig wollte wissen, wie tief ihr Schlaf gewesen war, und damit eventuelle Hinweise auf die Art des Narkotikums erhalten.

»Die ersten beiden Tage nicht. Danach hatte ich schon manchmal so ein unangenehmes Gefühl, als ob irgendjemand an mir herumschnüffelt.«

»Sie sagten, die ersten beiden Tage nicht«, insistierte Ludwig, »woran lag das Ihrer Meinung? Könnte es sein, dass Sie Ihre Regelblutung hatten?«

»Sie, das geht mir aber jetzt deutlich zu weit«, beschwerte sich das Opfer, »Sie fragen mich da Dinge aus meinem Intimleben, fragen mich Dinge, die offensichtlich mit der Sache gar nichts zu tun haben. Haben Sie womöglich ein persönliches Interesse?«

Helga Wahl war sehr energisch und richtig laut geworden.

Aber Ludwig konterte gekonnt:

»Liebe Frau Wahl, zu meinem allergrößten Bedauern

habe ich das biologische Ablaufdatum für ein persönliches Interesse überschritten. Ich kann Ihnen versichern, dass mir das in Ihrem Falle wirklich leidtut. Aber es ist nun mal so, mein Interesse an Ihnen ist rein beruflich und die Fragen, die ich stelle, haben ausschließlich mit dem Fall zu tun.«

»Sie müssen wissen«, mischte sich jetzt auch die Kommissarin beruhigend ein, »der Herr Hirschberger hat wahnsinnig viel Erfahrung mit sexuellen Serientätern. Viel mehr als ich. Deshalb habe ich ihn ja auch dazu geholt. Ich kann Ihnen versichern, alles, was Herr Hirschberger macht, dient zur Auffindung des Täters. Er muss solche Fragen stellen, nur so kann er sich in den Täter hineindenken.«

»Na ja, wenigstens ist er ehrlich«, antwortete Helga Wahl versöhnlich lächelnd und spielte damit offensichtlich auf Ludwigs Bemerkung mit dem biologischen Ablaufdatum an. »Und ja, Sie haben recht. Die ersten beiden Tage hatte ich meine Regel noch.«

»Und während dieser Zeit hat er Sie weder berührt noch beschnüffelt?«

»Also, berührt hat er mich, soweit ich das feststellen kann, überhaupt nicht. Zu keiner Zeit. Er hat mich, nachdem meine Tage vorbei waren, sicher des Öfteren beschnüffelt. Es gab dazwischen aber auch einmal eine längere Pause, in der ich wach und in diesem OP-Raum völlig allein war. Über viele Stunden.«

»OP-Raum?«

»Ja, der Raum wirkte wie ein OP-Raum. Oder wie der Raum in einem Krankenhaus in der Notaufnahme.«

Ludwig, der sich während der Vernehmung stichwortartige Notizen machte, kreuzte diese Aussage mit einem roten Stift dick an.

»Haben Sie um Hilfe gerufen?«, hakte Gerlinde nach.

»Gerufen? Geschrien habe ich. Die Seele aus dem Leib habe ich mir geschrien. Aber niemand hat mich gehört! Außer dieser Kerl, wenn er wiedergekommen ist.«

»Was geschah, wenn er wiederkam?«

Helga Wahl war jetzt ziemlich erregt.

»Ich habe etwas zu essen und zu trinken bekommen. Meistens waren es Fertiggerichte. Spaghetti Bolognese, Königsberger Klopse, Linsen mit Spätzle. Immer so ein Zeugs aus der Schale. Sie müssen wissen, ich verabscheue diese Fertiggerichte mit den Emulgatoren und den ganzen Geschmacksverstärkern.«

»Und dann?«

»Habe ich eine Spritze bekommen und war wieder weg.«

»Schätzen Sie mal ab, wie lange hat es gedauert von dem Augenblick, in dem Sie die Spritze bekommen haben, bis Sie eingeschlafen sind?«

Ludwig war immer noch darauf aus zu erfahren, mit welcher Art von Narkotikum die Opfer betäubt wurden.

»Zwei Minuten, fünf Minuten? Ich weiß es nicht genau, danach war ich weg. Wie lange das war, kann ich Ihnen nicht sagen. Ich hatte weder ein Zeit- noch ein Raumgefühl. Durch diese Spritzen kam mein ganzer Schlafrhythmus durcheinander und ich hatte hinterher wochenlang mit erheblichen Schlafproblemen zu kämpfen.«

»Das kann ich mir lebhaft vorstellen. Da hat Ihr Horror auch nach der Entführung nicht geendet. So was ist schrecklich«, bemühte sich Ludwig, den Verständnisvollen zu geben. »Versuchen Sie sich mal zu erinnern: Dieses Gefühl, beschnüffelt zu werden, wie ist Ihnen das in Erinnerung?«

»Schwierig zu beschreiben. Ungefähr so, als ob Sie sich nach dem Aufwachen vage an einen Traum erinnern können. Sie haben da irgendwelche Gedankenblitze im Kopf, ohne diese irgendwie zuordnen zu können. Wirres Zeug eigentlich.«

Ludwig fasste nach. Ihm war schon einmal so ein Fall untergekommen, er lag aber schon Jahrzehnte zurück.

»Und diese Traumerinnerung war nach jeder Spritze dieselbe?«

»Genau, jetzt, da Sie das sagen, fällt mir das richtig auf.« Helga Wahl wirkte verblüfft. Dieser Typ aus Wien schien ihr ein ganz ausgeschlafenes Bürschchen zu sein. »Jedes Mal, wenn ich diese Spritze bekommen habe, hatte ich denselben Traum. Komisch!«

»Und jedes Mal hat Sie der Typ beschnüffelt?«

»Kann sein. Zumindest waren meine Gedankenblitze so. Es war aber, wie gesagt, so ein Zwischending zwischen Traum und Wirklichkeit, nichts Konkretes.«

»Unsittlich berührt oder vergewaltigt hat er sie aber nicht?«

»Nein, das Gefühl hatte ich nie. Es kann natürlich trotzdem gewesen sein. Allerdings haben die Untersuchungen der Gynäkologin hinterher ergeben, dass zumindest keine Vergewaltigung stattgefunden hat.«

»Haben Sie denn hinterher Panikattacken oder Ähnliches bekommen?«

»Wie meinen Sie das?«

Helga Wahl verstand nicht, was Ludwig mit dieser Frage bezweckte.

»Ich meine, sind Sie nachts im Bett gestanden, hatten Sie plötzlich Halluzinationen?«

Ludwig fragte nach den typischen Nebenwirkungen von Benzodiazepinen.

»Nee, gar nichts davon. Ich hatte nur tagelang damit zu

kämpfen, meinen Schlafrhythmus wiederzufinden. Wie bei einem Jetlag.«

»Hätten Sie etwas dagegen, wenn wir eine kurze Pause einlegen, Frau Wahl?«

»Ganz im Gegenteil, ich müsste eh mal zur Toilette.«

»Gut, dann sehen wir uns in circa zehn Minuten wieder.«

Nachdem Helga Wahl den Raum verlassen hatte, kam auch Hauptkommissar Joachim Moor in den Vernehmungsraum. Er hatte mittels Videoübertragung das Verhör verfolgen können.

»Kommt mir mysteriös vor, dieses Narkotikum«, sagte Ludwig nachdenklich. »Es wirkt relativ schnell, hat keine Nebenwirkungen wie K.-o.-Tropfen, hat keinen Rebound-Effekt wie Benzodiazepine. Ein richtiges Narkosemittel kann es auf gar keinen Fall sein. Auch Lachgas kann hier nicht in Frage kommen. Habt ihr mit dem Medizinischen Dienst schon darüber gesprochen?«

»Davon kannst du ausgehen«, antwortete Joachim Moor. »Aber denen ging es ganz genau so wie dir. Es muss sich um eine völlig neuartige, uns unbekannte Substanz handeln.«

»Das könnte ja bedeuten, dass wir es mit einem Forscher aus der pharmazeutischen Industrie zu tun haben. Ein Monster, ein Phantom. Male mir bloß den Teufel nicht an die Wand«, rief die Kommissarin aus.

»Das würde wieder nach Biberach passen«, meinte Ludwig, »so würde sich der Kreis schließen. In Biberach gibt es einen der größten Standorte für die Pharmaforschung. Könnte doch sein, dass der Forscher in Biberach wohnt und hier am See seine Opfer sucht.«

Ludwig schien eine Vorstellung zu haben.

»Keine schlechte Idee«, warf Gerlinde Lüscher ein. »Hat nur einen Nachteil: In Biberach wird meines Wissens nicht an Psychopharmaka oder Narkotika geforscht, da geht es um ganz andere Medikamente.«

»Bleibt aber noch eine andere Möglichkeit: Der Täter ist Mediziner und an der Erforschung eines Medikaments beteiligt, das noch nicht im Handel ist. Und da kann der Täter überall wohnen.«

Fast hätte Ludwig erwähnt, dass der Täter sogar in der Schweiz beheimatet sein könnte, er verkniff es sich aber gerade noch rechtzeitig. Er wollte diese Variante zum jetzigen Zeitpunkt noch nicht ins Spiel bringen. In der unmittelbar angrenzenden Schweiz saßen sehr wohl Pharmakonzerne, die sich mit Psychopharmaka beschäftigten. Ludwig hatte da so eine Idee, wen er in Wien anrufen könnte. Ein Bekannter seiner geschiedenen Frau saß im Gesundheitsministerium und befasste sich mit der Zulassung von Arzneimitteln. Sollte sich eine solche Substanz in der Erforschung befinden, wäre er mit Sicherheit involviert und könnte ihm Auskunft geben.

Zwischenzeitlich kam Helga Wahl von der Toilette zurück und Ludwig konnte die Vernehmung fortsetzen. Joachim Moor verließ den Verhörraum wieder.

»Etwas würde mich noch interessieren, Frau Wahl«, begann Ludwig die zweite Runde, »was haben Sie von Ihrer Freilassung mitbekommen?«

»Eigentlich so gut wie gar nichts«, antwortete das Opfer. »Das Erste, an das ich mich erinnern kann, ist, dass mich gefröstelt hat. Obwohl es tagsüber relativ warm war, war mir ziemlich kalt. Da ich aber jedes Zeitgefühl verloren hatte, wusste ich nicht, welche Tageszeit wir hatten. Außerdem stand ich noch voll neben der Spur, als ich wie aus dem Nebel einen Mann mit einem Hund gesehen habe. Der wollte von mir wissen, ob mir etwas fehle.«

»Was haben Sie ihm geantwortet?«, fragte Ludwig.

»So ganz genau weiß ich das jetzt nicht mehr, aber ich glaube, ich habe ihm gesagt, dass mir kalt ist, und ich habe ihn gefragt, wie spät es ist.«

»Und dann?«

»Der Mann gab mir seinen Trenchcoat. Mit der Wärme kamen auch meine Sinne wieder in Trab. Dabei ist mir aufgefallen, dass ich in einer ganz fremden Umgebung war. Ich wollte von dem Mann wissen, wo ich bin. Er sagte mir, wir seien auf dem Eichele.«

»Lindele«, verbesserte Gerlinde Lüscher.

»Stimmt, das weiß ich heute auch. Ich kannte aber kein Eichele und wollte von dem Mann wissen, in welcher Stadt wir sind. Er sagte, ›in Biberach‹, was mich doch sehr überrascht hat, denn ich kannte diese Stadt bisher überhaupt nicht. Bin nur mit dem Auto dran vorbeigefahren. Ja und dann sagte ich dem Mann, dass ich entführt wurde.«

»Was geschah danach?«, fragte Ludwig.

»Der Mann, er heißt Herr Heinrich, wie ich inzwischen erfahren habe, nahm sein Handy heraus und rief die Polizei. Die beiden Streifenbeamten brachten mich ja dann zu Ihnen.«

Sie schaute dabei Gerlinde Lüscher an, ein kleines Lächeln huschte über ihr Gesicht.

»Ich möchte mich ganz herzlich für Ihre Bereitschaft bedanken, dass Sie sich noch einmal mit uns unterhalten haben. Ich kann sehr gut nachvollziehen, wie unangenehm das für Sie sein muss. Aber Sie dürfen uns eines glauben: Wir werden nicht locker lassen, bis wir diesen Mann gefunden haben«, sagte Ludwig.

»Davon bin ich überzeugt. Ich bin mir aber auch sicher, dass es wahnsinnig schwierig für Sie wird. Der Kerl scheint mir einfach zu gerissen zu sein. Der macht keine Fehler.«

»Sobald wir einen Verdächtigen haben, werden wir Sie zur Gegenüberstellung laden, Frau Wahl«, ergänzte Gerlinde Lüscher.

»Sie wissen ja. Da werde ich Ihnen wahrscheinlich keine große Hilfe sein können. Wie ich Ihnen ja schon gesagt habe, war der Typ ständig mit einer schwarzen Lederkombi bekleidet und hatte eine Strumpfmaske über dem Gesicht.«

»War er denn groß und kräftig?«, fragte Ludwig zum Abgleich mit der Aussage der Apothekerin Ingrimm.

»Also besonders groß erschien der mir nicht. Vielleicht so 1,75 Meter, maximal. Und er hatte eine eher schmächtige Figur – oder besser drahtig. Aber knabenhaft und sehr geschmeidig.«

Helga Wahl, die seit ihrer Entführung nicht mehr joggte und psychologische Betreuung benötigte, stand auf und verabschiedete sich.

»Das deckt sich aber gar nicht mit der Aussage der Zeugin Ingrimm. Die hätte ich doch gerne vernommen, bevor ich mit den anderen Opfern spreche«, wandte sich Ludwig an die Kommissarin.

»Wird schwierig, mit der einen Termin zu vereinbaren. Erstens betreibt sie mehrere Apotheken im Bodenseegebiet und zweitens ist sie mit Konrad Biller befreundet. Die beklagt sich bestimmt bei ihm, wenn wir sie noch einmal belästigen«, brachte Gerlinde Lüscher ihre Bedenken vor.

»Es muss aber sein«, warf Ludwig ein.

»Außerdem sollten wir die Aussage der Frauen nicht

allzu überbewerten. Die waren doch alle betäubt und können sich praktisch an nichts mehr erinnern.«

»Genau darin sehe ich meine Chance, liebe Gerlinde. Es könnte sein, dass im Unterbewusstsein der Opfer noch Erinnerungen versteckt sind, von denen sie selber gar nichts wissen. An die will ich ran.«

»Vielleicht hat ja der Biller doch recht«, sagte die Kommissarin grinsend, »und ihr Profiler seid nur Dampfplauderer und Zauberer.«

»Und der Herr Hauptwachtmeister ist der Weisheit letzter Schluss«, ergänzte Ludwig.

Lachend gingen beide nach draußen, wo sie auf Joachim Moor trafen.

»Da wird der Konni aber keine Freude haben, wenn ihr die Ingrimm nochmals vorladet. Vor allem wird er drauf bestehen, bei ihrer Vernehmung dabei zu sein.«

»Kann er gerne«, meinte Ludwig, »aber reinreden darf er mir nicht.«

Auf der Rückfahrt nach Biberach fuhren sie noch an die »Alte Hängebrücke«. Joachim Moor ging mit, schließlich hatte ihm Helga Wahl nach ihrer ersten Befragung durch Gerlinde Lüscher den Entführungsort gezeigt.

»Ich vermute mal, der kam hinter diesem Gebüsch hervor«, mutmaßte Ludwig.

»Und woher bezieht der Herr Zauberer seine Weisheit?«, fragte die Kommissarin spöttisch.

»Weil der kaum die ganze Strecke hinter Frau Wahl hergerannt sein kann. Chloroform hat die Eigenschaft, relativ schnell zu trocknen und damit exzessiv an Wirkung zu verlieren.«

Ludwig war auch überzeugt davon, dass Rollstuhlspuren zu finden gewesen wären, wenn man das Gebüsch untersucht hätte. Aber dazu wollte er nichts sagen. Zumindest jetzt noch nicht.

»Sieh zu, dass wir relativ schnell einen Termin mit dieser Frau Grimmenstein bekommen«, sagte Ludwig auf der Rückfahrt nach Biberach.

»Ingrimm«, verbesserte ihn die Kommissarin.

»Sorry, Grimmenstein ist ein kleiner Flecken in der buckligen Welt, südlich von Wien.«

»Wo?«

»An der Grenze zum Burgenland. Hat übrigens viel Ähnlichkeit mit dem südlichen Oberschwaben.«

»Lohnt sich ein Urlaub dort?«, fragte Gerlinde.

»Ein Urlaub in Österreich lohnt sich immer. Apropos Österreich, ich müsste nachher auf dem Kommissariat noch ein Ferngespräch nach Wien führen. Dienstlich!«

»Kein Problem, Privatgespräche führst du doch sowieso nicht.«

»Zumindest nicht in Diensträumen.«

Bedaure sehr, Herr Hirschberger, aber der Herr Medizinalrat befindet sich derzeit auf Kur und ich bin nicht befugt, Ihnen mitzuteilen, wo das ist«, sagte eine weibliche Stimme im Wiener Gesundheitsministerium, bei dem Ludwig angerufen hatte, um seine Quelle bezüglich neuer Psychopharmaka anzuzapfen.

»Wann wird der Herr Medizinalrat denn zurückkehren, gnä' Frau?«

»Auch das dürfte ich Ihnen net sagen, Herr Hirschberger, selbst wenn ich's gwusst hätt.«

»Bittschön, könnten S' so freundlich sein und dem Herrn Medizinalrat ausrichten, er soll mich doch bitte zurückrufen, wann er wieder im Dienst ist?«

»Aber gerne, Herr Hirschberger.«

»Sagen S' ihm bittschön, er soll den Wiggerl anrufen.«

»Ich weiß sehr gut, wer Sie sind, Herr Hirschberger«, meinte die Mitarbeiterin des Medizinalrats in schönstem Schönbrunner-Hochdeutsch, jener so künstlich wirkenden, durch die Nase gesprochenen Sprache.

»Der Herr Medizinalrat ist auf Kur«, äffte Ludwig sie nach, nachdem er aufgelegt hatte.

Er war allerdings mehr darüber erzürnt, dass der Bekannte nicht anwesend war, als über das gekünstelte Gespräch mit dessen Sekretärin.

»Du hast Glück, Ludwig«, meinte Kommissarin Gerlinde Lüscher am nächsten Morgen. »Wir fahren jetzt nach Ravensburg, da hat die Frau Ingrimm eine Filiale und dort können wir mit ihr sprechen. Sogar ohne den Konni, was die ganze Sache angenehmer macht. Wir sollen allerdings in die Apotheke kommen.«

»Das ist ja toll«, warf Ludwig ein. »In der Stadt der Türme war ich eh schon lange nicht mehr. Ich hätte die Vernehmung zwar lieber im ›Café Central‹ auf dem Marienplatz gemacht, aber es ist auch so gut.«

»Wie kommt ein Biberacher dazu, sich so gut in Ravensburg auszukennen? Die sind sich doch sonst nicht grün!«

»Ich sage nur: die ›Ranch‹. Das war Mitte der 60er-Jahre die angesagte In-Disco in Oberschwaben. Da musstest du einfach hin, dort musstest du sein, sonst warst du von vorgestern.«

»Die ist doch als Drogendschungel berüchtigt gewesen«, zeigte sich Gerlinde Lüscher überrascht.

»Erst später. Zunächst war's wirklich nur eine klasse Disco. Und: Ravensburg hatte, als ich noch ein kleiner Junge war, noch eine Straßenbahn. Die fuhr bis nach Baienfurt. Ganz lustig, die hatte lauter verschiedene Wagen. ›Mühle‹ nannte man sie im Volksmund.«

»Du bist wirklich ein wandelndes Lexikon, Ludwig«, sagte die Kommissarin belustigt und lachte dabei.

»Den Ausdruck höre ich nicht gerne.«

»Wieso?«

»Weil die Rückseite des wandelnden Lexikons immer der Klugscheißer ist. Menschen, die dir ins Gesicht sagen, du wärst ein wandelndes Lexikon, sagen hinter deinem Rücken immer: ›so ein Klugscheißer‹.«

»So habe ich das noch nie gesehen«, sagte Gerlinde nachdenklich.

»Auf dem Rutenfest war ich auch ein paar Mal«, ergänzte Ludwig, was bei der Kommissarin zu noch mehr Verwunderung führte.

»Ein Biberacher – auf dem Rutenfest? Das geht doch gar nicht!«

»Mir hat's jedenfalls gut gefallen. Es ist dem Schützenfest so ähnlich und doch so anders«, meinte Ludwig.

»Jetzt sprichst du wieder einmal in Rätseln. Aber sag, welches von den beiden Festen ist nun das bessere, das schönere?«

»Nächste Frage«, antwortete Ludwig schroff.

»Wieso?«

Gerlinde Lüscher gab nicht auf.

»Weil man die beiden Feste nicht gegeneinander bewerten kann und soll. Jedes von denen ist in seiner Form grandios. Die Feste sind so wunderschön, dass sie sich in die Herzen ihrer Bürger einbrennen und eine längere Abstinenz fast nekrotisch wirkt. Viele Städte vergleichbarer Größe würden sich rühmen, auch nur annähernd solche Feste feiern zu können. Es gibt in Deutschland Bundesländer, die kein einziges vergleichbares Fest haben. Und hier in Oberschwaben hat man auf kleinster Fläche gleich deren zwei. Und was macht ihr? Ihr wollt sie gegeneinander bewerten. Das halte ich für absoluten Schwachsinn. Jede Überhöhung des einen Festes gegenüber dem anderen würde bei den ›Unterlegenen‹ zu tiefen Wunden führen. Und das völlig zu Unrecht.«

»Du solltest echt einen Vortrag für die Heimatforscher halten, Ludwig«, sagte die Kommissarin beeindruckt. »Man muss offensichtlich lange von hier weg gewesen sein, um einen derart souveränen Blick auf die Dinge werfen zu können.«

»Tja, aber leider haben wir unseren Blick auf einen ziemlich komplizierten Fall zu werfen«, gab Ludwig zur Antwort.

Gleich nach ihrer Ankunft in der Apotheke in einem Einkaufszentrum in der Ravensburger Südstadt wurden sie von Sonja Ingrimm empfangen.

Sobald die Apothekerin den Raum betrat, bekam Ludwig einen Stich ins Herz. Diese Frau hatte eine unglaubliche Ähnlichkeit mit seiner geschiedenen Frau Lea. Und sie war ungefähr in dem Alter wie Lea damals, als sie am 26. Oktober 1999 erklärte, dass sie sich von ihm trennen werde.

Ludwig kam es so vor, als habe Sonja Ingrimm die kleinen Fältchen an derselben Stelle wie Lea. Ihr Lächeln war genau das gleiche und ihr Auftreten genau so selbstsicher und bestimmt wie das seiner Ex-Frau.

Nur ihre Stimme war anders, etwas tiefer, und sie sprach auch nicht mit wienerischem Einschlag wie seine Lea. Nein, Sonja Ingrimm, die attraktive Apothekerin, sprach ein sehr gepflegtes Hochdeutsch. Allerdings konnte Ludwig relativ schnell einen rheinischen Zungenschlag bei ihr heraushören.

Selten einmal zuvor hatte Ludwig ein derartiges Bedürfnis verspürt, mit einer Zeugin nicht jene absolut notwendige Befragung durchzuführen, sondern sie vielmehr einzuladen, ein paar Stunden mit ihm privat zu verbringen. Sich mit ihr am nahen See zu vergnügen und mit ihr jene Dinge nachzuholen, die er bei seiner Lea so sträflich vernachlässigt hatte.

Aber Ludwig saß nicht auf einer Parkbank am See, sondern auf einem harten Stuhl in der Apotheke des Einkaufszentrums in Ravensburg.

»Guten Tag, Frau Ingrimm, mein Name ist Ludwig Hirschberger. Ich bin quasi ein Assistent von Frau Kommissarin Lüscher und wollte Sie noch einmal zu Ihrer Beobachtung befragen, die Sie seinerzeit gemacht haben am 3. August, als die Frau Frank entführt wurde.«

»Jetzt untertreiben Sie aber gewaltig mit dem Assistenten. Ich weiß ganz genau, dass Sie ein Profiler sind. Dazu noch ein sehr renommierter und Sie kommen aus Wien.«

Woher konnte die Apothekerin das wissen? Von Gerlinde Lüscher ganz sicher nicht. Die Doppelgängerin seiner Lea war bestens informiert.

»Woher wissen Sie denn das, Frau Ingrimm? Ich bin ja erst seit einer Woche hier und meines Wissens war in der Presse von meiner Mithilfe noch nicht die Rede.«

Ludwig war um Sachlichkeit bemüht, obwohl ihm dies überhaupt nicht leicht fiel. Auch das Gehabe der Frau, ihre Körpersprache, erinnerte ihn fatal an seine Ex.

»Na ja, ich spiele mit der Ehefrau Ihres Kollegen Konrad Biller gelegentlich Golf in Owingen. Gestern hat mir Christiane Biller unter dem Siegel der Verschwiegenheit erklärt, dass sich die Soko jetzt einen Profiler zugelegt hat. Sogar einen aus Wien.« Sonja Ingrimm hielt sich gespielt erschrocken die Hand vor den Mund und sagte dann: »Oje, hoffentlich habe ich jetzt den Konrad nicht in Probleme gebracht.«

Ludwig erkannte, dass sie bereits vorgewarnt war. Und dass sein »Standing« bei ihr nicht erstklassig sein dürfte, dazu hatten sicher die Schilderungen von Konrad Biller das Ihre beigetragen.

»Fallanalytiker, nicht Profiler, verehrte Frau Ingrimm. Die Amerikaner haben zwar diese Methode erfunden und sie Profiler genannt, bei uns im deutschsprachigen Raum heißt die korrekte Berufsbezeichnung aber Fallanalytiker. Und nein, Sie brauchen sich um Konrad Biller keine Sorgen zu machen. Ich werde nirgendwo etwas von Ihrer Information erwähnen. Jetzt würde mich aber doch brennend Ihre Beobachtung vom 3. August interessieren.«

»Aber das habe ich doch dem Konrad schon alles erzählt!«

»Das weiß ich und ich habe das Protokoll Ihrer Befragung auch schon gelesen. Trotzdem würde ich gerne noch einmal von Ihnen hören, was Sie gesehen haben.«

»Wieso, trauen Sie dem Konrad nicht?«, fragte die Apothekerin etwas schnippisch.

Da war sie also, die erwartete Voreingenommenheit. Wie gerne hätte er Sonja Ingrimm nach Abschluss dieses Falls einmal auf einen Kaffee eingeladen, aber er sah seine Felle davonschwimmen.

»Oh nein, gnä' Frau. Konrad Biller ist ein exzellenter Polizist und seine Befragung war absolut professionell. Aber wir Fallanalytiker suchen immer einen ganz anderen Zugang zu dem Fall, als es die ermittelnde Polizeibehörde macht. Sonst bräuchte man uns ja nicht.«

»Ah ja. Nachdem ich fast gar nichts gesehen habe, würde mich Ihr anderer Zugang schon interessieren. Aber okay. Ich bin an diesem Sonntagabend, an dem es im Übrigen regnete, mit meiner Mutter auf unserem alltäglichen Spaziergang gewesen. Obwohl, ich bin gegangen und meine Mutter hat in ihrem Rollstuhl gesessen. Wir waren gerade wieder auf dem Weg zu unserem Auto, als dieser Mann an uns vorbeirannte.«

Wahnsinn, diese Handbewegungen, mit denen Sonja Ingrimm jede Aussage unterstrich. Wie meine Lea, dachte Ludwig. Es war für ihn nicht nur verblüffend, es wurde ihm fast unheimlich.

»Wie ist der Mann denn gerannt?«

»Na ja, gerannt eben.«

»Ich meine, ist er eher gejoggt oder ist er gesprintet? Um es in der Pferdesprache auszudrücken, war es eher ein Trab oder war es ein Galopp?«

Sonja Ingrimm lächelte. Etwas gequält, fand Ludwig.

»Galopp, ganz eindeutig Galopp.«

»Und wo rannte er hin?«

»Schnurstracks Richtung Parkplatz ist er gerannt. Ich dachte mir noch: So ein Riesenkerl und rennt vor dem bisschen Regen davon, wie ein Wahnsinniger.«

»Also ist er wie ein Wahnsinniger gerannt?«

»Ja, schon.«

»Konnten Sie sich denn ein Bild davon machen, wie alt der Mann ungefähr war?«

»Können Sie einen Menschen von hinten einschätzen? Können Sie von hinten erkennen, wie alt ein Mensch ist? Ich nicht. Also besonders alt konnte er nicht gewesen sein, sonst wäre er nicht in diesem Tempo an uns vorbeigeschossen.« Und, als ob sie Ludwig noch eins auswischen wollte: »So alt wie Sie war er auf jeden Fall nicht!«

»Davon ging ich à priori aus.«

Ludwig gab den Unbeeindruckten, obwohl ihn dieser Uppercut mächtig ärgerte. Konrad Biller hatte offensichtlich ganze Arbeit geleistet.

»Laut Ihrer Aussage bei Herrn Biller«, fuhr er äußerlich ganz gelassen fort, »war der Mann sehr groß, circa 1,90 Meter. War er denn eher schlank oder eher übergewichtig?«

»Na so dick wie Sie war er sicher nicht. Und er war einen guten Kopf größer als Sie. Spaß beiseite, ich würde die Figur dieses Mannes als athletisch beschreiben.«

»Ich finde es gut, dass ich so ein abweichendes Referenzobjekt abgebe. So kommen wir der Sache ohne Umschweife sehr viel näher.« Ludwig hatte beschlossen, das Ganze mit Humor und einem Schuss Ironie hinzunehmen. »Und Sie sagten, er war komplett schwarz gekleidet?«

»Von Kopf bis Fuß. Er hatte eine schwarze Mütze, einen schwarzen Pullover und eine schwarze Hose an. Auch seine Schuhe waren schwarz.«

Die Aussage kam so präzise, dass sie keinen Zweifel zuließ. Trotzdem wollte Ludwig die Flinte noch nicht ins Korn werfen.

»Könnte es denn sein, dass es sich dabei um eine Uniform

gehandelt hat? Ich meine, es könnte auch ein Polizist gewesen sein. Die Uniformen in Deutschland sind heutzutage ja dunkelblau. Und in der Dämmerung, die um diese Uhrzeit herrschte, kann man dunkelblau sehr leicht mit schwarz verwechseln.«

»Er war aber schwarz. Eindeutig schwarz. Ich bin nicht farbenblind, Herr Hirschberger!«

Ganz schön tough die Dame, dachte sich Ludwig, dem es fast so vorkam, als vernähme er seine Ex.

»Könnte es eventuell eine andere Uniform gewesen sein, Feuerwehr, THW oder so ähnlich? Es gibt ja heute auch Firmen, die ihre Monteure einheitlich einkleiden lassen.«

Ludwig wollte ihre Sinne schärfen, sie zu weiterem Nachdenken bewegen, aber wiederum kam die Antwort wie aus der Pistole geschossen.

»Wenn Sie es für möglich halten, dass glänzende schwarze Lacklederhosen Teil einer Uniform sind, dann bitte. Ich glaube es jedenfalls nicht!«

»Das mit den Lackhosen haben Sie aber Herrn Biller nicht erzählt!«

»Ja, der hat mich auch nicht danach gefragt.«

Zwecklos, dachte Ludwig. Weder machte sich hier eine weitere Befragung bezahlt noch konnte er seine Sympathiewerte bei der Apothekerin steigern.

»Noch eine Frage hätte ich, Frau Ingrimm. Ihre Frau Mutter, hat die noch etwas bemerkt, was für mich vielleicht noch von Bedeutung wäre?«

»Nein, die ist zum einen gleich eingeschlafen und zum anderen wenige Tage nach diesem Vorfall gestorben. Sie war zu diesem Zeitpunkt gar nicht mehr aufnahmefähig.«

»Oh, mein herzliches Beileid nachträglich«, meinte Ludwig.

»Na ja, man muss wohl eher von Erlösung sprechen. Meine Mutter war 98 Jahre alt und sehr gebrechlich und schwer krank.«

Ludwig hatte keine Lust mehr, nach der Krankheit der Mutter zu fragen, und verabschiedete Sonja Ingrimm mit aller gebotenen Höflichkeit. Er bedankte sich bei ihr, dass sie sich den Strapazen einer zweiten Befragung unterzogen habe.

»Aber neue Erkenntnisse habe Sie jetzt dadurch nicht bekommen?«, fragte die Apothekerin etwas ärgerlich, weil Ludwig ihr ein Stück ihrer kostbaren Zeit geraubt hatte.

»Nicht wirklich«, gab Ludwig zu und überlegte, dass seine Lea wohl nie so brüsk reagiert hätte.

Ludwig und die Kommissarin gingen anschließend essen.

Leider öffnete das »Obertor«, welches Ludwig von früher her noch in bester Erinnerung hatte, erst abends. Auf dem Weg dorthin zeigte er Gerlinde, wo sich früher die »Ranch« befunden hatte.

»Muss schon eine verrückte Zeit gewesen sein, diese 68er-Jahre«, sinnierte die Kommissarin.

»Ist nicht jede Zeit irgendwie verrückt?«, lautete die rhetorische Gegenfrage des Fallanalytikers.

Rosalie Herbolzer war das älteste Entführungsopfer. Mit ihren 52 Jahren war sie sogar deutlich älter als die anderen Frauen. Aber man sah ihr dies nicht an, sie wirkte wesentlich jünger. Mit ihrem muskulösen Körper machte sie auch den sportlichsten Eindruck.

Ludwig entdeckte an Rosalie Herbolzer eine ausgeprägte Ähnlichkeit mit Alma Mahler-Werfel. Dass er dies überhaupt bemerkte, hatte er wieder einmal seiner Ex-Gattin Lea zu verdanken. Lea hatte eine Fotografie von »Almschi«, wie sie liebevoll von ihrem Gatten, dem Komponisten Gustav Mahler, genannt worden war, direkt neben das Bild der Kaiserin Sisi auf ihrer Kommode gestellt. Um diese Alma Mahler-Werfel hatte es im Hause Hirschberger stets Diskussionen gegeben, an die sich der Fallanalytiker jetzt erinnerte. Ludwig bezeichnete die Künstlerin gerne als nymphomanes Luder, worauf Lea immer sehr heftig reagierte.

»Da sieht man wieder einmal, dass du von Frauen keine Ahnung hast«, pflegte sie zu sagen, »sie war die Muse vieler Künstler, war eine ausgesprochen emanzipierte Frau, die ihren Willen notfalls auch gegen ihre prominenten Ehemänner durchzusetzen imstande war.«

»Wenn du mit emanzipiert meinst, dass sie mit jedem, auch wirklich jedem, der ihr zwischen die Finger geriet, ins Bett gestiegen ist, dann war sie total emanzipiert, da gebe ich dir recht«, machte Ludwig aus seiner Abneigung gegen diese Frau keinen Hehl.

»Du bist ein solcher Banause. Anstatt die wirkliche Leistung der Alma zu würdigen, siehst du nur ihre sexuelle Freizügigkeit.«

»Mit der diese Femme fatale ihre Männer und Liebhaber reihenweise in den Wahnsinn getrieben hat. Oskar Kokoschka hat wegen seiner im Übrigen berechtigten Eifersucht eine Malblockade bekommen, Gustav Mahler sogar Sigmund Freud aufgesucht und den Walter Gropius hat sie wie einen pubertären Schuljungen behandelt«, konterte Ludwig.

Einig wurden sich die damaligen Eheleute nie, aber Alma Mahler gab immer wieder Anlass für erfrischende Diskussionen, die Ludwig mit zunehmendem Alter immer stärker vermisste. Ebenso wie Lea als seine Muse, was sie immer bleiben würde. Auch wenn ich sie verloren habe, dachte er wehmütig.

Jetzt aber war die Befragung von Rosalie Herbolzer wichtig, war für sentimentale Erinnerungen kein Platz.

»Erzählen Sie mir doch einmal, wie die Entführung aus Ihrer Erinnerung abgelaufen ist«, begann Ludwig das Gespräch.

Ihm kam es dabei nie auf die Länge, sondern vielmehr auf die Tiefe eines Gespräches an. Dazu war es immens wichtig, sich in die Situation der zu befragenden Person hineinzuversetzen.

»Nun, ich bin wie immer, wenn schönes Wetter ist, an der Argen entlanggejoggt. Es dämmerte bereits und etwa hundert Meter nach der Gießenbrücke, ich lief auf einem Parallelweg in Richtung Tannau, habe ich eine kleine Pause gemacht, als der Kerl mir plötzlich von hinten einen feuchten Lappen vor das Gesicht gehalten hat. Daraufhin habe ich sofort die Besinnung verloren.«

»Machen Sie dort regelmäßig eine Verschnaufpause?«, fragte Ludwig.

»Eigentlich immer.«

»Hatten Sie in der Vergangenheit einmal eine Entdeckung gemacht, dass Sie während dieser Pause beobachtet wurden?«

»Hm, da könnte ich mich jetzt an nichts erinnern. Aber wissen Sie, an der Argen entlang gibt es viele Jogger, Inlineskater, Radfahrer und Spaziergänger, da kann mich schon mal jemand beobachtet haben, ohne dass mir das aufgefallen wäre.«

Das verwunderte Ludwig ein bisschen, denn normalerweise passt ein Kidnapper sein Opfer nicht an belebten Stellen ab, sondern sucht einen möglichst stillen, schwer einsehbaren Ort.

»Wie lange dauert denn so eine Rast in der Regel?«

»Zwei, höchstens drei Minuten«, befand die Frau, die auch die Haare exakt wie Alma Mahler-Werfel hochgesteckt trug.

»Und das direkt an der Argen?«

»Nein, ich gehe immer ein paar Meter in den Wald hinein. Wissen Sie, ich trinke sehr viel während des Laufens und da muss ich mich immer an dieser Stelle erleichtern.«

Damit war Ludwig klar, dass auch Rosalie Herbolzer kein Zufallsopfer war, sondern dass sie ganz gezielt ausgesucht und vor allem zuvor ausgiebig beobachtet worden war. Der Täter war wie immer sehr vorsichtig vorgegangen, hatte sein späteres Opfer ausspioniert und nach einer »Schwachstelle« gesucht. Das war in diesem Fall exakt dann, wenn die Frau regelmäßig pinkeln musste.

»Und ab wann haben Sie zum ersten Mal wieder Erinnerung an irgendetwas?«, lautete Ludwigs nächste Frage.

»Irgendwann bin ich in diesem komischen Notarztwagen kurz zu mir gekommen …«

»Wieso komisch?

»Ich war mal eine Zeit lang beim Roten Kreuz und weiß genau, wie ein Notarztwagen von innen aussieht. Der sah aber anders aus als die, in denen ich immer mitgefahren bin. Aber es war trotzdem ein Notarztwagen. Oder eher ein Krankentransportwagen.«

Hier machte sich Ludwig einen dicken Punkt neben seine Notizen. Dieser Sache würde er nachgehen müssen.

»Was kam Ihnen in diesem Wagen denn anders vor, als Sie es von Ihrem Krankenwagen her gewohnt waren?«

»Nun, ich glaube, mich erinnern zu können, dass die Fenster anders angeordnet waren. Auch schien mir der Wagen etwas höher zu sein, aber vielleicht täusche ich mich auch. Was ich aber ziemlich sicher weiß: Das Motorengeräusch war dasselbe wie im Notarztwagen.«

»Wie, im Notarztwagen. Ich dachte, es sah aus wie in einem Krankentransportwagen«, fragte Ludwig etwas verwirrt.

»Ja, das Motorengeräusch hörte sich an wie im Notarztwagen, die Einrichtung aber entsprach eher einem gängigen Krankentransporter.«

Man sah Rosalie Herbolzer das Bemühen an, sich eindeutig auszudrücken.

»Was geschah dann weiter?«

»Nun, ich war ja an beiden Beinen und Händen festgegurtet und hatte einen Knebel im Mund, sodass ich nicht um Hilfe rufen konnte. Irgendwann einmal kam dann dieser schwarz gekleidete und maskierte Mann herein und verpasste mir eine Spritze in den Oberarm. Danach war es wieder dunkel um mich.«

»Jetzt hat die medizinische Untersuchung ja ergeben, dass Ihnen keinerlei Gewalt angetan wurde. Will heißen, man hat Sie nicht vergewaltigt. Hatten Sie denn das Gefühl, anderweitig vom Täter belästigt worden zu sein?«

Ludwig ging bei seiner Befragung wieder sehr systematisch vor.

»Schwer zu sagen. In der Erinnerung fand das alles hinter einer dichten Nebelwand statt. Und ich komme durch diese Nebelwand einfach nicht durch. Immer wenn ich diese Spritze bekam, kam auch der Nebel. Aber ich hatte nachher nie das Gefühl, begrapscht worden zu sein. Ich meine, das würde ich wissen.«

»Und da sind Sie sich sicher?«, hakte Ludwig nach.

»Ziemlich. Ich glaube, eine Frau bemerkt so etwas trotzdem.«

»Da bin ich mir wiederum nicht sicher. Ich habe da schon ganz andere Dinge erlebt«, gab Ludwig einen kurzen Einblick in seine jahrzehntelange Erfahrung.

»Wie lange dauerte denn diese Fahrt?«

Dieser Frage kam nach Ludwigs Einschätzung eine entscheidende Bedeutung zu.

»Das kann ich unmöglich sagen. Das können zehn Minuten gewesen sein, das können aber auch zwei oder fünf Stunden gewesen sein. Als wir am Ziel ankamen, bekam ich noch eine Spritze, sodass ich von dem Transport vom Auto in diesen Raum gar nichts mitbekommen habe. Ich kann mich noch nicht einmal daran erinnern, ob es draußen dunkel oder hell gewesen ist.«

»Ich hätte da noch eine Frage zu dem Krankentransporter. Sie sagten, dass er mit den üblichen Krankenwagen nicht vergleichbar war. Zumindest nicht mit denen, die Sie vom DRK her kennen. Könnte es denn möglicherweise sein, dass es sich um einen ausländischen Transporter gehandelt hat?«

Rosalie Herbolzer überlegte eine Weile, bevor sie antwortete.

»Auch dazu kann ich Ihnen keine Auskunft geben. Ich habe nämlich noch nie einen ausländischen Krankentransporter von innen gesehen. Gott sei Dank!«

Warum nur konnten sich die Entführungsopfer an so

wenig erinnern. Ludwig hoffte inständig, dass sich die anderen Frauen mehr Details hatten merken können, sonst würde er auf die Verliererstraße geraten. Und das schmeckte dem Fallanalytiker Hirschberger überhaupt nicht.

»Frau Herbolzer, mir kommt da so eine Idee«, meinte er. »Es könnte sein, dass wir mit Ihnen nach Romanshorn übersetzen, damit Sie sich einen schweizerischen Kranken-Transporter von innen ansehen können. Wenn Sie dazu bereit sind, wird Hauptkommissar Moor Sie zu gegebener Zeit informieren und alles dazu in die Wege leiten.«

»Wenn Sie die Fähre zahlen!«

»Selbstverständlich.«

»Dann mach ich mir einen schönen Tag auf dem Schiff.«

»Wie haben Sie denn mit dem Kidnapper kommuniziert?«, wollte Ludwig wissen.

»Immer über sein Laptop.«

»Laptop?«

»Nee, Tablet heißt das ja auf Neudeutsch. Meine Oberarme waren zwar angeschnallt, aber ich konnte alles, was ich wollte, in das Tablet hineinschreiben. Das Ding stand direkt vor mir auf einer Klappvorrichtung. Und mir ist jeder Wunsch sofort erfüllt worden, spätestens dann, wenn der Typ wieder nach Hause kam.«

»Haben Sie denn das Kommen und Gehen gehört?«

»Keine Chance, ich habe nichts gehört. Manche Befehle konnte ich zum Beispiel direkt in das Tablet eingeben. Wenn ich ein Bedürfnis hatte, ging auf meinem Gynäkologiestuhl eine Öffnung auf.«

»Gynäkologiestuhl?«, unterbrach Ludwig die Frau.

»Ja, Gynäkologiestuhl. Mich erinnerte der Stuhl schon sehr an den Stuhl bei meinem Gynäkologen, wenn ich zur Untersuchung dort bin«, beharrte Rosalie Herbolzer. »Und wenn ich fertig war, drückte ich auf den Knopf ›Pos. 1‹ und bekam eine warme Unterleibsdusche. Sehr angenehm. Das automatische Föhnen hinterher war zwar nicht unangenehm, aber gewöhnungsbedürftig.«

Danach schilderte Rosalie Herbolzer, dass auch sie vorwiegend Fertiggerichte zu essen bekam. Ein großartiger Koch ist unser Kidnapper offensichtlich nicht, notierte sich Ludwig in seinen Akten.

»Kommen wir zu Ihrer Freilassung, Frau Herbolzer«, forschte Ludwig nach. »An was können Sie sich noch erinnern? Wurden Sie darauf vorbereitet, hat man Ihnen gesagt, dass Sie jetzt freigelassen werden?«

»Nein, mir wurde nichts mitgeteilt. Ich bekam wieder eine Spritze und kam dann erst wieder in dem Wäldchen zu mir, wo mich diese Stockente gefunden hat.«

»Wieso Stockente?«, fragte Ludwig verwundert.

»Na, so werden die Nordic Walker unter uns Joggern genannt«, sagte Rosalie Herbolzer lächelnd und sah dabei wieder aus wie die Mahler.

Ob sie sich dessen wohl bewusst war? Ludwig war geneigt, sie danach zu fragen, aber es ging einen Ermittler einfach nichts an. Das hatte mit dem Fall nichts zu tun und Ludwig wollte jegliche Schwierigkeit vermeiden.

»Den Akten zufolge wurden Sie von zwei Damen gegen 6.15 Uhr im Fohrhäldele auf einer Bank aufgefunden. Sie seien sehr benommen gewesen und hätten völlig desorientiert gewirkt, heißt es, weshalb Frau Wigger und Frau Gaupp sofort das Rote Kreuz alarmiert haben. Sie hätten sich jedoch geweigert, in den Notarztwagen zu steigen.«

»Na klar doch. Ich hatte nicht die besten Erinnerungen an diese Art von Auto und dachte, es geht gleich wieder von vorne los. Ich wollte in Freiheit bleiben.«

»Die DRK-Besatzung hatte dann Verdacht geschöpft und die Polizei informiert. In den Streifenwagen sind Sie dann eingestiegen.«

»Ja, erstens fühlte ich mich bei der Polizei sicher und zweitens war ich wieder so weit klar im Kopf, dass ich klare Gedanken fassen konnte. Da erkannte ich auch, dass ich nach Biberach verfrachtet worden war.«

»Woran haben Sie das erkannt?«

»Wissen Sie«, begann Rosalie Herbolzer, »als Kind bin ich in den Ferien oft mit meinem Vater nach Ulm gefahren. Und bevor die Bundesstraße 30 als vierspurige Umgehungsstraße um Biberach herumgebaut wurde, fuhr man an dieser alten, weißen Fabrik vorbei.«

»Sie meinen die Posamentenfabrik Gerster.«

»Keine Ahnung, wie die heißt. Aber bevor die beiden Frauen mich fanden, erkannte ich diese Fabrik wie im Nebel und dachte, irgendwoher kennst du dieses Gebäude.«

»In Ihrer früheren Vernehmung haben Sie aber davon nichts erwähnt!«, meinte Ludwig leicht vorwurfsvoll.

»Richtig, das ist mir auch erst viel später wieder eingefallen. Ist das jetzt wichtig für den Fall?«

»Nicht wichtig, aber interessant ist es auf jeden Fall, Frau Herbolzer. Ist Ihnen im Nachhinein noch etwas durch den Nebel eingefallen?«

»Nicht dass ich wüsste«, antwortete sie.

»Eine Frage hätte ich noch, Frau Herbolzer: Gehen Sie wieder zum Joggen?«, fasste Ludwig nach.

»Ja, aber vorläufig nicht mehr alleine«, antwortete Rosalie Herbolzer. »Aber ich glaube, bald wird auch das wieder gehen!«

»Dann darf ich mich bei Ihnen noch ganz herzlich

bedanken und mich hier von Ihnen verabschieden«, beendete Ludwig die Vernehmung.

Er führte Rosalie Herbolzer hinaus. Sie war zwar eine sehr interessante Gesprächspartnerin gewesen, aber wirklich weitergebracht hatte sie Ludwig nicht.

Am Abend lud er Gabi zum Essen nach Steinhausen ein. Neben der berühmten »schönsten barocken Dorfkirche der Welt« gab es mit dem »Gasthof zur Linde« ein weithin bekanntes Speiselokal, womit er seine Gastgeberin überraschte.

»Wie weit bist du denn bis jetzt gekommen, Ludwig?«, fragte ihn Gabi während des Essens.

»Ganz ehrlich. Ich trete noch ziemlich auf der Stelle. Ich erhalte zwar höchst interessante Informationen, unterhalte mich mit höchst interessanten Damen, aber wirklich weitergekommen bin ich noch nicht. Wir scheinen es mit einem ganz abgekochten Bürschchen zu tun zu haben. Der war nicht nur der Polizei immer einen Schritt voraus, der verschließt sich auch mir bis jetzt noch ziemlich.«

»Das merkt man dir an, dass dich das ziemlich beschäftigt«, sagte seine Jugendliebe.

»So?«, meinte Ludwig lediglich und sah Gabi an.

Er hatte nicht das Gefühl, dass ihm Gabis Reaktion jetzt besonders zu denken geben müsste. Er hatte offensichtlich gar nicht begriffen, dass er wieder in alte, längst hinter sich gebrachte Verhaltensmuster verfiel.

»Kein Mensch kann aus seiner Haut heraus, außer er arbeitet daran«, sagte sein Wiener Freund, der forensische Psychiater Gernot Heubl, immer.

Ludwig arbeitete an allem Möglichen, nur nicht daran. Wieder einmal bemerkte er nicht, dass er mit seiner

Verbissenheit, mit der er sich geradezu in den Fall hineinpflügte, die Menschen in seiner unmittelbaren Umgebung brüskierte. Mit einem Essen, und sei es noch so nobel, war es beileibe nicht getan.

Ludwig schlief sehr gut in dieser Nacht. Welches Opfer er als Nächstes zu befragen hatte, wusste er nicht. Aber das störte ihn überhaupt nicht. Er war durch sein umfangreiches Aktenstudium auf alle Kandidatinnen vorbereitet. Entsprechend gut gelaunt begab er sich am folgenden Morgen ins Kommissariat nach Biberach, wo Gerlinde schon auf ihn wartete.

Heute wirst du richtig erfreut sein«, meinte Gerlinde.

»So, und warum denn?«, fragte Ludwig und schlürfte dann seinen Kaffee.

»Na ja, deine heutige Befragung ist nicht nur eine Augenweide, sondern auch ein ausgesprochen lustiges Pflänzchen.«

Die Kommissarin grinste. Sie kannte Ludwig zwischenzeitlich gut genug.

»Wohin geht die Reise heute?«

»Nach Markdorf. Du wirst heute Katrin Schmitz verhören können.«

»Und die ist aus Markdorf?«

»Nein, sie wohnt in Kluftern, aber die arbeitet in Markdorf und wir haben die Genehmigung bekommen, sie in einem Besprechungsraum in ihrer Firma vernehmen zu dürfen. Ich werde derweil mit Kollege Kötter in Friedrichshafen weitere Spuren auswerten.«

»Die du mir dann geben wirst, wenn sie für mich relevant sind?«

Eine eher rhetorische Frage, aber Ludwig wollte auf Nummer sicher gehen.

»Aber klar doch.«

»Ich hätte da noch eine Bitte, Gerlinde.«

Schon an Ludwigs Stimme konnte Gerlinde Lüscher erkennen, dass es dabei wieder einmal um etwas Außergewöhnliches ging.

»Was darf's denn sein?«, fragte die Kommissarin neugierig.

»Ich war heute früh schon auf dem Gigelberg und konnte die Alpen erkennen. Es muss Föhn sein am See. Könnten wir einen Umweg über den Höchsten machen? Ich würde nur gerne ein paar Minuten diese herrliche Aussicht genießen«, bettelte der Fallanalytiker.

»Kein Problem, wenn's weiter nichts ist. Ich glaube sogar, dass das gar kein Umweg ist.«

Die beiden fuhren los. An Steinhausen vorbei fuhren sie über Reichenbach und Altshausen durch das wunderschöne Pfrunger Ried. Über Ilmensee ging es direkt auf den Höchsten und sie genossen eine wirklich traumhafte Aussicht bei klarster Sicht. Der Föhn blies ihnen mit seiner warmen Zunge direkt ins Gesicht. Während sie den Zeppelin auf dem Flughafen Friedrichshafen starten sahen, sagte Gerlinde etwas verträumt:

»An Tagen wie diesen meinte mein Großvater immer, heute müsse man in die Schweiz fahren, heute wäre sie besonders nahe da.«

In der Tat, es schien, als ob der Säntis und sein Bruder, der Altmann, zum Greifen nahe wären, und auf der linken Seite erstreckten sich die sanften Hügel der oberschwäbischen Endmoräne als Relikte vergangener Eiszeiten.

»Ein Paradies, ich könnte den ganzen Tag hier stehen bleiben und dieses herrliche Stück Landschaft in mich aufsaugen«, meinte Gerlinde Lüscher, »aber wir müssen weiter, wir haben ja einen Termin.«

»Schade«, bedauerte auch Ludwig.

»Na ja, du wirst gleich entschädigt werden«, feixte die Kommissarin.

Ludwig betrat den blitzblanken und topmodernen Industriebetrieb im Markdorfer Industrie- und Gewerbegebiet und verlangte nach Katrin Schmitz.

»Frau Schmitz erwartet Sie bereits im Besprechungszimmer vier. Das ist am Ende dieses Gangs auf der linken Seite«, wies ihn ein sehr freundlicher Herr an.

Und als Ludwig den Raum betrat, begriff er sofort, was Gerlinde Lüscher gemeint hatte. Katrin Schmitz war eine überaus attraktive Erscheinung. Sie trug ein enges T-Shirt und eine knallenge Jeans, die jede Kontur ihres wohlgeformten, schlanken Körpers erkennen ließ. Ihre langen dunklen Haare hatte sie zu einem kessen Pferdeschwanz zusammengebunden.

»Ludwig Hirschberger mein Name, freut mich sehr, dass Sie sich die Zeit nehmen.«

»Ich ben Katrin Schmitz un Se sein wal d'r anjesachte Profiler.«

»Fallanalytiker, nennt man das bei uns. Und Sie kommen Ihrem Dialekt nach, den ich als gebürtiger Oberschwabe und Wahl-Wiener leider nicht so gut verstehen kann, ganz sicher nicht aus dieser Ecke.«

»Rischtisch. Isch ben e echt Kölsch Määdsche.«

Ludwig kam unwillkürlich ein Lied der Kölner Mundartband »Bläck Fööss« in den Sinn:

Oh, Oh Katrin, ich han mich verlore, verlore an dich.

Oh, Oh Katrin, ich bin neu jebore, neu jebore durch dich.

»Und wie sind Sie an den See gekommen?«, fragte Ludwig wissbegierig.

»Motorradunfall. Mein Mann« – Katrin Schmitz bemühte sich um eine verständlichere Ausdrucksweise – »kam damals ums Leben un ich hatt jefühlte hundert Operationen zu überstehe. Musste dann widder in d'r Job einsteijen. Tat mich en Kölle echt schwer, wat Adäquates zu finde. Hier ben ich dann fündisch jewoorde und han ene dolle Job hier en d'r wunderbare Jäjend bekomme.«

Mann o Mann, dachte sich Ludwig, bei der würde ich gleich um zwanzig Jahre jünger werden. Er verdrängte allerdings, dass er mit seinen 67 Jahren wohl keinen Eindruck mehr auf junge, äußerst attraktive Damen machen würde.

»Aber von der Mentalität her gibt's schon gewaltige Unterschiede, oder?«

Ludwig kannte Köln von einigen Vorträgen her, die er in der Domstadt hatte halten müssen.

»Ach woher, wesse Se, d'r Mannslück sein üwerall jleich. Wenn do en a Lokal kommst, glotze der dich so lange ahn, als möchte se a Landkaart mit ihre Auge auf dinne Körper projiziere!«

Ludwig musste grinsen.

»Und wann see dich dann zum Tanze hole, fahren se met d'r Fingere jenau jene Pünkt nach, die se fürher projiziert han.«

So etwas herrlich Unkompliziertes wie Katrin Schmitz hatte er lange nicht erlebt.

»Dann versprechen sie eine Reise um die ganze Welt! Und was machen sie?«, fragte er amüsiert.

»Se nemme ihr Auto un welle schnurstracks en ming Jaraasch jöcke un hin un her rangscheere.« Katrin Schmitz grinste und sagte dann: »Würdest do doch och jäärn maache, wann do din Karre noch en de Jaraasch reinkriegst, oder?«

Das war nicht nur ein fröhliches Pflänzchen, die fiel gleich mit der Tür ins Haus. Aber Ludwig wäre nicht der erfahrene Analytiker gewesen, hätte er nicht sofort erkannt, dass hinter dem ganzen Gehabe nur Ironie steckte. Nur allzu gerne hätte er sich an diesem Spielchen beteiligt. Alleine, seine Zeit war zu knapp bemessen, seine Mission war ihm zu wichtig, um sich darauf einzulassen. Also ignorierte Ludwig diese durchaus doppeldeutige Anspielung.

»Nur der Kerl, wegen dem Se da sind, der wollt nit in d'r Jaraasch infahre. Der wollt nur sing Naas erinstecke und dren rumschnüffele. Dat wor echt komisch, dat han ich so noch nie erlebt.«

Diese herrliche Metapher erlaubte es Katrin Schmitz, vollkommen unkompliziert über den Täter und seine Vorgehensweise zu sprechen.

Ich well niemols em Lääve ohne dich mih sin.

»An das Rumschnüffeln konnten sich noch manche Entführungsopfer erinnern, aber nicht alle. Was können Sie mir dazu sagen? Und eine Bitte: Können wir Ihre Befragung möglichst ohne Ihren köstlichen Dialekt führen, damit es bei meinen Aufzeichnungen und später bei meiner Analyse nicht zu Missverständnissen kommt?«, bat Ludwig.

»Kein Problem«, antwortete Katrin Schmitz, »hier am See hab ich's mir ja anjewöhne müsse, nit nur Kölsch zu spreche. Also: Er hat mir immer vor dem Schnüffelen eine Spritze jegeben. Irgendwann bin ich dann schon einjeschlafen. Aber wissen Se, dat dauert bei mir immer etwas länger als bei anderen. Dat is auch bei der Narkose so. So habe ich den Anfang von seiner Schnüffelei immer mitbekommen. Ich saß ja festjeschnallt auf so nem komischen gynäkologischen Stuhl mit einjebautem Klo. Und wenn er dann zum Schnüffelen kam, hat er den Sitz nach hinten jeklappt.«

»Waren Sie denn da angezogen, hat er Sie entkleidet?«

»Unten rum war ich immer nackend.«

»War Ihnen da nie kalt?«, fragte Ludwig verwundert.

»Nä, auf dem Tablet war ne App mit der Raumtemperatur drauf. Da konnte ich die Temperatur in dem Raum regeln, wie ich wollte.«

»Und das Klosett war in den Stuhl eingebaut? Ich will ja nicht indiskret sein, aber wie funktionierte das, wenn Sie fertig waren? Sie waren ja festgeschnallt.«

»Dat war vielleicht geil«, tönte die Kölnerin, »da drückte ich auf die App ›Genitalreinigung‹ und wat is passiert?«

»Keine Ahnung.«

Ludwig war wirklich völlig ahnungslos.

»Meine Jaraasch und mein Hintern sind abjeduscht und trockenjefönt worden«, sprach Katrin Schmitz völlig ohne Scheu. »Ich bin mir vorjekommen wie die Göttin der Morjenröte.«

Oh, Oh Katrin, ich han mich verlore, verlore an dich.

»Das mit dem Essen und Trinken funktionierte dann wohl auch über diese Apps?«

»Ja, immer wenn ich Hunger oder Durst hatte, bekam ich wat zu essen oder trinken. Dat mit dem Trinken funktionierte wie beim Zahnarzt: Da stand in einer Mulde ein Glas und oben kam dat Wasser herab. Mit oder ohne Kohlensäure, dat konnte ich sogar auswählen. Nur dat Essen brachte mir der Mann persönlich vorbei. Da musste ich manchmal warten, wenn er nicht zu Hause war.«

»Waren das dann Fertiggerichte?«

»Ich glaub schon. Aber sie waren sehr schmackhaft. Nicht so'n billiges Zeug. Allerdings gab's ziemlich oft Linsengericht oder Bohnen. Und ich han immer so fürchterliche Blähungen danach. Da han ich ihm beim Schnüffele mal ne richtige mitjegeben.«

»Sie haben nach ihm geschlagen?«, fing Ludwig an zu raten.

»Ne, ne Furz. So richtig mitten ins Jesicht. Und wat für'n Ding. Ene richtige Kaliber.«

Oh, Oh Katrin, ich bin neu jebore, neu jebore durch dich.

»Und dann?«

»Abjehauen isser, so schnell konntest du gar nicht kucken. Und nach ein paar Minuten stand auf dem Tablet drauf: ›Wenn Du das noch mal machst, bekommst Du nichts mehr zum Essen‹. Da hab ich's dann bleiben lassen.«

»So, jetzt springen wir an den Anfang, Frau Schmitz: Wie sind Sie entführt worden?«

Ludwig wollte auf den Punkt kommen, schließlich erhoffte er sich von dieser Frau entscheidende Hinweise.

»Also, von der Entführung direkt habe ich nicht viel mitbekomme. Ich war am Laufen und plötzlich kommt der Kerl von der Seite und drückt mir den Lumpen ins Jesicht. Da sind mir sofort die Lichter ausjegangen. Ich bin dann in dem Sanka wieder aufjewacht, war aber jefesselt und jeknebelt, konnte also nicht schreien.«

»Und wo war das genau?«

»In Lipbach bin ich der Bahnlinie entlangjelaufen. An einem Denkmal vorbei für ein Bahnunglück, dat im Zweiten Weltkrieg passiert is.«

»Laufen Sie da öfter?«, hakte Ludwig nach.

»Fast immer, dat is ne sehr angenehme Strecke. Bis zu dem Tag, als mich der Kerl von der Seite anjegriffen hat.«

»Wie muss ich mir das vorstellen – von der Seite?«

»Na, er is hinter mir direkt hinter einem großen Busch hervorjekommen. Ich habe nur noch jesehen, dass er vollkommen schwarz anjezogen war. So eine Ledermontur.«

»Können Sie sich an die Statur des Täters erinnern?«, fragte Ludwig.

»Ja, er war nicht besonders groß, er war schlank und muss sehr wendig jewesen sin.«

»Wie definieren Sie wendig?«

Ludwig schrieb sich alles in sein Büchlein.

»Tja, der hat mich richtig überrumpelt. Der kam so schnell hinter dem Busch hervor. Gerade, als ich vorbeilief, stand er mit einem Satz hinter mir und hat mir den Lappen ins Gesicht jedrückt.«

»Und er war ganz sicher nicht groß und kräftig?«

»Nee, eher drahtig und schmächtig.«

Ludwig wusste, dass solche Suggestivfragen in Vernehmungen normalerweise nichts verloren hatten, aber der Hinweis Katrin Schmitz', dass es sich um einen eher kleinen, drahtigen Kerl handeln musste, passte so gar nicht in das Bild, das die Zeugin Ingrimm vom Täter vermittelt hatte: groß und kräftig. Hatte er womöglich einen Komplizen? Es schien, als habe der Mann, den Sonja Ingrimm gesehen hatte, mit den Überfällen nichts zu tun.

»Haben Sie während der gesamten drei Tage einen oder mehrere Täter gesehen?«, hakte Ludwig deshalb nach.

»Also dat kann ich fast garantieren, dass dat nur einer war. Ich war zwar die meiste Zeit benebelt, aber so viel konnte ich feststellen, dass dat nur einer war.«

Katrin Schmitz schien sich sehr sicher zu sein.

»Woher nehmen Sie diese Sicherheit? Sie sagten doch, man habe Ihnen die meiste Zeit die Augen verbunden?«

»Nä, ich han gesagt, er hat mir die Augen verbunden, wenn er am schnüffelen war. Sonst war er zwar vermummt, aber ich habe seine Bewegungen, sein Jehabe jenau erkennen können. Er hatte einen leicht tänzelnden Schritt. So wat haben keine zwei Menschen genau gleich. Außer vielleicht Zwillingsbrüder. Und es waren nie mehr Personen als er und ich in dem Notaufnahmeraum.«

»Notaufnahmeraum?«

»Ja, dat muss ein Notaufnahmeraum in einer Klinik jewesen sein. Nach meinem Motorradunfall bin ich auch in so einen Raum jekommen, die sahen ziemlich gleich aus die beiden Räume.«

Das hatte Ludwig bis jetzt noch nicht so präzise gehört. Aus den Vernehmungsakten wusste Ludwig, dass Katrin Schmitz nach ihrem Unfall über zwanzig Operationen über sich ergehen lassen musste. Dass die ihr eingeflößten Narkotika dann nicht mehr so stark wirkten, verwunderte Ludwig überhaupt nicht. Und deshalb konnte sie sich auch an viel mehr erinnern als die anderen bisher verhörten Frauen. Das war für Ludwig besonders erfreulich. Von ihr konnte er womöglich Dinge erfahren, die ihm bisher verborgen geblieben waren.

»Die Beschnüffelungen, Frau Schmitz, fanden die zu regelmäßigen Zeiten statt oder kam der Täter zu beliebigen Zeiten zu Ihnen?«

»Dat kann ich Ihnen im Augenblick jetzt gar nicht so akkurat beantworten. Der Raum war ja völlig abjedunkelt und ich hatte den Eindruck, dass er absolut schalldicht isoliert war.«

»Darauf würde ich gerne zu einem späteren Zeitpunkt noch einmal zurückkommen. Jetzt würden mich die Zeiten interessieren.«

Aus Katrin Schmitz sprudelte es nur so heraus und Ludwig hatte Mühe, das Gespräch in geordneten Bahnen zu halten.

»Tja, also, wie jesagt, so ganz jenau kann ich dat wirklich nit sagen. Ich meine, ich habe schon sehr viel jeschlafen mit den Mitteln, die mir der Mann jespritzt hat. Aber mein Schlaf is halt nicht so tief und so konnte ich schon eine gewisse Regelmäßigkeit feststellen. Immer nachdem ich jewaschen und jeföhnt worden bin«, sagte die Kölnerin kichernd, »hat er mir eine Spritze jegeben. Und danach hat es ungefähr eine halbe Stunde gedauert, bis er jekommen is. Ich habe dat aber nur durch einen Schleier jefühlt, habe mich körperlich gar nicht zur Wehr setzen können. Es war ungefähr so, als ob mine Körper zu hundert Prozent auf die Spritze reagiert hat, min Kopf aber nur zu neunzig Prozent.«

Diese Aussage relativierte Ludwigs Optimismus wieder etwas.

»Aber berührt hat er Sie definitiv nicht?«

»Nein, dat wüsste ich, dat hätte ich bemerkt. Und auch sonst is mir, wie ich Ihnen ja bereits jesagt habe, gar nichts passiert.«

»Und der Tagesablauf war nach Ihren Wahrnehmungen über die gesamten drei Tage gleich?«

»Ja, aber ich hatte dat Jefühl, dass es viel länger gedauert hat als drei Tage. Mir kam es vor, als hätte der mich eine Woche dabehalten.«

»Kommen wir zum Tag Ihrer Freilassung. Können Sie sich daran noch erinnern?«

»Dat is so ne Sache. Der Typ hat zwischenzeitlich sicher mitjekriegt, dass ich anders auf diese Spritze reagiere, als er es jedacht hat.«

»Mhm.«

Ludwig hörte interessiert zu.

»Am Anfang kam er ja immer schon herein, wenn ich noch einiges mitbekommen habe. Aber im Laufe der Zeit hat er immer länger jewartet. Auch am Tage meiner Freilassung. Ich habe, so meine ich heute, auch eine stärkere Dosis bekommen.«

»Wie kommen Sie da drauf?«

»Na ja, an dat Verladen, an die Fahrt und an dat Ausladen kann ich mich genauso wenig erinnern wie daran, dass mich der Mann auf diese Bank in dem Park in Biberach jesetzt hat.«

Den Akten zufolge war dies im Wielandpark geschehen. Die Beschäftigten des nahen Landratsamts hatten sie ja dann relativ rasch entdeckt.

»Frau Schmitz, mich würde noch genau der Platz interessieren, an dem Sie entführt worden sind. Könnten Sie mir den bei Gelegenheit zeigen?«

»Dat is gar nicht weit von hier, nur ein paar Kilometer. Aber ich kann jetzt nicht weg aus dem Betrieb, dat wäre ein Problem.«

»Seien Sie ganz beruhigt, das eilt nicht so sehr. Schreiben Sie mir doch Ihre Telefonnummer auf, dann kann ich Sie anrufen und einen Termin mit Ihnen vereinbaren«, sagte Ludwig mit jovialem Ton.

Katrin Schmitz nahm einen Zettel und schrieb ihre Nummer drauf.

»Dat is meine Handynummer. Da können Se mich jederzeit erreichen. Auch am Wochenende. Wenn Se kommen, bringen Se doch Ihren Jogginganzug mit, dann können wir gemeinsam dahinlaufen.«

»Sehe ich aus, als ob ich joggen würde?«, antwortete der Profiler.

»Nee, aber et wör joot für Ihre Jesundheit. Se wisse ja, wegen d'r Jaraasch un so weiter.«

Lachend über ihren eigenen Witz verabschiedete sich die Kölnerin von Ludwig.

Die Entführung hatte sie, das war ihm schon während der Vernehmung deutlich geworden, offensichtlich nur wenig beeindruckt. Auch konnte er bei ihr keine Anzeichen einer Traumatisierung feststellen. Sie joggte sogar wieder auf ihrer gewohnten Strecke. Aus den Akten wusste er zudem, dass sie eine psychologische Betreuung dankend abgelehnt hatte.

»Himmel noch mal«, murmelte er vor sich hin, als er Katrin Schmitz in ihren engen Jeans hinterherblickte. Zwanzig Jahre jünger und ich würd mich glatt vergessen, dachte er. Wäre er nur körperlich ein bisschen fitter, würde er am Wochenende tatsächlich in einem Trainingsanzug mit Katrin zum Tatort joggen.

»Idiot«, brummelte er, als er in Richtung Parkplatz ging, wo Jens Kötter bereits auf ihn wartete. Jahrelang hatte er keine solchen Gedanken mehr gehabt. Und jetzt kommt diese Frau daher und ich spinne, rief er sich selbst zur Ordnung.

Gerlinde hatte völlig recht behalten. Diese Zeugin war nicht nur äußerst attraktiv. Sie war schlagfertig, intelligent und ganz schön tough. Außerdem hatte sie eine gehörige Portion Humor. Dabei hatte ihr das Leben doch so übel mitgespielt, Hut ab.

»Na, habe ich dir zu viel versprochen?«, fragte Gerlinde Lüscher mit einem unverschämten Grinsen im Gesicht.

Da wollte sich Ludwig natürlich nicht lumpen lassen und antwortete:

»Absolut nicht, das ist eine Traumfrau. Ich habe mich fürs Wochenende mit ihr zum Joggen verabredet.«

Jetzt war es die Kommissarin, die völlig überrascht wirkte.

»Du und joggen? Kann ich mir beim besten Willen nicht vorstellen.«

»Da siehst du mal, was attraktive junge Rheinländerinnen mit einem alten Mann alles anstellen können.«

Laut lachend begaben sie sich zum Auto und fuhren zurück nach Biberach. Diesmal aber schnurstracks über die Bundesstraße 30.

Von unterwegs aus rief er Gabi an, um ihr mitzuteilen, dass er bald komme.

Gabi hatte »naggete« Bratwürste mit Kartoffelsalat und einem gestreckten Bratensößle gemacht, was Ludwig sehr gefiel. »Naggete« sagt man in Biberach und Umgebung zu hellen Bratwürsten ohne Haut, im südlichen Oberschwaben nennt man sie »Geschlagene« und in der Stuttgarter Gegend nach ihrem Ursprung »Oberländer«.

Mitten ins Essen klingelte das Telefon. Gerlinde Lüscher rief an.

»Wir haben einen neuen Fall. In Überlingen wird seit heute Abend eine Frau vermisst. Ich fahre gleich hin, jetzt muss mein Mann Christoph leider alleine zu Abend essen. Ich hoffe aber, dass ich vor dem Frühstück wieder zu Hause bin. Morgen früh um neun haben wir eine Soko-Sitzung. Ich wollte dich bitten, dorthin zu kommen. Ginge es, dass du mit deinem Auto selbst fährst?«

»Absolut kein Problem«, antwortetet der Profiler, »weiß man denn schon mehr?«

»Nicht allzu viel. Die Frau ist 73 Jahre alt und von ihrem Spaziergang nicht mehr nach Hause gekommen.«

»Wie alt?«

»Dreiundsiebzig«, wiederholte die Kommissarin.

»Dann hat die mit unseren Entführungen nichts zu tun. Das kann ich dir garantieren. Sogar aus dem Ärmel geschüttelt. Du wirst sehen, das klärt sich auf.«

»Dein Wort in Gottes Ohr. Aber wenn du nichts mehr von mir hörst, bleibt's bei 9 Uhr in Überlingen.«

»Alles klar, Gerlinde.«

»Was ist?«, fragte Gabi.

»In Überlingen wird eine 73-jährige Seniorin vermisst. Jetzt glauben in ihrer Hysterie alle, unser Entführer hätte wieder zugeschlagen.«

»Und du glaubst nicht daran?«

»Nie im Leben. Der Entführer hat ein eindeutiges Schema. Er bevorzugt ausschließlich Frauen um die 40. Sportlich, muskulös, schlank, aber nicht dürr. Nicht umsonst haben alle Opfer ein Fitnessstudio besucht … Verdammt, ich hatte mich ja morgen früh in Immenstaad mit diesem Micha Steinhauser verabredet.«

»Wer ist das denn?«, fragte Gabi neugierig.

»Das ist der Inhaber der Fitnessstudios am See, in denen die Opfer alle Mitglied sind. Den wollte ich eigentlich morgen früh vernehmen. Aber jetzt habe ich in Überlingen Soko-Sitzung. Ich versuche mal, den Mann sofort zu erreichen und den Termin zu verschieben.«

Zum Glück hatte Ludwig die Telefonnummer des »Balance«-Inhabers in sein Büchlein geschrieben. Er erreichte ihn in einem seiner Studios und konnte seinen Besuch problemlos auf den Nachmittag verschieben. Danach genoss er mit Gabi ein Konzert der Berliner Philharmoniker auf »3sat«. Er freute sich, dass auch seine Jugendliebe klassische Musik mochte. Fernsehkrimis hingegen vermied Ludwig. Erstens waren sie ihm zu seicht oder zu esoterisch und zweitens hatte er nach so vielen Jahren als Fallanalytiker genug Kriminalfälle erlebt.

Pünktlich um 9 Uhr traf Ludwig im Gebäude der Überlinger Polizei ein, wo die Soko-Sitzung stattfinden sollte. Natürlich eröffnete Dr. Rüdiger Bellmann die Sitzung.

»Meine Dame, meine Herren, offensichtlich hat unser Täter wieder einmal zugeschlagen.«

Ludwig wäre ihm am liebsten in die Parade gefahren, hatte aber in jahrzehntelangen schmerzlichen Erfahrungen lernen müssen, dass man Leitenden Staatsanwälten nicht ins Wort fiel. Also hörte er sich die weiteren Ausführungen genau an.

»Emma Frischle, eine 73-jährige Bewohnerin aus Überlingen, wird seit gestern Abend vermisst. Näheres wird Ihnen jetzt Kollege Biller, der die Entführungsumstände untersucht, mitteilen.«

Daraufhin stand Konrad Biller auf und begann, seine bisherigen Erkenntnisse vorzutragen.

»Die Witwe Emma Frischle, 73 Jahre alt, wohnhaft in Überlingen, ging gestern am Nachmittag zum Einkaufen. Das war um 15 Uhr. Sie wurde von ihrer Schwägerin, Isolde Frischle, spätestens gegen 16.30 Uhr zurückerwartet. Als sie gegen 19 Uhr immer noch nicht zu Hause war, informierte uns Frau Isolde Frischle. Emma Frischle ist bis jetzt nicht nach Hause gekommen, sodass wir davon ausgehen, dass unser Täter wieder zugeschlagen hat.«

»Was spricht denn dafür, dass es unser Täter war?«, insistierte Ludwig.

»Wir sind hier in Überlingen, nicht in Wien. Bei uns wachsen die Entführer nicht auf den Bäumen«, konterte Konni Biller.

»Glücklicherweise auch bei uns in Wien nicht«, sagte Ludwig süffisant lächelnd. »Und was gibt dir die Gewissheit, dass Frau Frischle entführt wurde?«

»Wir haben die ganze Nacht die ganze Stadt nach ihr durchsucht. Wir haben Wärmebildkameras eingesetzt. Wir haben eine Suchhundestaffel eingesetzt, die uns der Kollege Moor zur Verfügung gestellt hat. Wir haben in sämtlichen Krankenhäusern der Umgebung nachgefragt, ob eine ältere Dame eingeliefert wurde, auf die die Beschreibung passt, die uns die Schwägerin des Opfers gegeben hat.«

»Ich bin angesichts der uns bis jetzt vorliegenden Informationen schon der Meinung des Kollegen Biller, dass unser Täter wieder zugeschlagen hat. Sie etwa nicht?«, meinte Oberstaatsanwalt Dr. Bellmann.

»Zumindest bin ich verunsichert«, räumte Ludwig ein. »Diese Dame passt eigentlich nicht in das Beuteschema unseres Täters. Durch das Studium der Akten und durch die intensive Befragung von ein paar Opfern konnte ich mir bisher schon ein Bild machen, welchen Typ Frau unser Täter bevorzugt. Deshalb würde mich noch interessieren, welcher Typ Frau das neue Opfer ist. Haben wir ein Bild von ihr? Ist sie groß, ist sie klein, ist sie dick, ist sie dünn?«

Konrad Biller erhob sich wieder. Alle anderen blieben beim Reden setzen. Nur der Konni erhob sich. Er schaltete den Overheadprojektor an, ein Bild der Vermissten wurde sichtbar.

»Emma Frischle oder Frau Studienrat, wie sie auch genannt wird, ist die Witwe von Karl Frischle, seines Zeichens Studienrat am Überlinger Gymnasium. Emma Frischle ist laut ihrer Schwägerin circa 1,60 Meter groß und auffallend schlank, um nicht zu sagen spindeldürr. Sie ist eine sehr elegante Erscheinung, in ihrem Wesen eher zurückhaltend. Eine echte Dame also.«

»Du scheinst sie ja recht gut zu kennen.«

Das war von Ludwig anerkennend gemeint.

»Nochmals zum Mitschreiben: Wir sind hier in Überlingen. Das ist eine Kleinstadt. Hier kennt man sich. Als Polizist in so einer Kleinstadt sollte man seine Schäfchen kennen.«

Konrad Biller und Ludwig Hirschberger, zwischen den beiden dürfte es nie zu einer Freundschaft kommen.

»Gibt es Zeugen?«

»Wir sind erst am Beginn. Wir konnten anhand der Geschäfte, die uns ihre Schwägerin angegeben hat und in die sie gehen wollte, nachforschen, wo sie überall gewesen ist. Sie wollte Fisch kaufen und wurde zuletzt im Fischhaus Löwenzunft gesehen. Danach verliert sich ihre Spur. Sie hatte aber alle Einkäufe erledigt, sodass wir den Tatort derzeit nicht lokalisieren können.«

»Und was sagt uns unser Fallanalytiker dazu?«, fragte Dr. Bellmann und drehte sich zu Ludwig hin.

»Ich weiß ja bisher nicht mehr als Sie. Dennoch zweifle ich ernsthaft an einem neuen Opfer unseres Kidnappers. Er hat sein Frauenbild. Das vergötzt er, verehrt er. Er ist, wie wir wissen, ein Geruchsfetischist, der immer wieder hinter dem gleichen Typ Frau her ist: sportlich, attraktiv, muskulös, kernig, ohne Fettansatz. Da will ich einfach nicht glauben, dass der jetzt plötzlich eine 73-Jährige entführt und so eine alte und dünne Frau beschnüffelt. Das passt einfach nicht.«

»Und mich verunsichert, dass sich ein Sesselfurzer und Klugscheißer aus der Ferne ein Urteil erlauben darf. Einer, der sich hier überhaupt nicht auskennt. Einer, der die Leute hier nicht kennt. Der ihre Panik, ihre Ängste nicht kennt. Der nicht täglich von Hunderten Menschen gefragt, ja fast gepeinigt wird, wann wir diesen Typen endlich zu fassen kriegen. Und dann sitzt so ein Schreibtischtäter hier, macht einmal Hokuspokus und will uns weismachen, dass es dieses Mal ein anderer gewesen sein muss. Da kommt mir, gelinde gesagt, das Kotzen!«

»Biller«, schaltete sich der Oberstaatsanwalt energisch ein, »ich weiß genau, dass Sie die ganze Nacht über gearbeitet und ermittelt haben. Dass Ihnen die Sache an die Nieren geht, ist uns allen klar. Aber ich möchte Sie eindringlich bitten, zur Sachlichkeit zurückzukehren. Der Herr Hirschberger bezieht seine Erkenntnisse aus jahrzehntelanger Erfahrung im Umgang mit Sexual- und Serientätern. Da sollten wir uns dann schon auch mal hinterfragen.«

Man konnte Konrad Biller seine Anspannung ansehen. Ludwig hatte trotz der unerwartet persönlichen Attacke Verständnis für den Mann. Er war schließlich das Bindeglied einer völlig verängstigten und verunsicherten Bevölkerung zur Soko. Ihn gingen die Leute an. Ihn nannten sie unfähig. Da konnte man dann schon mal aus der Haut fahren. Insbesondere, wenn einer gegen die persönliche Überzeugung des Hauptwachtmeisters sprach.

Kriminalhauptkommissar Joachim Moor kam auf Ludwig zu und wollte den Fallanalytiker besänftigen.

»Weißt du, Ludwig, der Konni ist im Grunde eine arme Sau. Auf den prügeln alle ein und dann hat er zu Hause noch enorme Probleme.«

»Hoi, Probleme! Welche denn?«

»Seine Frau ist ein bisschen extravagant. Sie haut das von Konni sauer verdiente Geld mit beiden Händen hinaus. Sie spielt Golf in Owingen draußen. Und jetzt ist sie zu allem Überfluss auch noch bi geworden.«

»Wie, bi?«

»Die hat 'ne Geliebte.«

»Ach du Schande!«

»Du kennst sie sogar. Du hast sie schon vernommen.«

»Waas, eines der Opfer?«

»Nein, die einzige externe Zeugin. Sonja Ingrimm.«

Das haute Ludwig nun doch fast um. Der Konni war wirklich nicht zu beneiden. Aber auch so hätte Ludwig ihm die Sache sicher nicht nachgetragen.

Nach diesem Zwischenspiel beschloss die Soko, dass die Polizei unter Mithilfe von Bereitschaftspolizei alle Wälder rund um Überlingen durchkämmen und Polizeitaucher den Bodensee und die um Überlingen angelegten Weiher absuchen sollten. Außerdem legte man fest, die Presse einzuschalten, um nach der vermissten Emma Frischle zu suchen.

Ludwig fuhr nach Immenstaad zum Hauptsitz von »Balance-Fitnessatudio«. Auf der Fahrt dorthin zog er sich noch einen Cheeseburger rein. Er war nicht unbedingt ein Freund von Fast Food, aber er musste sich sputen, um rechtzeitig bei Micha Steinhauser anzukommen.

Zu seiner Überraschung waren beide Steinhauser-Brüder anwesend. Bodo Steinhauser, der ältere der beiden, ließ es sich nicht nehmen, dem Gespräch beizuwohnen. Das wunderte Ludwig nicht. Schließlich waren alle Entführungsopfer Mitglied in einem ihrer Studios; die Inhaber hatten deshalb großes Interesse daran, dass die Entführungsserie aufgeklärt wurde.

Wie nicht anders zu erwarten waren die beiden Brüder sehr sportlich, aber nicht so muskulös, wie man sich Betreiber von Fitnessstudios als Laie vorstellte. Eher normale, sportliche Typen. Und sehr höflich. Sie boten Ludwig gleich einen Kaffee an, den der nach dem Cheeseburger gerne annahm.

»Herr Steinhauser,«, begann Ludwig die Befragung, »mir ist es wichtig, zu erfahren, welcher Mann die Möglichkeit hat oder hatte, sich in dem Bereich der ›Balance‹-Studios zu bewegen, der als gesicherter Bereich gilt, also eigentlich nur den Frauen zugänglich ist.«

»Nun, zunächst einmal sind das natürlich wir beide als Inhaber der Studios. Wir können jederzeit und überall in jedes dieser Studios hineingehen«, antwortete Micha Steinhauser.

»Ja, aber Sie haben einwandfreie Alibis, das wurde von meiner Kollegin Lüscher ja eindeutig überprüft. Sie hätten diese Taten nicht einmal abwechselnd oder gemeinsam begehen können. Zudem sind Sie von sich aus mit Ihrem Hinweis auf die Polizei zugekommen. Wir hätten da wahrscheinlich gar keinen Zusammenhang hergestellt.«

Ludwig reflektierte damit die Untersuchungen von Gerlinde Lüscher, die er im Aktenstudium aufgesogen hatte.

»Also, welcher Mann konnte sich außer Ihnen beiden ungehindert Zugang verschaffen?«, hakte er noch einmal nach.

»Wir haben uns, Sie dürfen das glauben, sehr intensiv mit dieser Frage beschäftigt. Und wir sind zur Überzeugung gekommen, dass zu allen Studios nur vier Männer Zugang haben. Das ist erstens der Putzmann, der dreimal in der Woche jedes Studio pflegt. Zweitens ist es unser Hausmeister, der regelmäßig die Elektrik, die Elektronik wartet und auch sonstige Reparaturarbeiten durchführt. Dann ist es noch der Mann, der unsere Solarien wartet. Er kommt im Turnus von drei Monaten. Und last, not least ist es unser Spinning-Trainer. Hier muss aber einschränkend gesagt werden, dass dieser nur in drei Studios Kurse durchführt. Mehr Männer haben keinen direkten Zugang zum eigentlichen Gerätebereich, der den Frauen vorbehalten ist«, zählte Bodo Steinhauser sehr konzentriert auf.

»Ja, das hatten Sie meiner Kollegin auch schon gesagt. Und die hat die Alibis dieser Männer sehr sorgfältig überprüfen lassen. Von denen kann es also auch keiner gewesen sein. Aber was ist denn mit den Männern von verschiedenen Paketdiensten, die könnten doch auch in Frage kommen?«

»Nein«, antwortete wiederum Bodo Steinhauser. »Sämtliche Lieferungen für unsere Studios werden direkt hier in Immenstaad in der Zentrale entgegengenommen. Unsere Mitarbeiter in den einzelnen Studios sollen damit nicht belästigt werden und die Unternehmen wissen das ganz genau.«

»Wie ist das mit den Postboten?«

»Auch die wissen, dass Grobsendungen in der Zentrale abgeliefert werden müssen. Und Briefe werfen sie in den jeweiligen Briefkasten. Außerdem gibt es in jedem Ort, an dem wir ein Studio haben, einen anderen Postboten.«

Ludwig wollte sich noch nicht zufriedengeben.

»Wie sieht es mit Steuerberater, Bankberater und Rechtsanwalt aus?«

»Diese Kontakte bestehen nur hier in der Zentrale«, berichtete Micha Steinhauser. »Mir ist aber heute Nacht noch jemand eingefallen, den wir bisher vergessen hatten.«

»So?«, fragte Ludwig. »Wer denn?«

»Der Mann von der GEMA, der manchmal in unseren Studios rumschnüffelt, ob wir auch alle Geräte ordnungsgemäß angemeldet haben.«

»Aha, ein Schnüffler. Interessant. Wie oft kommt der Mann denn?«

»Jedes halbe Jahr vielleicht?«

Micha Steinhauser sah dabei fragend seinen Bruder Bodo an, der zustimmend nickte.

»Haben Sie eine Telefonnummer oder eine Adresse des Mannes?«

»Hier habe ich eine Visitenkarte.« Bodo Steinhauser suchte sie aus einem Stapel heraus und übergab sie Ludwig. »Die können Sie behalten, der kommt sowieso ungefragt!«

»Haben Sie Überwachungskameras im Außenbereich?«

»Das hat Ihre Kollegin auch schon gefragt. Nein, haben wir nicht.«

Bodo Steinhauser wirkte langsam etwas genervt. Verständlich, hatte doch das meiste Gerlinde Lüscher bereits vorab ermittelt.

»Es könnte sein, dass wir an Ihren Außenfassaden versteckte Überwachungskameras anbringen werden. Denn möglicherweise beobachtet der Täter Ihre Studios und sucht sich dann seine Opfer aus!«

»Tun Sie's, aber wir zahlen da keinen Cent davon!«, meinte Micha Steinhauser mit leicht unwirschem Ton.

Schwaben, dachte sich Ludwig, verabschiedete sich von

den beiden Studioinhabern und ging zu seinem Wagen. Dort sah er, dass Gerlinde Lüscher neunmal versucht hatte, ihn anzurufen. Das muss wirklich dringend sein, dachte er und rief sofort bei der Kommissarin an.

»Hallo Gerlinde, was gibt's denn so Dringendes?«

Ludwig ahnte noch nicht, was für eine Horrornachricht ihn erwartete.

Emma Frischle wurde gefunden.«

Die Stimme der Hauptkommissarin klang etwas brüchig.

»Was so schnell? Wo denn?«, hakte Ludwig nach.

»In Biberach.«

»Sch…!«, entfuhr es Ludwig. »Und wie geht's ihr?«

»Sie ist tot. Schlimm zugerichtet. Bitte komme sofort nach Überlingen. Wir machen uns ein Bild von den bisherigen Erkenntnissen und dann müssen wir sofort nach Biberach.«

Unverzüglich machte sich Ludwig auf den Weg in die Polizeidienststelle in der ehemaligen freien Reichsstadt am See. Als er in der Mühlenstraße angekommen war, saßen alle bis auf Dr. Rüdiger Bellmann, der sich gerade in einer Gerichtsverhandlung in Ravensburg aufhielt, am großen Besprechungstisch.

»Emma Frischle wurde vor einer Stunde in Biberach aufgefunden«, begann Gerlinde Lüscher.

»Wo?«, fragte Ludwig.

»Im Schlierenbachtal. Um dorthin zu finden, brauchst du erhebliche Ortskenntnisse.«

Das konnte Ludwig nur bestätigen. Denn obwohl er in

Biberach aufgewachsen war, kannte er den Fundort gar nicht.

»Wo ist denn das ungefähr?«, wollte er von der Kommissarin wissen.

»Ein Seitental unterhalb der Straße nach Rißegg«, antwortete sie.

Das sagte Ludwig etwas und er konnte sich den Fundort nun vorstellen. Ihm kam in den Sinn, dass er als Kind mit seinem Vater immer Spaziergänge in dieser Gegend machen musste, die ihm ellenlang vorkamen. Er erinnerte sich noch an die Radfahrhalle, die damals an der Hauptstraße gestanden hatte, aber mittlerweile einen Secondhandshop für Bekleidung beheimatete. Das »Mitgehen-Dürfen« aus Sicht seines Vaters war für den kleinen Ludwig ein »Mitgehen-Müssen« gewesen.

»Als ob das jetzt wichtig wäre«, redete Ludwig zu sich selbst und dachte nach.

Hatte er etwas übersehen? Hatte er einen Fehler begangen? Nie im Leben hätte er gedacht, dass Emma Frischle ein Opfer des Täters werden könnte, der die anderen sieben Frauen entführt hatte. Aber der Entführungsort Überlingen und der Fundort Biberach sprachen zumindest nach dem ersten Anschein eindeutig dafür.

»Und was sagt unser Herr Zauberer dazu?«

Fast triumphierend blickte Konrad Biller Ludwig an.

»Der Herr Zauberer fährt jetzt erst mal nach Biberach und sieht sich den Fundort an. Zuvor telefoniert er aber noch.«

Es war das erste Mal, dass sich Ludwig auf das Niveau von Konrad Biller begab, und es ärgerte ihn mächtig. Aber der Schock saß auch bei Ludwig tief. Sehr tief.

Er griff zum Telefon und rief im »Balance«-Studio in Immenstaad an.

»Hallo, Herr Steinhauser, ich bin es noch mal, Hirschberger von der Kripo.«

Bodo Steinhauser wirkte etwas überrascht, dass der Fallanalytiker so schnell wieder bei ihm anrief.

»Können Sie mir sagen, ob eine Emma Frischle aus Überlingen Mitglied bei Ihnen ist?«

Nachdem Ludwig den Namen wiederholt hatte, kam die Antwort des Inhabers prompt:

»Nein, eine Emma Frischle ist nicht Mitglied bei uns. War sie übrigens auch noch nie!«

Ludwig bedankte sich und runzelte die Stirn.

Auf der Fahrt nach Biberach dachte er ständig darüber nach, wieso er den Täter derart falsch hatte einschätzen können. Sämtliche Erfahrungswerte, die Ludwig in seinem langen Kriminaler-Leben gemacht hatte, wurden dadurch komplett über den Haufen geworfen. Dann fiel ihm ein weiterer Spruch seines Freundes Gernot Heubl ein: »Sag niemals nie.«

Wenn Emma Frischle in diesem Fall nachweislich ein weiteres Opfer des Entführungstäters ist, kann ich meine Zelte hier abbrechen, dachte Ludwig, als sie in Biberach eintrafen.

Der Fundort war noch nicht einmal allzu weit von der Polizei entfernt. Am Ende der urbanen Zone im Eichendorffweg mussten sie links abbiegen, fuhren an einem Abenteuerspielplatz vorbei und ließen linker Hand ein kleines Wäldchen liegen. An dessen Ende befand sich ein Wegekreuz und davor eine Sitzbank.

Die Leiche von Emma Frischle lag auf dieser Sitzbank. Ihr Schädel war an beiden Schläfen eingedrückt. Was war bloß in den Kerl gefahren, dass er ein derart verändertes

Verhalten an den Tag legte? Ludwig rang um Fassung, als einer der Streifenbeamten sagte:

»Brutalst vergewaltigt worden. Wie kann man eine so alte und spindeldürre Person derart misshandeln und derart übel zurichten. Ich habe schon viel gesehen, aber so etwas noch nie!«

»Da passt einiges nicht zusammen«, sagte Ludwig zur Kommissarin, »wir haben zwei Merkmale, die übereinstimmen, aber vier Merkmale, die nicht übereinstimmen.«

»Welche meinst du?«

Da Gerlinde Lüscher das Du betonte, war Ludwig klar, dass auch sie nicht vollkommen von der Ein-Täterschaft überzeugt war.

»Erstens ist es nicht sein Beuteschema. Er hat sieben Frauen entführt, die sich alle irgendwie ähnlich sind. Sportlich, muskulös, fraulich und alle im Alter um die 40, höchstens um die zehn Jahre älter, aber nicht 30 Jahre. Zweitens vergewaltigt und drittens getötet. Mit einer Gewalt, die eiskalt wirkt, womit ich bei Punkt vier wäre: Unser Täter hat sich bisher durch Empathie gegenüber seinen Opfern ausgezeichnet. Frau Frischle hatte nicht den Hauch davon erfahren. Im Gegenteil!«

»Darüber habe ich auch schon nachgedacht«, meinte Gerlinde. »Andererseits kannst du nie in diese kranken, wirren Seelen hineinsehen.«

»Aber du kannst viele kranke und irre Seelen vergleichen. Und das habe ich ein Leben lang gemacht. Und hier ist was faul im Staate Dänemark.«

Ludwig besah sich die Stelle, an der man die Leiche der alten Dame gefunden hatte – eine ganze Weile.

»Komm, Gerlinde, lass uns noch einmal von der Hauptstraße aus hierherfahren.«

»Wozu soll das dienen?«, erkundigte sich die Kommissarin.

»Ich will wissen, ob man diesen Ort vielleicht auch zufällig finden kann.«

»Worauf willst du hinaus, Ludwig?«

»Könnte es nicht sein, dass diese Tat doch nichts mit unseren Entführungsfällen zu tun hat? Dass dieser Mord nur hier endet, weil der Täter die Spur auf unseren Entführer legen wollte?«

»Ist das nicht ein bisschen weit hergeholt?«

»An sich schon. Aber auch wieder doch nicht. Die meisten Opfer eines Mordes nach einer Vergewaltigung, die mir untergekommen sind, wurden in relativer Nähe der Tat der Vergewaltigung gefunden. Mir scheint, dass Frau Frischle zum Zeitpunkt ihrer Vergewaltigung bereits tot war.«

Verblüfft blickte die Kommissarin Ludwig an und meinte:

»Jetzt musst du mich schon in deine höheren Weihen der Kriminalistik einweihen, Ludwig. Ich kann das ohne Obduktion beim besten Willen nicht erkennen!«

»43.«

»Wie 43? Du sprichst in Rätseln, Ludwig.«

»Dies ist der 43. Fall in meiner endlos langen Tätigkeit als Fallanalytiker, in dem eine vergewaltigte Frau ermordet aufgefunden wird. Glaube mir, da entwickelst du einen untrüglichen Blick für solche Dinge.«

Es klang weder arrogant noch besserwisserisch oder gar überheblich. Es klang einfach nur resigniert.

»Du hast deine Fälle alle noch im Kopf?«

»Jeden Einzelnen. Und oft kommen die menschlichen Tragödien, die dahinterstecken, die diese Morde mit sich gebracht haben, nachts in meinen Träumen vor. Besonders diejenigen, die ich nicht aufklären konnte, verfolgen mich. Klagend und quälend.«

»Bis heute?«

»Bis heute!«

Ludwig dachte kurz nach und meinte dann:

»Ich gehe jedenfalls davon aus, dass es sich nicht um unseren Entführer handelt.«

»Soll ich daraus schließen, dass du die Vernehmung der entführten Frauen wie geplant fortsetzen willst?«

»Ja. Ginge es nach meiner Auffassung, wäre ich mit dem Mord hier gar nicht beschäftigt. Denn hier handelt es sich nach meiner Überzeugung um einen anderen Fall. Ein Täter, ein neuer Täter ist hier als Trittbrettfahrer tätig geworden.«

»Interessante Einschätzung!«

»Nein«, sagte Ludwig, »eher eine realistische!«

»Da bin ich aber mal gespannt, was die anderen dazu sagen werden.«

Gerlindes Blick signalisierte Verzweiflung.

»Du wirst es ihnen erklären müssen!«

»Wieso ich?«

»Weil dieser Fall nicht in unsere Soko »Schnüffler« gehört. Da müsst ihr eine neue Soko gründen.«

Gerlinde schüttelte heftig den Kopf. Leichte Zweifel hegte sie zwar auch, dass die Täter identisch wären, aber so bestimmt wie Ludwig konnte sie das nicht sagen.

»Da wirst du aber morgen wieder alleine nach Friedrichshafen fahren müssen. Ich habe hier zu tun.«

»Das war mir von Anfang an klar.«

Als Ludwig zu Gabi nach Hause kam, hatte er entsetzliche Kopfschmerzen. Das passierte ihm immer, wenn sich die Fälle derart verkomplizierten.

»Hättest du mir vielleicht ein Kopfwehpulver, Gabi?«

Wieder einmal war ihm ein Begriff aus dem Wienerischen durchgerutscht.

»Klar«, sagte Gabi und gab Ludwig eine Schmerztablette.

Dann ging er mit seinen Akten sehr früh zu Bett. Er wusste, dass das unhöflich gegenüber Gabi war, aber er hatte absolut keinen Nerv für weitere Gespräche.

Auch während des Frühstücks war Ludwig relativ wortkarg. Aber Gabi hatte inzwischen in der Zeitung gelesen, was sich ereignet hatte. Deshalb brachte sie Verständnis für Ludwigs schlechte Laune auf. Sie legte ihm unaufgefordert noch eine Schmerztablette neben das Frühstücksbrötchen.

»Danke dir, du bist ein Engel, Gabi. Und ich ein zu nichts zu gebrauchender Hausgast. Ich schäme mich fast.«

Das schlechte Gewissen plagte ihn natürlich. Andererseits lagen ihm diese Fälle schwer im Magen.

Auf der Fahrt nach Friedrichshafen bei strahlendem Sonnenschein vergingen die Kopfschmerzen relativ schnell und Ludwigs Laune besserte sich etwas.

Da heute wieder ein Verhör eines Entführungsopfers anstand, fühlte er sich sicher. Hier war er in seinem Element. Gleich, nachdem er auf dem Revier angekommen war, nahm er die Akte zur Hand.

Anette Zick, 43 Jahre alt, geschieden,
geboren in Altshausen/Württ.,
wohnhaft in Friedrichshafen.

Gerade auf ihre Aussage war Ludwig sehr gespannt, hatte sie doch mit zwei Tagen Gefangenschaft mit Ausnahme der beiden Frauen, die noch am Tag ihrer Entführung wieder freigekommen waren, die kürzeste Zeit in den Fängen des Kidnappers aushalten müssen. Ludwig interessierten die Gründe und er erhoffte sich einigen Aufschluss aus ihrer Befragung.

Anette Zick war eine kleine, muskulöse und sehr wuselige Person. Sie vermittelte den Eindruck, als wollte sie in der nächsten Sekunde aufspringen und einen Tanz vorführen. Ihre Beine waren ständig in Bewegung und Ludwig wurde das Gefühl nicht los, ihr ginge die Befragung nicht schnell genug, weil sie sich schon wieder sportlich austoben wollte.

»So, Frau Zick, dann wollen wir mal.«

Ludwig schaltete das Diktiergerät ein, um einen Mitschnitt von dem Gespräch zu haben.

»Sie können mich auch Zicke nennen«, sagte sie lachend.

»Da habe ich bis jetzt noch gar keine Veranlassung dazu«, gab Ludwig zurück, »bisher wirken Sie alles andere als zickig auf mich!«

»Zicke war immer mein Spitzname. Klar, wenn man Zick heißt. Das begann schon in der Schule.«

»Tja, Mitschüler sind nicht immer sehr sensibel, wenn es um Spitznamen geht.«

»Aber ich bin bis zum heutigen Tag sauer auf meine Eltern«, sagte Anette Zick immer noch lächelnd.

»Aber wieso denn, die können doch auch nichts für den Namen Zick«, meinte Ludwig.

»Für den Nachnamen können sie nichts, aber für den Vornamen sind sie voll verantwortlich!«

Ludwig runzelte die Stirn.

»Also ich kann an dem Namen Anette nichts Anrüchiges finden.«

»Aber in Verbindung mit dem Nachnamen wird's lächerlich. Verstehen Sie nicht? Alle Welt nannte mich – ›a nette Zicke‹!«

»Oh Gott, das ist mir noch gar nicht aufgefallen«, gestand Ludwig. »Da haben Sie natürlich immer drunter leiden müssen, das verstehe ich. Das dürfte bis zum heutigen Tage so gehen. Was sind Sie denn von Beruf?«

»Gerichtsvollzieherin.«

»Auch das noch«, entfuhr es Ludwig, worauf Anette Zick aber ebenfalls sehr humorvoll reagierte.

»Ja, meine Kunden können dann immer behaupten, von einer echten Zicke gepfändet worden zu sein.«

Ludwig führte die lockere Unterhaltung fort:

»Ich hatte mal einen Geografielehrer, der hieß Tiberius Sauer und stammte aus dem Schwarzwald. Zwischen uns beiden entwickelte sich eine richtige Hassliebe. Er nannte mich nämlich immer ›Hirschsprung‹ nach einer Verengung im Höllental bei Freiburg. Und ich gab ihm dafür immer absichtlich falsche Antworten. Mit der Zeit wurde das Spiel sehr zur Freude der anderen Mitschüler kultiviert. Herr Sauer frage mich immer leichtere Sachen, sodass es mir schwerfiel, total falsche Antworten zu geben. Zumal ich in den schriftlichen Arbeiten immer eine glatte Eins geschrieben hatte.«

»Was hat er Sie denn dann gefragt?«, interessierte sich die Gerichtsvollzieherin.

»›Hirschsprung, nenne mir die drei größten Zuflüsse in den Rhein vom Schwarzwald aus‹, worauf ich dann geantwortet habe: ›die Wolga, der Don und die Beresina‹. Dass das russische Flüsse sind, wusste natürlich jeder.«

»Und dann?«

»Dann meinte er immer: ›Setzen, Flegel‹. Wir nannten ihn den Beere und meistens ergänzte er die Schelte noch mit dem Zusatz: ›Hirschsprung, du bist ein ganz seichter und oberflächlicher Charakter‹. Das Ganze gipfelte darin, dass er mich eines Tage fragte: ›Hirschsprung, in welchen bedeutenden europäischen Strom fließt der Neckar?‹ Meine Antwort kam prompt: ›In den Nil, Herr Studienrat Sauer.‹ Danach warf er mit dem nassen Schwamm nach mir, mit dem er gerade die Tafel abgewischt hatte. Doch ich duckte mich kurz weg und er traf den hinter mir sitzenden Schüler. Das war nun zufällig der Neffe des Schuldirektors und danach hörten die Namenslästereien des Herrn Tiberius Sauer auf.«

»Und welche Note bekamen Sie von Ihrem Beere?«

»Eine Zwei, obwohl ich in jeder Arbeit eine Eins hatte. Später erfuhr ich, dass er dies in der Lehrerkonferenz damit begründet hatte, meine Mitarbeit im Unterricht lasse sehr zu wünschen übrig.«

Wieder war es Ludwig gelungen, nach relativ kurzer Zeit eine herzliche Atmosphäre zwischen sich und der zu befragenden Person zu schaffen. In einer solch vertrauensseligen Stimmung plaudern manche Zeugen auch mal Dinge aus dem Nähkästchen aus, die sie sonst verschweigen würden. Und gerade sie interessierten Ludwig, weil sie letztendlich entscheidend zur Aufklärung eines Falles beitragen können.

Der Fallanalytiker nahm seinen Schreiber und das weiße A4-Blatt und begann die Befragung.

»Können Sie sich an die Umstände der Entführung noch erinnern, Frau Zicke? Sorry, ich meine natürlich Frau Zick! Also ich meine jenen Moment, in dem Sie gekidnappt wurden?«

»Wie schon so oft joggte ich am Messegelände in Friedrichshafen entlang«, antwortete Anette Zick.

»Nun ist ein Messegelände doch ein sehr belebter Ort. Wie kann man da entführt werden?«, fragte Ludwig.

»Ja klar, wenn gerade eine Messe läuft, ist da der Teufel los. Dann jogge ich dort auch nicht. Nur wenn keine Messe stattfindet, ist es interessant. Ich laufe dann immer in Richtung Hundedressierplatz. Da muss man durch ein Wäldchen durch. Und in diesem Wäldchen hat es mich erwischt.«

»Wie muss ich mir das vorstellen?«

»Plötzlich kam dieser vermummte Kerl mit seinen schwarzen Lederklamotten aus dem Wald. Ich wusste im ersten Augenblick gar nicht, wie mir geschieht. Er hielt mir dieses feuchte Tuch mitten ins Gesicht. Das war das Letzte, an das ich mich erinnern kann. Ich bin dann wieder in dem Raum von der Notaufnahme aufgewacht.«

Ludwig kannte dieses Szenario inzwischen. Dennoch tat er verwirrt.

»Notaufnahme?«

»Ja, sind Sie noch nie in der Notaufnahme eines Krankenhauses gelandet? Ich musste mal mit meinem Vater hin, als der einen Herzinfarkt erlitten hatte.«

»Und das sah genauso aus?«

»Natürlich nicht hundert Prozent. Es kam mir eher so vor, als sei's eine gynäkologische Notaufnahme gewesen. Wegen diesem Stuhl da.«

»Was war mit dem Stuhl?«

»Das war ein Universalgenie. Mit dem Tablet, das auf dem aufklappbaren Tischchen vor mir lag, konnte ich einstellen: Stufe eins: Sitzen. Stufe zwei: Liegen. Stufe drei: Waschen. Stufe vier: Trocknen. Das war echt gigantisch. Der Stuhl konnte alle Stücklein spielen.«

»Haben Sie Versuche unternommen, sich zu befreien?«, fragte Ludwig weiter.

»Andauernd. Aber ich war mit einem oder besser gesagt mit vier Gurten auf dem Stuhl befestigt und hatte keine Chance, diese zu lösen.«

»Haben Sie um Hilfe gerufen?«

»Stundenlang. Alleine, es tat sich nichts. Obwohl das Licht in dem Notaufnahmeraum nicht besonders hell war, konnte ich erkennen, dass der Raum mit Kartons, in denen man Eier aufbewahrt, schalldicht isoliert war.«

»Eierkartons?«

»Ja, Eierkartons sind die besten Schalldämpfer.«

»Hm, und dann?«

»Wartete ich, dass ich auf Station kam.«

»Wie – Station?«

»Na ja, ich war einigermaßen benebelt und dachte, ich hätte einen Unfall gehabt und wäre in der Notaufnahme gelandet. Erst im Laufe der Zeit kam die Erinnerung zurück und mir wurde klar, dass ich eine Gefangene war.«

Danach erzählte Anette Zick, wie der Täter ihr Essen aus Fertiggerichten brachte, wie er mit ihr über das Tablet kommunizierte. Genauso wie es die anderen Damen auch berichtet hatten. Auch die Geschichte mit der Betäubung deckte sich mit den Angaben der anderen Opfer. Auch sie saß die ganze Zeit nackt in diesem Stuhl, berichtete aber mit den anderen Frauen übereinstimmend, dass die Raumtemperatur so geregelt werden konnte, dass sie niemals fror. Nur, dass bei Anette Zick alles schneller und intensiver ablief als bei den anderen Frauen.

Dann schilderte sie das Ende ihrer Entführung.

»Zu allem Überfluss setzte am Ende des zweiten Tages auch noch meine Regelblutung ein. Das war in dem Sitz natürlich besonders unangenehm. Aber nach einiger Zeit kam der Mann zurück, schrieb aufs Tablet, dass ich jetzt freigelassen werde, versetzte mir eine Spritze und weg war ich.«

»Setzte ihre Regelblutung überraschend ein oder zum vorgesehenen Zeitpunkt?«

»Zum vorgesehenen Zeitpunkt. Sie wissen ja, ich bin Beamtin. Bei mir passiert alles nach Planung«, feixte die Gerichtsvollzieherin.

»Und danach?«

»Weiß ich erst wieder was, als mich der Hausmeister von dem Kindergarten geweckt hat.«

Anette Zick war auf einem Bänkchen gefunden worden, direkt vor dem evangelischen Kindergarten am »Ratzengraben«, wie die Biberacher den Wolfentalbach, ein Nebenflüsschen der Riss, im Stadtgebiet nennen.

»Wie würden Sie den Täter beschreiben?«, fragte Ludwig die nette Zicke.

»Der war immer vermummt, ich konnte den nie sehen.«

»Wie würden Sie denn seine äußere Erscheinung taxieren?«

Anette Zick überlegte kurz.

»Spiderman«, antwortete sie dann kurz und prägnant.

Ludwig hörte diese Beschreibung in den Entführungsfällen zum ersten Mal, fand sie aber ziemlich treffend, als er sie später mit den Aussagen der anderen Opfer noch einmal verglich. Und obwohl auch Anette Zick im Wesentlichen das erzählte, was die anderen entführten Frauen berichtet hatten, war die Vernehmung für Ludwig sehr aufschlussreich.

Zurück in Biberach ging Ludwig sofort aufs Revier. Natürlich wollte er von Gerlinde den neuesten Stand im Mordfall Frischle erfahren.

»Na, wie war es bei dir?«, fragte ihn die Kommissarin.

»Interessant und sehr aufschlussreich. Und hier, was hat sich hier ergeben?«

»Sehr dürftige Spurenlage, aber einige wichtige Erkenntnisse.«

»Schieß los!«

»Also, die Spusi hat so gut wie nichts gefunden. Es muss sich um einen eiskalten Profi handeln, der ganz sicher nicht zum ersten Mal gemordet hat. Er hat sowohl Präservativ als auch Gummihandschuhe benutzt. Und weil kurz vor dem Auffinden der Leiche in Biberach ein heftiges Gewitter mit Hagel niedergegangen ist, sind keine DNA-Spuren gefunden worden.«

»Hatte der Scheißkerl auch noch Glück!«, stellte der Fallanalytiker resigniert fest. »Und was habt ihr sonst für Erkenntnisse?«

»Na ja, du hattest recht. Frau Frischle wurde vermutlich noch in Überlingen getötet und danach hat sich der Täter an ihrer Leiche vergangen. Das konnten wir zwischenzeitlich zweifelsfrei klären. Übrigens, das LKA hat mir jetzt offiziell ein OFA-Team angeboten.«

»Aha, das war aber nach dem Mord klar, dass du das bekommst!«, kommentierte Ludwig.

»Ich habe es abgelehnt. Ich will weiter mit dir arbeiten!«

»Für den Mord hättest du die Kollegen aus Stuttgart aber schon holen müssen. So sehr mich dein Vertrauen ehrt. Aber wir haben es hier mit verschiedenen Taten und verschiedenen Tätern zu tun.«

»Das sehen das LKA und Bellmann aber anders. Die gehen von einem einheitlichen Täter aus.«

Der Kommissarin war es sichtlich peinlich, Ludwig die nicht mit seiner Auffassung übereinstimmende Theorie mitteilen zu müssen. Doch der sah das rein sachlich.

»Die werden leider noch eines Besseren belehrt werden.«

Ludwig hatte so viele Fälle bearbeitet, war während seiner aktiven Zeit in Wien in so viele Sexualdelikte, Morde und Entführungen eingebunden gewesen, da ließ er sich von seinen Überzeugungen nur schwer abbringen.

»Aber im Fall Frischle ermittelt jetzt zunächst mal ihr. Ich schalte mich erst wieder ein, wenn die Obduktionsergebnisse und der detaillierte Bericht der Spusi vorliegen. Vorderhand kümmere ich mich so lange um meine entführten Damen«, sagte Ludwig sehr entschieden.

»Hast du noch nicht genug Infos? Der ›Stinkbert‹ und der Konni werden schon ganz nervös!«, mahnte Gerlinde.

»Nein, das muss sein.«

»Und wer ist jetzt dran?«, fragte die Kommissarin etwas angespannt.

»Als Nächstes würde ich gerne mit Bernadette Schneider sprechen«, meinte Ludwig.

»Muss das sein? Ich glaube nicht, dass Frau Schneider Lust hat, noch einmal mit uns zu sprechen, nach all den Erfahrungen, die sie machen musste.«

Gerlinde schien nicht begeistert von dem Gedanken, dass Ludwig auch diese Zeugin noch einmal vernehmen wollte.

»Nur weil sie sich vor Todesangst in die Hose gemacht hat? Das ist für mich kein Grund. Gerade, weil sie offensichtlich Todesangst hatte, ist sie für mich interessant. Sie war die einzige der sieben Frauen, die wirkliche Todesangst hatte. Ich will ergründen, warum. Das konnte ich aus euren

Vernehmungsakten leider nicht in vollem Ausmaß feststellen.«

Auch Gerlinde gegenüber nahm Ludwig kein Blatt vor den Mund, wenn er an den Vernehmungen etwas zu kritisieren hatte.

»Ja, da ist diese komische Geschichte mit der Mafia und dem Flugzeugabsturz vor gut 25 Jahren. Aber glaube mir, das hat alles nichts mit unserem Fall zu tun, das ist reine Einbildung von Frau Schneider.«

»Ich glaube dir nicht nur, ich bin sogar überzeugt davon. Dennoch muss ich dieser Sache noch einmal auf den Grund gehen«, ließ Ludwig nicht locker. »Ich habe einen Freund bei den Austrian Airlines, der war dort Flugkapitän. Ich habe gestern am Abend noch lange mit ihm telefoniert. Er hat mich über die Umstände dieses Absturzes genauestens informiert. Mehr noch: Er ist zu dieser Zeit fast die baugleiche Maschine geflogen.«

Gerlinde Lüscher war überrascht. Wieder einmal war Ludwig einen Schritt weiter, als sie es sich vorstellen konnte. Der ist wirklich mit allen Wassern gewaschen, dachte sie.

»Aber das war doch die Alitalia, die damals in Zürich abgestürzt ist.«

»Schon, aber die AUA und die Alitalia flogen damals ihre Kurz- und Mittelstrecken allesamt mit der Douglas DC-9. Mein Freund Wolfgang Seeberger flog den Typ 32, die abgestürzte Maschine war vom Typ 31. Fast identisch.«

Für Gerlinde klang das viel zu technisch.

»Und du glaubst, über diese Schiene tatsächlich etwas Neues herauszufinden?«

»Was ich glaube, spielt keine Rolle. Ich will erfahren, was ich noch nicht weiß. Dabei darf ich nichts außer Acht lassen. Nichts. Verstehst du? Darin liegt der Unterschied in unserem Job: Du musst die schnelle Lösung suchen, hast gar keine Zeit, dich um Details zu bemühen. Diesen Zeitdruck hatte ich bei meiner Arbeit nie. Ich konnte immer jedes Detail genauestens analysieren. Und so gehe ich auch in diesem Fall vor.«

Denn Ludwig hegte den Verdacht, dass Bernadette Schneider nicht wegen ihres Unfalls weitere Vernehmungen verweigern könnte, sondern weil sie sich nicht ernst genug genommen fühlte. Jens Kötter hatte bei ihrer ersten Befragung das mit dem Absturz ziemlich schnell abgetan. Das konnte ein Fehler gewesen sein. Diesen Fehler konnte und wollte sich Ludwig nicht leisten.

»Also von mir aus«, meinte Gerlinde, »aber mach bitte den Termin selbst mit ihr aus. Ich hab keine Lust auf sie.«

Doch zuvor sah sich Ludwig Hirschberger auf Rat seines fliegenden Freundes eine Dokumentation auf »Youtube« an. Das Schweizer Fernsehen hatte sich in einem Beitrag mit dem Fall genauestens befasst und irgendein schlaues Köpfchen hatte diesen Film dann in das Portal eingestellt. Die Qualität war nicht besonders gut, aber das störte Ludwig nicht besonders. Ihm war der Inhalt wichtig. Er wollte Bernadette Schneider mit geballtem Wissen entgegentreten, wollte, dass sie sich ernst genommen fühlte mit ihrer Hypothese.

»Alitalia four o four?«, fragte der Lotse im Züricher Tower an jenem nebligen Novemberabend im Jahr 1990. Und nochmals:

»Alitalia 404, please request.«

Erneut keine Antwort.

Der Lotse am Züricher Flughafen war verwundert. Noch vor wenigen Sekunden hatte er Kontakt mit der Maschine aus Mailand. Jetzt war gar nichts mehr zu hören. Er fragte den nachfolgenden Piloten eines Geschäftsfliegers:

»Können Sie vor sich eine DC-9 sehen?«

»Nein, ich sehe kein Flugzeug vor mir, aber ich sehe ein Feuer auf dem Boden«, entgegnete der Kapitän.

Daraufhin löste der Lotse sofort Alarm aus. Alitalia 404 war gegen den Stadlerberg oberhalb der Ortschaft Weiach geknallt. Alle 46 Passagiere und Besatzungsmitglieder waren auf der Stelle tot gewesen.

Obwohl der Stadlerberg nur wenige Kilometer von der deutschen Grenze entfernt liegt, obwohl die Maschine beim Landeanflug auf den Flughafen Kloten deutsches Gebiet überflogen hatte, war der Fall Alitalia 404 in Deutschland nach ein paar Tagen wieder in Vergessenheit geraten. Nicht so bei Bernadette Schneider: Ihre Eltern waren in dem Flugzeug gesessen und wie die anderen 44 Menschen bei diesem Absturz ums Leben gekommen.

»Schneider«, meldete sie sich knapp am Telefon.

»Guten Tag, Frau Schneider. Mein Name ist Ludwig Hirschberger von der Kripo. Ich bin Fallanalytiker und würde mich gerne selbst mit Ihnen über Ihre Entführung unterhalten:«

»Wozu denn das? Ich habe doch Ihrem Kollegen von der Kripo Biberach schon alles erzählt. Was soll das jetzt noch! Ich bin berufstätig und habe verdammt wenig Zeit. Und außerdem interessiert sich bei Ihnen doch sowieso niemand für den wirklichen Grund meiner Entführung!«

Bernadette Schneider war nicht nur sehr direkt, sondern auch ganz schön giftig am Telefon. Aber nur zunächst.

»Ich möchte eigentlich gar nicht so sehr über Ihre Entführung mit Ihnen reden, sondern vielmehr über Alitalia 404.«

Sofort änderte sich die Tonlage von Bernadette Schneider.

»Soll das heißen, Sie glauben mir?«

Zum ersten Mal schien sich Bernadette Schneider ernst genommen zu fühlen mit ihrer Überzeugung, als Einzige die Wahrheit über den Alitalia-Absturz zu kennen.

»Das soll zunächst einmal nur heißen, dass ich mir ein genaues Bild machen will. Wie ich Ihnen ja schon sagte, bin ich Fallanalytiker. Und als solcher gehe ich allem auf den Grund. Und genau deswegen ist mir ein Termin mit Ihnen so wichtig, Frau Schneider.«

Sichtlich überrascht über Ludwigs Detailinteresse gab Bernadette Schneider ihre ablehnende Haltung auf.

»Okay, Herr Hirschberger, ich kann in einer Stunde bei Ihnen sein. Ich möchte aber nicht mit Ihnen über meinen Unfall sprechen.«

Natürlich war ihr diese spontane Darmentleerung äußerst peinlich. Es war daher völlig verständlich, dass sie nicht darüber reden wollte. Ludwig vermutete allerdings, dass dies genau der Grund war, warum sie noch am Tag ihrer Entführung freigelassen und nicht wie die anderen Frauen mehrere Tage festgehalten worden war. Der Täter hatte offenbar Ekel empfunden, den er nicht überwinden konnte.

»Lassen Sie mich einen Satz dazu sagen, Frau Schneider: Ich bei seit ewigen Zeiten bei der Kripo. Ich war zwar in Wien stationiert, aber das spielt in diesem Fall keine Rolle. Menschen in Todesangst haben sehr häufig eine spontane Darmentleerung. Das ist eine völlig normale Reaktion des Körpers und kommt im Übrigen bei Männern genauso oft vor. Abnorme Adrenalin- und Noradrenalinschübe sind dafür verantwortlich. Sie haben vielleicht schon einmal davon gehört, dass ein Mensch in Todesangst übermenschliche Kräfte entwickelt. Dafür ist dieser Adrenalinschub verantwortlich. Der Körper pumpt alles Blut in die Muskeln, die für eine Flucht notwendig sind. Schließmuskeln sind für die Flucht aber absolut unnötig.«

»So hat mir das noch niemand erklärt. Aber ich hatte doch gar keine Gelegenheit zum Flüchten!«, meinte Bernadette Schneider.

»Aber Sie hatten Todesangst. Und das setzt diesen Vorgang im Gehirn frei. Und deswegen brauchen Sie sich überhaupt nicht zu schämen.«

Damit schien auch dieses heikle Thema bereinigt und Ludwig konnte damit beginnen, sich ein persönliches Bild von Bernadette Schneider zu machen.

»Hören Sie mir bitte zu, Frau Schneider. Ich bin jetzt bei der Kripo in Biberach. Sicher haben Sie vom Mordfall Frischle gehört.«

»Ja, aber was hat das mit den Entführungen zu tun?«

»Nichts, das sehen Sie ganz richtig«, meinte Ludwig, für den ein Zusammenhang der Fälle längst nicht erwiesen war. »Aber deshalb bin ich jetzt hier in Biberach und kann nicht nach Überlingen kommen. Ginge es bei Ihnen morgen früh?«

»Nein, da muss ich zur Arbeit, aber wir könnten uns um die Mittagszeit treffen. Ich bestehe aber darauf, dass es ein Vier-Augen-Gespräch bleibt und nicht so ein junger Schnösel dabei ist.«

Dabei zielte Bernadette Schneider auf Jens Kötter ab, der ihr offenbar bei der ersten Anhörung wenig sensibel begegnet war.

»Also gut, um 12.15 Uhr in der Mühlenstraße. Fragen Sie direkt nach mir. Hirschberger ist mein Name, Ludwig Hirschberger.«

Ludwig rief sofort bei Konrad Biller an, um ein Vernehmungszimmer für den geplanten Zeitraum zu reservieren. Der war natürlich alles andere als begeistert.

»Hör mir mal gut zu, Zauberer, wir haben hier in Überlingen anderes zu tun, als dir Vernehmungsräume zu organisieren. Wir haben hier einen Mordfall, hast du das mitbekommen?«

»Na ja, ich hab's im Radio gehört und habe es auch in der Zeitung gelesen.«

Dass er von Gerlinde Lüscher auch die OFA für den Mordfall Frischle übertragen bekommen hatte, verschwieg Ludwig.

»Was ist jetzt, bekomme ich einen Vernehmungsraum oder muss ich den Bellmann zuerst schalou machen?«

»Um wie viel Uhr?«, fragte der PHM Biller ziemlich genervt.

»12.15 Uhr. Wie lange, weiß ich noch nicht.«

»Mhm«, murmelte Biller nur und legte grußlos auf.

So einen störrischen Holzbock hatte Ludwig lange nicht mehr erlebt.

Er sah sich im Internet noch den Untersuchungsbericht der BAZL an, wie die Bundesanstalt für zivile Luftfahrt in der Schweiz genannt wird. Dass Gabi mit dem Abendessen auf ihn wartete, hatte er völlig vergessen.

Als Ludwig am nächsten Morgen nach Überlingen fuhr, war ihm noch nicht einmal bewusst geworden, dass Gabi sich seinen Besuch bei ihr ziemlich anders vorgestellt hatte.

Nach einer kurzen, höflichen Begrüßung begann Ludwig die Vernehmung von Bernadette Schneider.

»Aus den Akten habe ich entnommen, dass Sie die sizilianische Mafia verantwortlich für den Absturz von Alitalia 404 machen.«

»Das wollen Sie wirklich wissen?«

Bernadette Schneider blickte Ludwig skeptisch an.

»Nun, sonst macht es ja gar keinen Sinn, dass wir uns unterhalten. Die Aussagen, die Sie zu unserem Fall machen können, sind ja so dürftig, das hätten wir doch telefonisch besprechen können. Also, warum halten Sie die Mafia für den Absturz für verantwortlich, was macht Sie da so sicher?«

»Weil unter den Todesopfern Germino Calabrasci war. Er war der Boss eines Clans, der sich mit einem anderen Mafia-Clan bis aufs Blut bekriegt hat. Der andere Clan hat den Flug herausbekommen und die Maschine abstürzen lassen«, antwortete Bernadette Schneider.

»Und Sie glauben, dass das so einfach ist?«

»Haben Sie sich einmal die Absturzursache angesehen? Ein falsch funktionierender neuer Höhenmesser, unmittelbar vor dem Start in Mailand eingebaut. In Mailand, verstehen Sie? Das ist doch wohl eindeutig: Der war manipuliert, damit die Maschine abstürzt.«

Obwohl das tragische Ereignis schon mehr als 25 Jahre zurücklag, steigerte sich Bernadette Schneider noch immer unheimlich hinein, wenn sie davon sprach. Eigentlich verständlich, hatte doch die damals 17-Jährige gemeinsam mit ihrem zwei Jahre älteren Bruder vergeblich auf die Ankunft der Maschine aus Mailand gewartet.

Ludwig war sich bewusst, dass er jetzt energisch, aber behutsam diese Frau auf ihren Irrtum aufmerksam machen musste.

»Liebe Frau Schneider, Sie befinden sich tatsächlich auf dem Holzweg. Alitalia 404 ist nicht durch die Mafia, sondern durch einen gewaltigen Pilotenfehler abgestürzt. Crew-Error nennt man das in der Fachsprache.«

»Ach, und Sie haben als Fallanalytiker wohl die Weisheit mit Löffeln gefressen«, erwiderte sie ziemlich entrüstet.

»Nein, das habe ich in der Tat nicht. Was ich aber gemacht habe, ich habe mich genauestens informiert. Und ich konnte dabei auf eine Quelle zurückgreifen, die Ihnen vermutlich nicht zur Verfügung steht.«

»Na, auf die Quelle bin ich aber gespannt.«

Die Skepsis war noch nicht aus ihrem Gesicht gewichen.

»Also, ich habe in Wien einen Freund. Der war Flugkapitän bei Austrian Airlines. Er ist seit einem Jahr pensioniert und flog zuletzt einen Airbus. Zum Zeitpunkt des Alitalia-Unglücks flog er aber die MD-81, eine Weiterentwicklung der verunglückten DC-9. Die DC-9 war er sogar noch ein paar Jahre zuvor geflogen, weshalb er sich für das Alitalia-Desaster sehr interessiert hatte. Schließlich musste er mehrmals in der Woche selbst in Zürich landen und starten.«

»Und woher will der wissen, dass das nichts mit der Mafia zu tun hat?«, warf sie ein.

»Ganz einfach«, sagte Ludwig sehr ruhig und besonnen, »jedes kommerzielle Linienflugzeug besitzt zwei Höhenmesser, weil bei der Luftfahrt alle Systeme doppelt angelegt sind. Und da der Alitalia DC-9 ein neuer Höhenmesser eingebaut worden war, verlangte das Verfahren der Alitalia, dass beide Geräte dieselbe Anzeige haben mussten. Andernfalls hätte der Anflug abgebrochen und ein anderes Verfahren als die reine Instrumentenlandung eingeleitet werden müssen.«

Ludwig war wenig überrascht, dass Bernadette Schneider seinen etwas komplizierten Ausführungen folgen konnte.

»Und wer hat den falschen Höhenmesser eingebaut?«, hakte sie nach.

»Das spielt doch überhaupt keine Rolle. Bei einem neuen Höhenmesser muss die Crew kontrollieren, ob beide Höhenmesser gleiche Anzeigen liefern. Und als der Kopilot meldete, dass sein Höhenmesser andere Werte zeigte, schaltete der Kapitän einfach auf seinen Höhenmesser um. Und nur auf den. Damit hat er den Absturz ausgelöst. Das war ursächlich. Das verstieß ganz klar gegen die Vorschriften und war ein entsetzlicher Fehler des Kapitäns. Deshalb flog die Maschine 300 Meter zu tief und raste in den Berg.«

»Stimmt das tatsächlich?«

Bernadette Schneider bekam plötzlich ganz große Augen.

»Also wenn ich mich für eines verbürgen kann, dann dafür, dass mein Freund in Wien, den ich seit fast dreißig Jahre kenne, nicht bei der sizilianischen Mafia ist und auch keine Verbindungen dorthin hat. Was ihn dazu getrieben hat, den Fall so genau zu untersuchen, war alleine die Gewährleistung der Sicherheit für seine Passagiere.«

»Dann hat nicht die Mafia versucht, mich zu entführen, weil ich die Einzige war, die wegen dem Absturz nicht locker gelassen hat?«

»Nein, liebe Frau Schneider. Sie waren nicht Opfer der Mafia. Ganz sicher nicht. Sie waren eines von sieben Entführungsopfern unseres Täters, nach dem wir immer noch suchen. Und dabei sind wir sehr auf die Hilfe aller sieben Entführungsopfer angewiesen. Auch auf Ihre.«

»Aber ich habe doch schon alles gesagt, was ich weiß!«

»Na ja, ich hätte da schon noch die eine oder andere Frage an Sie, wenn Sie gestatten.«

Ludwig war überzeugt, dass sie nach seinen Erklärungen zum Absturz nochmals bereit war, in sich zu gehen.

»Also schießen Sie los mit ihren Fragen.«

»Was ist Ihnen an dem Täter als Erstes aufgefallen?«

»Das erste Mal, dass ich ihn bewusst wahrgenommen habe, war in diesem Krankenwagen. Ich saß auf einem Stuhl, die Beine und die Arme waren gefesselt. Als ich das in meinem Dämmerzustand bemerkt habe, dachte ich wirklich, es ist die Mafia und die will mich jetzt um die Ecke bringen. Ich meine, ich war ja die Einzige, die ...«

»Ja ja, ich weiß«, unterbrach Ludwig.

»Und dann habe ich furchtbar Angst bekommen. Ich dachte, jetzt hat mein letztes Stündlein geschlagen. Und gerade, als der Mann die Spritze vorbereitet hatte, ist mir dann vor lauter Angst alles in die Hose gegangen. Zunächst habe ich das gar nicht bemerkt. Die Angst war so schlimm, dass ich noch nicht einmal gemerkt habe, dass ich mich komplett beschmutzt hatte. Ich muss entsetzlich gestunken haben in diesem Augenblick. Mein Gott, ich hatte überhaupt keine Kontrolle mehr über mich.«

»Das war das Adrenalin. Ich hatte Ihnen ja schon am Telefon erklärt, dass es Ihren Körper auf Fluchtmodus umgestellt hat. Aber Sie waren festgegurtet, konnten gar nicht flüchten. Da ging der Schuss im wahrsten Sinne des Wortes nach hinten los.«

Ludwig sagte das ganz sachlich, ohne jeden Anflug von Ironie oder Ekel.

»Was hat der Kerl dann gemacht?«

»Er tränkte so ein weißes Tuch mit Flüssigkeit voll und hielt es mir vor die Nase, bis ich wieder weg war.«

»Er hat Ihnen keine Spritze verpasst?«

»Nein. Jetzt, da Sie es sagen. Es ist schon verwunderlich: Er hatte eine Spritze vorbereitet, mir sie aber nach meinem Malheur gar nicht mehr verabreicht, sondern mir wieder dieses Tuch vor die Nase gehalten. Das ist mir bisher noch gar nicht aufgefallen!«

Bernadette Schneider war überrascht. Sie hätte nie gedacht, dass ihr noch Dinge einfallen würden, die sie so der Polizei noch gar nicht gesagt hatte. Der fragt aber auch ganz anders, dieser Typ, dachte sie.

»Und dann sind Ihnen wohl die Lichter wieder ausgegangen?«

»Sofort! Dann kann ich mich erst wieder erinnern, dass ich in diesem entsetzlichen Zustand auf dieser Bank aufgewacht bin. Ich konnte ja noch nicht einmal jemanden um Hilfe bitten. Ich traute mich ja nicht einmal aufzustehen, nachdem ich meinen Zustand bemerkt hatte. Glücklicherweise kam dann diese ältere Dame mit ihrem Hund vorbei. Die hatte ein Handy und hat sofort den Notarzt verständigt.«

»Der Ihnen dann half«, ergänzte Ludwig.

»Nein. Ich habe gesagt: ›Um Gottes willen, keinen Notarzt!‹ Ich hatte panische Angst, derselbe Typ könnte noch einmal kommen und mich wieder einladen. Ich habe zu der Frau gesagt, sie möge doch bitte die Polizei verständigen. Ich sei überfallen worden.«

Ihre Verzweiflung war Bernadette Schneider noch immer anzumerken.

»Die Hundebesitzerin hat mir aber gar nicht geglaubt,

die meinte, ich sei sinnlos betrunken. Kein Wunder, so wie ich aussah. Dann sind ihr aber offenbar die anderen Fälle eingefallen und sie hat die Polizei alarmiert. Die kam dann auch sofort. Den Rest kennen Sie ja!«

»Und, wie würden Sie den Täter beschreiben?«

Ludwig blieb hartnäckig.

»Ja, so arg lange habe ich den ja gar nicht gesehen. Nur in diesem Krankenwagen, als ich diese fürchterliche Situation erleben musste. Ich hoffe, Sie können verstehen, dass ich viel mehr Probleme mit mir selbst hatte, als mich darum zu kümmern, wie der Täter aussah!«

»Sie haben gar keine Ahnung, wie er aussah? War er klein, groß, dick, dünn?«

»Schwarz war er, daran kann ich mich genau erinnern. Schwarz von Kopf bis Fuß. Und: Er war nicht sonderlich groß, eher zierlich. Knabenhaft würde ich ihn mal nennen wollen. Drahtig und knabenhaft und blitzschnell.«

»Was meinen Sie mit blitzschnell?«

Ludwig wollte das jetzt genau wissen.

»Ja, ich meine, so wie der hinter dem Busch hervorgekommen ist, mich von hinten festgehalten und mir diesen Lappen ins Gesicht gedrückt hat, das ging so schnell ... Ich würde das fast als artistisch bezeichnen.«

»Wissen Sie Frau Schneider, Sie waren ja unvorbereitet und überrascht, da kam Ihnen das natürlich blitzschnell vor.«

»Trotzdem, ich bleibe dabei, das war trainiert, das hat der Kerl vorher geübt.«

Ludwig hatte erfahren, was er erfahren wollte, und entließ Bernadette Schneider.

»Danke, Frau Schneider. Vielen Dank, dass Sie sich trotz Ihrer damals misslichen Lage noch einmal bereit erklärt haben, mit uns zu reden. Sie haben mir sehr weitergeholfen. Es könnte aber sein, dass ich Sie noch einmal für eine Gegenüberstellung benötigen werde.«

»Das ist kein Problem, Herr Hirschmann.«

»Hirschberger, Frau Schneider. Und denken Sie dran, Alitalia 404 ist wegen eines arroganten und fehlerhaft handelnden Kapitäns abgestürzt, nicht wegen der Mafia!«

»Ja und ich bedanke mich bei Ihnen, dass Sie mich von diesem unseligen Trauma befreit haben. Da ich jetzt weiß, dass mich die Mafia nicht verfolgt, kann ich womöglich bald wieder joggen gehen. Klasse! Und auf Wiedersehen!«

Kein noch so präzises Aktenstudium konnte eine persönliche Vernehmung ersetzen. Ludwig machte sich abschließende Notizen in sein kleines Büchlein. Zurück im Revier in Biberach setzte er sich an einen freien Schreibtisch und brachte seine Notizen endlich zu Protokoll. Es war schon nach 21 Uhr, als er nach Hause, sprich zu Gabi ging. Er wunderte sich, dass alles dunkel war, schloss auf und betrat die Wohnung. Auf dem Tisch lag ein Zettel.

Hallo Ludwig, ich habe heute Damenabend,
Essen ist im Kühlschrank.

Dass es sich um eine Protestaktion handelte, kam Ludwig nicht in den Sinn. Der hatte nur noch seine Entführungen und den Mordfall im Kopf.

Auch beim Frühstück am nächsten Morgen war Gabi entgegen ihrer sonstigen Gepflogenheiten sehr schweigsam. Weil Ludwig mit seinen Gedanken beim Mord an der 73-jährigen Emma Frischle war, schwiegen sich die beiden an wie ein altes Ehepaar, das sich nichts mehr zu sagen hatte. In dem Radiosender, den Gabi gewohnheitsmäßig wie jeden Morgen eingestellt hatte, wurde gerade ein Oldie von Curd Jürgens gespielt.

60 Jahre und kein bisschen weise

»Er könnte auch 67 Jahre singen.«

Dezent war dieser Hinweis von Gabi jetzt nicht mehr, doch nicht einmal das konnte Ludwig aus seiner Gedankenwelt herauslösen. Er war nicht mehr der fröhliche Mensch, der vor einigen Tagen bei Gabi eingezogen war. Nein, er war wieder jener zähe Fallanalytiker, der sich in seinen Fall verbissen hatte wie ein Kampfhund in sein Opfer.

Gabi sah Ludwig nach, als er sich verabschiedete. Sie schüttelte den Kopf und murmelte vor sich hin:

»Krank machendem Stress unentrinnbar ausgesetzt.«

Den spürte ihre Jugendliebe aber überhaupt nicht. Im Gegenteil: Voller Elan ging er aufs Kommissariat, wo ihn Gerlinde Lüscher mit der nächsten Katastrophe konfrontierte.

»Morgen Ludwig. Wir haben die nächste Entführung!«

»Wo?«

»Überlingen, Konrad Biller hat gerade angerufen. Eine besorgte Mutter hat vor einer Stunde bei ihm angerufen. Ihre 15-jährige Tochter ist heute Nacht nicht nach Hause gekommen.«

Das hätte im Normalfall noch keine Großfahndung ausgelöst. 15-jährige Töchter sind manchmal sehr schwierig und es kann durchaus sein, dass sie »nur« bei einer Freundin übernachten, die sich manchmal hinterher als Freund entpuppt. Aber in Überlingen war dieser Tage nichts normal.

»Du kannst in meinen Computer reinsehen, da sind alle Infos drin, die der Konni bisher zusammengefasst hat.«

Ludwig ging hin und besah sich als Allererstes ein Bild der Vermissten. Er fand ein ziemlich übergewichtiges Mädchen vor, mit feuerrot gefärbtem Haar und Piercings in Mund, Nase und Ohren. Da sie auf dem Bild nur mit einem Oberteil bekleidet war, das aussah wie Ludwigs Unterhemd, konnte er auch zahlreiche Tattoos an den Armen und der Schulter entdecken.

Kim Sessler, so hieß das Mädchen, war nach den Angaben von Konrad Biller schon öfter von zu Hause ausgebüxt und meistens nach ein paar Tagen wieder zu ihrer alleinstehenden Mutter zurückgekehrt.

Diese Mutter war in Überlingen als Alkoholikerin bekannt und das Verhältnis von Mutter und Tochter galt nicht als das beste.

»Warum macht mich das jetzt nicht nervös?«, fragte Ludwig eher rhetorisch.

Die Wahrscheinlichkeit, dass Kim Sessler wieder einmal von zu Hause abgehauen war, lag um ein Vielfaches höher als die Möglichkeit, dass ihr etwas zugestoßen sein könnte.

»In das Beuteschema unseres Entführers passt sie jedenfalls nicht. Überhaupt nicht!«, sagte der Fallanalytiker im Brustton der Überzeugung.

»Sollte sie aber an den Mörder von Emma Frischle geraten sein, dann gnade ihr Gott«, meinte die Kommissarin.

»Mal den Teufel nicht an die Wand!«

»Apropos Emma Frischle. Das Obduktionsergebnis liegt jetzt vor. Es ist der reine Horror. Ihr Mörder hat ihr mit bloßen Händen beide Schläfen eingedrückt. Einfach entsetzlich!«

»Bhhh. Der Kerl muss Pratzen haben wie ein Bär. Derartige Gewalt habe ich bisher nur bei großen Tieren erlebt!«

Ludwig war angewidert.

»Man muss sich das mal vorstellen: Er drückt ihr die Schläfen ein und vergeht sich mehrere Male an der Leiche!«

»Jedenfalls steht fest, dass der Mann, der die sieben Frauen entführt hat, mit dem Mord an Emma Frischle nichts zu tun hat. Absolut nicht, Gerlinde.«

»Da stehst du mit deiner Meinung aber ziemlich alleine da. Alle anderen Mitglieder der Soko gehen von einer übersteigerten Form des Täters aus. Was sagst du dazu, Ludwig?«

»Dazu sage ich nur eines: Die Wahrheit wird gewogen, nicht gezählt!«

»Mit Philosophie alleine werden wir den Fall aber auch nicht lösen«, gab Kommissarin Lüscher zurück.

»Nein, aber mit akribischer Analyse. Deshalb würde ich heute gerne mit dem siebten Entführungsopfer sprechen, mit Christa Burmeister aus Tettnang.«

»Da muss ich dich enttäuschen, Ludwig. Frau Burmeister hatte vor sechs Wochen einen Fahrradunfall, lag vier Wochen im Krankenhaus und ist jetzt in der Reha.«

»Wo?«

Ludwig ging davon aus, sie sei in einem der zahlreichen oberschwäbischen Rehazentren untergebracht.

»Bad Dürkheim, Rheinland-Pfalz.«

»Weiter weg ging's wohl nicht mehr«, meinte Ludwig resigniert. »Weiß man denn schon, wann sie zurückkommt?«

»Keine Ahnung, aber vielleicht kann Kollege Moor was herausbekommen. Dann könnte man ja vielleicht eine

Skype-Verbindung mit Frau Burmeister herstellen. Ich frage mal bei ihm nach, wenn du willst.«

»Nö danke. Skype nutze ich sehr gerne, wenn ich mit meinem Sohn oder meiner Enkelin in New York telefoniere. Da ist das sogar klasse. Aber eine Vernehmung mit Skype? Da kannst du keine persönliche Beziehung aufbauen, da knistert es nicht. Das ist für meine Art der Befragung nicht geeignet.«

»Wie du willst«, sagte die Kommissarin und versuchte, sich ihr Befremden nicht anmerken zu lassen.

Und bei sich dachte sie, dass der Fallanalytiker doch ein bisschen borniert sei. Außerdem hatte sie noch nie mitbekommen, dass es zwischen ihm und den Frauen knisterte. Er kam ihr eher trocken im Umgang mit ihnen vor.

»Dann werde ich mich mal wieder in meine Akten stürzen. Und du, Gerlinde, fährst du nach Überlingen?«

Die Kommissarin schüttelte den Kopf.

»Nicht bevor wir neue Erkenntnisse haben. Es sieht mir im Augenblick so aus, dass Kim wirklich von zu Hause abgehauen ist.«

»Klar, was macht eigentlich ihre Mutter? Sucht die überhaupt nach ihr?«

»Offensichtlich schon, Ludwig. Die liegt anscheinend ständig beim Konni auf der Lauer und fragt, ob ihr Mädchen jetzt endlich gefunden worden sei.«

Ludwig setzte danach sein intensives Aktenstudium fort. Außerdem recherchierte er im Internet zum Fall Emma Frischle. Und zu seiner großen Freude öffnete die Leitstelle der Wiener Polizei den Internetzugang zu all seinen früheren Fällen. So konnte Ludwig ausgiebig suchen, vergleichen und recherchieren, ob es noch mehr Fälle mit demselben Modus Operandi gab. Vor allem interessierte ihn Vergleichbares, aus dem er Schlüsse zur Persönlichkeit des Mörders der 73-Jährigen ziehen konnte.

Zwischendurch rief er bei Gabi an und wollte sie wieder einmal zum Essen einladen. Doch die hatte Kopfweh und fühlte sich unpässlich.

»Dann bleib mal schön liegen, Gabi, ich versorge mich heute selber«, meinte Ludwig, ohne sich näher über das weitere Wohlergehen seiner Gastgeberin Gedanken zu machen.

Er betrieb sein Aktenstudium bis kurz vor 19 Uhr und machte sich dann auf den Weg. Er wollte in der Innenstadt dort essen, wo er mit seinen Eltern früher sonntags immer hingegangen war. Doch welch eine Enttäuschung. Fast alle Lokale, die er aus seiner Jugend kannte, waren geschlossen. Einzug hatten dort Gastronomen mit griechischer oder chinesischer Küche oder irgendwelche Modeketten gehalten.

Zu Ludwigs großer Freude hatte der »Biberkeller« geöffnet, den die Hirschbergers früher immer an »dr Schitza«, dem Biberacher Schützenfest, aufgesucht hatten. Und so aß Ludwig im lauschigen Biergarten genüsslich seine geliebten »naggete Bratwürstle« mit Kartoffelsalat.

Am nächsten Morgen stand er früh auf, ging in die Küche und bereitete das Frühstück vor. Weil sich Gabi unpässlich fühlte, wollte er ihr mal etwas abnehmen. Die aber wollte noch liegen bleiben, Ludwig frühstückte achselzuckend alleine.

Schon als Ludwig das Polizeirevier betrat, konnte er eine fast panische Hektik spüren. Irgendetwas stimmte hier nicht! Gerlinde hatte ihr Büro offenbar völlig überhastet verlassen. Er rief auf ihrem Handy an.

Weil sie schon an der Nummer erkennen konnte, dass es sich um Ludwig Hirschberger handelte, meldete sie sich nicht mit Namen, sondern bellte ins Telefon:

»Hallo Ludwig, Nummer 44!«

»Wie, Nummer 44?«

»Dein 44. Mordfall!«

»Kim?«

»Ja.«

»Wo?«

»Jordanbad, vor dem Eingang zum Thermalbad, komm am besten gleich her.«

»Allmächtiger«, entfuhr es Ludwig.

Er wusste genau, was jetzt wieder auf ihn einprasseln würde. Schließlich hatte er behauptet, dass von dem Entführer keine Gefahr für Leib und Leben der Gekidnappten ausginge und dass es keinen Zusammenhang zwischen den Entführungen und dem Mord an Emma Frischle gäbe. Und jetzt dieses. Wieder ein Opfer am See entführt und in der Nähe von Biberach gefunden.

Er fuhr sofort los. Das Jordanbad, eine Kureinrichtung mit eigenem Thermalbad, liegt wenige Kilometer südlich von Biberach in unmittelbarer Nähe eines Verkehrsknotenpunkts mit dem Spitznamen »Jordanisches Ei«, wo gleich drei Bundesstraßen zusammentreffen: die B 30, die B 312 und die B 465.

Er wunderte sich, dass der Beamte ihm die Zufahrt sofort gewährte – trotz seines Wiener Autokennzeichens. Aber offenbar hatte Gerlinde die Beamten instruiert.

Am Fundort überkam Ludwig ein Würgeanfall. Nur mit Mühe konnte er ein Erbrechen unterdrücken. In einem großen, blauen Plastikmüllsack lag die Leiche von Kim Sessler. Er sah den Schädel des jungen Mädchens, das er bisher nur vom Fahndungsfoto her kannte, die Schläfen eingedrückt. Es war für ihn sonnenklar, dass es sich um denselben Täter wie bei Emma Frischle handeln musste.

»Jetzt besteht dringender Handlungsbedarf«, sagte Ludwig, »das ist eine tickende Zeitbombe. Den müssen wir sofort finden!«

»Da hast du wohl recht. Das ist keine Zeitbombe, das ist eine Atombombe«, rief die Kommissarin aufgewühlt aus.

Dieser Zeitdruck behagte Ludwig überhaupt nicht. Er war ihn in seiner bisherigen Arbeit auch nicht gewohnt. Aber diese Bestie erforderte Eile. Allerhöchste Eile, denn sie würde wieder zuschlagen. Und zwar sehr bald.

»Dieses Scheusal, dieses Ungeheuer. Er hat auch ihr die Schläfen eingedrückt. Vermutlich ebenfalls mit bloßen Händen.«

Ludwig war außer sich.

»Nein, nicht mit bloßen Händen. Wieder mit Gummihandschuhen. Keine DNA bis jetzt gefunden.«

Resignation machte sich bei Gerlinde Lüscher breit, als plötzlich ihr Handy klingelte.

»Lüscher … Oh, Herr Oberstaatsanwalt. Guten Morgen … Ja, wieder … Ja, es sieht ganz danach aus … Auch Herr Hischberger ist dieser Meinung … Wie bitte? … Ja, auch er meint, dass es derselbe Täter ist, der Emma Frischle ermordet hat. Aber nicht der, der die sieben Frauen entführt hat.«

Gerlinde schwieg kurz und lauschte angestrengt, was ihr Vorgesetzter ihr zu sagen hatte.

»Ja, Herr Oberstaatsanwalt, in zwei Stunden auf dem Revier in Friedrichshafen ... Ja, er auch, ich sag's ihm.«

»Was meinte der ›Stinkbert‹?«, fragte Ludwig.

»Soko-Sitzung. In zwei Stunden in Friedrichshafen. Mit dir!«

»So, mit mir, in zwei Stunden. Der Mann hat keine Ahnung von Fallanalyse. Den Fundort der Leiche genauestens zu untersuchen, ist dabei eine der wichtigsten Aufgaben. Der Fundort ist für mich wie ein Lexikon oder wie ein Atlas. Hier finde ich die Erkenntnisse am ehesten, die für eine professionelle Fallanalyse erforderlich sind. Geh du schon mal alleine. Ich komme dann nach, wenn ich hier fertig bin.«

Die Kommissarin wurde blass im Gesicht.

»Das kann der aber gar nicht brauchen, wenn man sich seinen Anordnungen widersetzt, da wird er schnell zum Choleriker, ganz schnell.«

Auch wenn Ludwig dies schon einige Male gehört hatte, war er nicht gewillt, der Anordnung Folge zu leisten. Zumindest so lange nicht, bis er hier fertig war.

»Tja, da bin ich im Vorteil. Dir kann er Anordnungen erteilen, mich kann er bestenfalls bitten.«

Das wäre ja noch schöner. Er hatte sich schon den Anordnungen des Hofrat Pöltinger widersetzt, wenn ihm diese sinnlos vorgekommen waren. Und der Hofrat hatte ihm als Vorgesetzter durchaus Anordnungen erteilen dürfen. Aber dieser Oberstaatsanwalt? Ludwig hielt nichts davon ab, erst dann zur Sitzung zu kommen, wenn er seine Arbeit hier beendet hatte.

Der Leitende Oberstaatsanwalt empfing Ludwig mit einem kühlen Blick, als er 45 Minuten später bei der Soko eintraf. Das war aber auch schon alles. Der Mann war intelligent genug zu wissen, dass er Ludwig nichts zu befehlen hatte. Lediglich Konrad Biller konnte sich eine giftige Bemerkung nicht verkneifen.

»Aha, Starallüren hat er also auch noch«, sagte er.

Ludwig ignorierte dies schlichtweg. Er hatte einfach keinen Nerv, sich jetzt noch mit dem gestressten PHM zu streiten.

»Wie ist Ihre Einschätzung, Herr Hirschberger«, sprach ihn Dr. Bellmann an.

»Für mich steht ganz eindeutig fest, dass es sich um ein und denselben Täter handelt. Aber das haben Sie zwischenzeitlich sicher schon erörtert. Wir brauchen keine Obduktionsergebnisse abwarten. Der Zustand der Leiche lässt gar keinen anderen Schluss zu. Allerdings habe ich festgestellt, dass der Täter im Gegensatz zum Fall Frischle in großer Eile, wenn nicht gar in Panik gehandelt hat. Er hat Kim Sessler vor dem Jordanbad quasi aus dem Auto geworfen. Vor allem: Die Leiche befand sich in einem Müllsack. Das hatten wir bisher noch nicht.«

»Berichten Sie«, forderte ihn der »Stinkbert« auf.

»Also, der Hausmeister ist heute in aller Herrgottsfrühe mit seinem Fahrrad zur Arbeit gefahren, als er plötzlich einen blauen Müllsack auf dem Boden liegen sah, den er beinahe noch überfahren hätte. Erst danach bemerkte er, dass sich ein Körper im Sack befand. Er hielt Kim Sessler zunächst für einen Junkie, der sich einen Schuss gesetzt hatte und nun vor seinem Arbeitsplatz lag. Erst bei näherem Hinsehen bemerkte er die deutlich sichtbaren Verletzungen an den Schläfen und rief sofort die Polizei.

Allerdings wartete er im Thermalbad, bis die Kollegen eintrafen. Er hatte diesen verheerenden Anblick nicht länger ertragen können.«

»Und was hat das mit Eile oder Panik zu tun?«

»Vier Meter vom Fundort der Leiche von Kim Sessler entfernt befindet sich eine Bank. Auf die hätte er Kims Leiche genau so legen können, wie die von Emma Frischle. Normalerweise. Aber dieses Mal muss es anders gewesen sein. Irgendetwas oder irgendjemand hat ihn bei seinem Vorhaben gestört, sodass er die Leiche offensichtlich nur aus dem Auto geworfen hat.«

»Alles Spekulation, alles Hokuspokus«, rief Konrad Biller in die Runde.

»Lass mal, Konni, das ist schon sehr wichtig«, warf Hauptkommissar Joachim Moor ein. »Der Herr Hirschberger wird uns jetzt gleich sagen, nach wem wir suchen müssen.«

»Das wäre dann wirklich Hokuspokus«, gab Ludwig zu. »Leider muss ich Ihnen sagen, dass mir keine vergleichbaren Fälle bekannt sind, bei denen ein Täter mit derart brachialer Gewalt die Schläfen seiner Opfer einfach eingedrückt hat. Ich habe gestern recherchiert. Das gab's bis jetzt noch nie. Um aber ein Täterprofil erstellen zu können, bräuchte ich viel mehr Informationen, bräuchte ich vor allem vergleichbare Fälle. Ich meine zwar, eines der Tatmerkmale bei einem früheren Fall schon einmal gehabt zu haben, bin mir aber nicht ganz sicher. Ich muss noch weitere Recherchen durchführen.«

»Wir stehen aber unter einem unheimlichen Druck. Wir können nicht ewig recherchieren«, warf Jens Kötter ein.

Damit lag der Assistent von Gerlinde natürlich absolut richtig.

»Neun Frauen hat dieses Schwein bis jetzt entführt«, schaltete sich Konrad Biller ein. »Zwei davon hat er bestialisch ermordet. Beide Frauen stammten aus Überlingen, aus meinem Revier. Bei uns brennt der Hut! Ich kann nicht ewig auf irgendwelche Analysen warten, die dann eh nichts bringen. Ich brauche Ergebnisse. Überlingen dreht durch!«

Konrad Biller war fix und fertig. Dicke Schweißperlen rannen ihm vom Kopf herunter. Seine Uniform trug einige große Schweißflecke.

»Da haben Sie natürlich völlig recht, Biller«, ging der Staatsanwalt auf ihn ein. »Wir brauchen schnelle Ergebnisse. Deshalb schlage ich Folgendes vor: Sie suchen den Täter, versuchen, ihn so schnell wie möglich dingfest zu machen, und der Herr Hirschberger versucht parallel dazu, eine Analyse zu fertigen, falls Ihre Bemühungen nicht von Erfolg gekrönt sind. Aber jetzt meine Herrschaften, was können wir für eine ganz schnelle Auflösung der Fälle tun?«

»Presse«, warf Joachim Moor ein. »Lasst uns das Fahndungsbild, das mithilfe der Entführungsopfer gemacht wurde, in die Zeitungen und ins Fernsehen bringen.«

»Heute ist *Aktenzeichen XY* im Fernsehen. Die sollen darüber berichten!«, schlug Jens Kötter vor.

Nur Gerlinde Lüscher sagte nichts. Sie war bemerkenswert still. Sie rang mit sich. War es die richtige Entscheidung gewesen, Ludwig Hirschberger für die Fälle zu holen? War er vielleicht doch auf dem Holzweg? Gehörten die Fälle vielleicht doch zusammen. Sie musste sich selbst Klarheit verschaffen.

Da meldete sich der Fallanalytiker zu Wort. Stur und unbeirrbar wie immer.

»Ich möchte mein Veto einlegen. Wir haben kein Phantombild vom Mörder. Wir haben ein Phantombild vom

Entführer der sieben Frauen, die gekidnappt wurden. Wir haben zwei Frauen, die bestialisch ermordet wurden. Das sind garantiert zwei Täter. Da passt gar nichts zusammen. Sie werden es sehen. Alleine schon die Tatsache, dass alle Entführungsopfer ihren Täter eindeutig mit schlank, drahtig, flink, artistisch darstellen, widerspricht à priori einem Gewalttäter, der fähig ist, Schläfen mit bloßer Hand einzudrücken. Außerdem hat unser Entführungstäter für seine Opfer ja schon Empathie entwickelt, war um deren Wohlergehen besorgt. Wie soll das mit diesem Tatbild korrelieren? Ich weiß es nicht. Drittens: Alle Entführungsopfer hatten ungefähr eine einheitliche Figur. Sportlich, schlank, aber muskulös und mit weiblichen Rundungen. Alle diese Frauen befanden sich ungefähr im selben Alter. Hier haben wir es mit einer spindeldürren 73-jährigen Witwe zu tun und mit einem stark übergewichtigen 15-jährigen Teenager. Beide Mordopfer entsprechen keinesfalls dem Traumbild des Entführers.«

»Wissen Sie, dass Sie mit dieser Meinung ziemlich alleine dastehen, obwohl sie für mich ziemlich logisch klingt?«, warf der Leitende Oberstaatsanwalt ein.

»Ich habe es Frau Lüscher dieser Tage schon einmal gesagt: Wahrheit wird gewogen, nicht gezählt.« Nach kurzem Nachdenken fuhr Ludwig fort: »Was ich mich frage: Haben wir es beim Mörder mit einem importierten Fall zu tun? Ich lege Wert auf die Feststellung, dass wir Mörder und Entführer trennen. Kann es denn nicht sein, dass jemand von außerhalb hier einwirkt? Wir hatten ähnliche Fälle in Wien, bei denen unsere Dateien versagt haben, weil der Täter von außen kam. Was haben die Untersuchungen von HEADS ergeben?«

Alle blickten zu Konrad Biller.

»Was schaut ihr mich an? Woher soll ich denn wissen was HEADS ist? Wahrscheinlich wieder irgend so ein Hokuspokus!«

Jetzt sollte Ludwig selbst erleben, wie der »Stinkbert« wirklich zum Choleriker wurde; bisher war dies in seiner Anwesenheit ja nur andeutungsweise geschehen. Bellmanns Augen und sein Mund wurden dünn wie Striche, sein Gesicht errötete und sein Hals pochte. Sichtlich bemüht um Fassung sagte er:

»HEADS, lieber Herr Hauptwachtmeister Biller, bedeutet Haft-Entlassenen-Auskunfts-Datei-Sexualstraftäter.«

Seine Lautstärke nahm mit jeder Silbe zu.

»HEADS wurde vor zehn Jahren von einem Kollegen des LKA Bayern entwickelt. Der Mann ist im Übrigen ein Kollege von Herrn Hirschberger. Das LKA Baden-Württemberg hat 2007 Lehrgänge im Umgang mit HEADS durchgeführt. Verpflichtende Lehrgänge! Wo waren Sie da?«

Inzwischen war Dr. Bellmann so laut geworden, dass Gerlinde Lüscher die Fenster schloss. Schließlich brauchte nicht jeder in Friedrichshafen wissen, warum der Staatsanwalt gerade den Leiter der Überlinger Dienststelle zusammenfaltete.

»Wissen Sie denn überhaupt, was man mit HEADS macht und wie man diesen H o k u s p o k u s bedient?«

»Nein.«

Konni Biller war jetzt ziemlich kleinlaut. Sein Schwitzen wurde immer stärker.

»HEADS«, brüllte Dr. Bellmann, »ist der Umgang mit den Sexualstraftätern, die aus dem Gefängnis entlassen werden. Die Täter werden ja nur entlassen, wenn sie einen Wohnsitz nachweisen können. Die Polizeidienststelle des neuen Wohnsitzes wird darüber informiert, welchen

Menschen sie da in Kürze bekommen werden.« Er schrie jetzt fast schon hysterisch: »Damit man sich vorbereiten kann. Damit man so einen Menschen überwachen kann. Damit nicht so etwas passiert, was jetzt passiert ist. Sollte sich herausstellen, dass wir durch Ihr Versäumnis den Täter nicht erkannt haben, dann gnade Ihnen Gott. Dann lass ich Sie in den frühzeitigen Ruhestand versetzen. Da können Sie sich dann mit Hokuspokus auseinandersetzen.«

Dr. Bellmann atmete zweimal durch. Ludwig befürchtete, dass er hyperventilieren würde, was aber nicht geschah. Im Gegenteil: Relativ ruhig wandte er sich an Joachim Moor.

»Checken Sie doch mal in Ihrem Computer die letzten – sagen wir mal – vier Monate in der HEADS-Datei ab, ob da was für uns in Frage kommt.«

Kommissar Moor verließ sofort den Raum und eilte zu seinem Schreibtisch.

»Das ist doch blamabel. Da kommt ein Rentner aus Wien und muss nach HEADS fragen und der zuständige Beamte weiß noch nicht einmal, was das ist. Nach über zehn Jahren.«

»Bei uns in Wien sagt man Pensionist!«, versuchte Ludwig die Stimmung etwas zu entkrampfen.

»Woher kennen Sie HEADS?«, fragte Jens Kötter Ludwig.

»Vom Erfinder direkt. Wir hatten auf einer Tagung nebeneinander gesessen und er hat mir von der Idee erzählt. Ich war sofort elektrisiert und wollte das System auch in Österreich einführen. Aber unsere Mühlen mahlen halt manchmal langsam.«

In diesem Augenblick kam Joachim Moor wieder in den Raum hereingestürzt.

»Treffer!«, sagte er völlig außer Atem.

»Wie?«, fragten alle anderen unisono.

»Wir haben Ende August einen entlassenen Sexualstraftäter aus der Haftanstalt Straubing in Bayern erhalten. Sein Name ist Bruno Beehr und er war lebenslänglich dort. Ein Gutachter hat ihm attestiert, völlig geheilt zu sein, und er wurde entlassen. Als neuer Wohnort wurde Überlingen angegeben.«

»Siehste, den Namen kenne ich«, sagte Ludwig. »Der hat in Passau und Umgebung einige Frauen umgebracht. Nachdem wir in Ried im Innkreis dort einen ähnlichen Fall hatten, habe ich mich mit dem Mann befasst. Deshalb kam mir die Situation in Biberach bekannt vor!«

»Melderegister anrufen, Biller! Ich will wissen, wo dieser Bruno Bär wohnt!«

Dr. Bellmann schaute Konrad Biller dabei überhaupt nicht an. Der verließ sofort den Raum, um zu telefonieren.

»Der heißt nicht Bär, Herr Oberstaatsanwalt, der heißt Beehr, mit doppeltem e und h«, korrigierte Joachim Moor.

»Scheißegal. Der Kerl muss her, und zwar sofort!«

Konrad Biller betrat wieder den Raum. Völlig verdattert und mit gesenktem Kopf sagte er:

»Bruno Beehr wohnt tatsächlich in Überlingen. Er hat eine Einzimmerwohnung mit Küche und Bad am Burgberging in einem Hochhaus. Bevor er nach Überlingen gezogen ist, hat er nach seiner Entlassung vorübergehend bei seiner Schwester in Straubing gelebt. Ich habe sofort eine Streife hingeschickt, um ihn festnehmen zu lassen.«

»Wir schreiben ihn trotzdem zur Fahndung aus. Hat er ein Auto, Moor?«

Der Hauptkommissar nahm sein Funkgerät, gab die Daten von Bruno Beehr an die Kfz-Stelle vom Landratsamt weiter, bekam aber von dort einen negativen Bescheid.

»Auf Bruno Beehr ist kein Fahrzeug zugelassen, zumindest nicht im Bodenseekreis.«

»Leihwagenfirmen anrufen. Jeder eine Firma. Wenn die Leitungen besetzt sind, vom eigenen Handy aus.«

Rüdiger Bellmann erteilte jetzt Befehle im Sekundentakt.

»Soweit ich mich erinnern kann, hat Bruno Beehr im Bayerischen vier Frauen ermordet. Alle auf bestialische Art und Weise. Ich frage mich, wie der in Freiheit gelangen konnte«, warf Ludwig ein.

»Fragen Sie den bescheuerten Gutachter, nicht mich!«

»Stinkbert« war in großer Fahrt.

»HEADS muss doch Daten und Bilder übermittelt haben, Joachim, kann ich mir die mal ansehen?«, fragte Ludwig.

»Selbstverständlich, geh rüber!«

Als Ludwig im Computer auf das Bild von Bruno Beehr blickte, dachte er sich, dass er seinem Namen alle Ehre machte. Er war stattliche 1,94 Meter groß, kräftig. Sogar dick, aber nicht fett. Auf dem Bild trug er eine Glatze und den üblichen blauen Gefängnisoverall. Er betrachtete das Foto sehr lange und eingehend. Beehr hatte Pranken wie ein Bär. Dem wäre es zuzutrauen, Menschen die Schläfen einzudrücken.

Aber noch etwas fiel Ludwig ein: War das etwa der Mann, den die Apothekerin gesehen hatte? Wenn dem so wäre, hätten alle anderen recht und Ludwig wäre blamiert. Das konnte nicht sein, das durfte nicht sein. Das war nicht so. Wieso hatten alle Entführungsopfer übereinstimmend von diesem drahtigen, geschmeidigen Typen gesprochen? Auf jeden Fall würde er auf einer Gegenüberstellung bestehen, sollte man Bruno Beehr je zu fassen bekommen.

Joachim Moor hatte die Fäden in die Hand genommen. Er löste Großalarm nach Bruno Beehr aus.

»Lass auch die Bayern nach ihm fahnden, da ist er zu Hause, da kennt der sich aus«, schaltete sich Gerlinde Lüscher ein.

An solche »sicheren Orte« ziehen sich Täter gerne zurück. Insofern war ihre Forderung absolut schlüssig.

»Die entführten Damen haben ihren Peiniger aber völlig anders beschrieben, als Bruno Beehr aussieht«, wandte sich Ludwig an den Leitenden Oberstaatsanwalt.

»Seien Sie mir nicht böse, aber das ist mir im Augenblick völlig wurscht. Der Kerl muss her. Koste es, was es wolle!«

Ludwig erkannte, dass er hier im Augenblick nicht sehr gefragt war. Jetzt stand die Fahndung im Vordergrund, irgendwelche Ratschläge des Fallanalytikers waren nicht erwünscht, auch wenn er mit HEADS die dramatische Wendung in diesem Fall ausgelöst hatte.

Ludwig fuhr nach Biberach zurück und konzentrierte sich wieder auf die Entführungsfälle. Dort nahm er sich die Unterlagen über Christa Burmeister nochmals vor. Und da er dieses siebte Entführungsopfer wegen ihres Rehaaufenthalts nicht persönlich befragen konnte, wollte er wenigstens ihre Akte noch einmal ganz genau studieren.

Gabi fand er am Abend wieder wohlauf vor und auch etwas gesprächiger als die letzten Tage.

»So, jetzt wisst ihr wenigstens, wer die neun Frauen entführt und die zwei umgebracht hat«, begann sie während des Essens das Gespräch.

»Nein, nein, das ist ganz anders«, widersprach Ludwig nachdrücklich. »Das sind zwei völlig verschiedene Hergänge. Es wurden in einem Fall sieben Frauen entführt und im anderen Fall zwei ermordet. Auch wenn es im Augenblick anders aussieht, haben die beiden Fälle nichts miteinander zu tun.«

»Das hörte sich im Radio aber ganz anders an.«

»Ja, so mancher Kollege von uns glaubt auch, dass das ein einziger Täter ist. Aber das stimmt nicht. Übrigens heute Abend wird auch in *Aktenzeichen XY* nach Bruno Beehr gefahndet. Das sollten wir uns ansehen.«

Als der Moderator auf den Fall zu sprechen kam, sagte er:

»Und nun, meine Damen und Herren, zu einem aktuellen, sehr spektakulären Fall. Am Bodensee wurden in den letzten Wochen und Monaten sage und schreibe neun Frauen entführt. Zwei davon wurden auf bestialische Weise getötet. Der Mann, dem diese Taten zur Last gelegt werden, heißt Bruno Beehr. Er ist einen Meter und 94 Zentimeter groß, kräftig und ist kahl rasiert. Ich bin jetzt mit Hauptkommissar Moor von der Kripo in Friedrichshafen telefonisch verbunden. Seit wann ist der neunfache Täter auf der Flucht, Herr Moor?«

»Nun, wir wissen es nicht ganz präzise. Außerdem muss ich hier festhalten, dass es noch nicht zweifelsfrei feststeht, dass Bruno Beehr alle neun Taten begangen hat.«

»Das heißt, Sie gehen von mehreren Tätern aus?«

»Nein wir gehen nicht davon aus, wir können dies aber auch nicht ausschließen. Aus diesem Grunde ermitteln wir weiter in alle Richtungen. Im Augenblick steht für uns aber die Ergreifung von Bruno Beehr im Vordergrund.«

Während dieses Gesprächs war das Foto Beehrs auf dem Bildschirm zu sehen. Anschließend wurden die Telefonnummern des Studios in München und des Kommissariats in Friedrichshafen eingeblendet.

»Wieso bist du da nicht der Interviewpartner?«, fragte Gabi Ludwig verwundert.

»Ich bin da im Augenblick nicht so wichtig. Aber glaube mir, meine Zeit kommt noch in diesen beiden Fällen.« Und nach einer kurzen Pause: »Mann, da wird morgen auf dem Revier in Friedrichshafen der Teufel los sein. Ich nehme mir einen freien Tag. Hast du Lust, nach Ravensburg oder Ulm zum Bummeln zu gehen?«

»Nicht schlecht, Herr Specht. Der Herr Profiler hat also frei. Ja, für Ulm könnte ich mich schon begeistern.«

»Okay. Gleich nach dem Frühstück geht's los!«

Als Ludwig und Gabi am nächsten Morgen beim Frühstück saßen, klingelte sein Handy. In der Leitung war eine ziemlich aufgedrehte Gerlinde Lüscher.

»Wir haben eine brandheiße Spur zu Bruno Beehr. Er wurde gestern auf dem Autobahnring München-West geblitzt. Er fährt einen Golf mit Lindauer Kennzeichen, der einer Mietwagenfirma gehört.«

»Ganz schön clever dieser Herr Beehr. Wechselt mal schnell das Bundesland und mietet sich einen Pkw an. Und keine Sau merkt etwas davon.«

»Ich glaube«, sagte die Hauptkommissarin, »wir kriegen den heute noch zu fassen. Die Kollegen in München sind an ihm dran. Vermutlich versucht er, in die Gegend von Straubing zu fahren, wo er sich auskennt.«

»Wunderbar, Gerlinde. Das freut mich echt. Ruf mich an, wenn ihr ihn habt. Ich fahre jetzt nach Ulm.«

»Hm, da wird leider nichts draus. Der ›Stinkbert‹ hat für

11 Uhr eine Soko-Sitzung in Friedrichshafen anberaumt. Mit allen Teilnehmern. Da auch du dieser Kommission angehörst, möchte ich dich bitten, dazuzukommen!«

»Da muss ich aber jetzt einen mir sehr wichtigen Menschen enttäuschen.«

Es war Ludwig überhaupt nicht recht, dass er seine Versprechung Gabi gegenüber nicht einhalten konnte. Die aber hatte natürlich sofort mitbekommen, was hier ablief, und winkte ab.

»Geh nur, Ludwig. Wenn ihr diesen Saukerl schnappt, ist das wichtiger, als ein Einkaufsbummel in Ulm …«

»… den wir aber unbedingt nachholen werden«, sagte Ludwig im Hinausgehen, ehe er sich auf den Weg in den »Hafen« machte.

Ludwig hatte es sich inzwischen angewöhnt, mit seinem eigenen Auto zu fahren, weil er und die Kommissarin nebst ihrem Assistenten nach der Sitzung meist getrennte Wege gingen. Er schaltete im Radio SWR 1 ein. Die Interviews in der Rubrik *SWR Leute* gefielen ihm, weil es den Moderatoren gelang, immer eine persönliche Beziehung zu ihren Gesprächspartnern aufzubauen. Das ähnelte seiner eigenen Befragungsstrategie.

Als Ludwig sich kurz hinter Ravensburg befand, hörte er die Radionachrichten:

Im Mord- und Entführungsfall am Bodensee, in dem neun Frauen entführt und zuletzt zwei davon getötet wurden, hat die Polizei in Bayern jetzt auf der Autobahn bei Deggendorf einen Verdächtigen gefasst. Bei dem Mann handelt es sich um einen entlassenen Straftäter aus Bayern, der sich erst vor wenigen Monaten in Überlingen am Bodensee niedergelassen hat. Wie die Polizei mitteilte, stoppte ein Sonderkommando den Verdächtigen auf der Autobahn. Der Mann soll jetzt nach Überlingen verbracht werden, wo weitere Untersuchungen stattfinden sollen.

Ludwig pfiff durch die Zähne. Sofern er sich richtig erinnerte, musste es sich bei diesem Bruno Beehr um einen äußerst gewaltbereiten, grausamen Täter handeln. Wieso ihm der Sachverständige einen »Persilschein«, der letztlich zu seiner Entlassung führte, ausgestellt hatte, konnte er nicht nachvollziehen. Sein Freund Gernot Heubl und frühere ständige Mitarbeiter in seinen OFA-Teams würde die Hände über dem Kopf zusammenschlagen und sagen:

»Da hat sich mal wieder einer reinlegen lassen!«

Heubl hatte eine eigene Methode zur Befragung von Sexualstraftätern entwickelt, die allerdings keine allgemeine Anerkennung in der Gerichtsmedizin fand.

»Und so kommt es, dass man bis zum heutigen Tage solche Brüder freilässt, nur weil man deren Unterbewusstsein unterschätzt«, pflegte Heubl in solchen Fällen immer resignierend zu sagen.

Zwei Dinge gingen Ludwig im Kopf herum. Erstens: Er musste erreichen, diesen Mann selbst vernehmen zu können. Wenn einer einen gerichtlich vereidigten Sachverständigen täuschen konnte, würde er auch die Soko-Beamten am Bodensee bei der Vernehmung täuschen. Der Mann war viel zu gerissen. Sollte er die Vernehmung führen dürfen, würde er die Heubl-Methode anwenden. Zweitens: Es musste ihm gelingen, mit allen verfügbaren Entführungsopfern eine Gegenüberstellung mit Bruno Beehr zu erreichen. Nur so konnte er nachweisen, dass es sich um völlig verschiedene Täter handelte.

Als er im Revier in der Zeppelinstadt eintraf, war die Hektik natürlich riesig.

»Was habt ihr denn, der kommt doch frühestens in fünf Stunden hier an, bei der Entfernung«, lachte Ludwig.

»Von wegen fünf Stunden.« Dr. Bellmann wirkte ebenfalls sehr gut gelaunt. »Ich habe einen Helikopter organisiert. In spätestens einer Stunde ist Bruno Beehr hier.«

Er genoss seinen Triumph. Soll er doch, dachte sich Ludwig, mein Triumph kommt auch noch. Spätestens dann, wenn du erfährst, dass es tatsächlich zwei Täter gibt, und ich dir den zweiten auf dem goldenen Teller präsentiere.

Dr. Bellmann, der nur zwischen zwei Gerichtsterminen kurz bei der Soko vorbeischauen konnte, verteilte die Aufgaben.

»Hauptkommissarin Lüscher wird die Eingangsvernehmung durchführen. Und zwar mit dem Kollegen Moor zusammen.«

Er hatte Konrad Biller dabei gar nicht angesehen. Der saß nun abermals wie ein begossener Pudel da. Von dessen nassforscher Art war nichts mehr übrig geblieben, seit ihn der »Stinkbert« zusammengefaltet hatte. Lediglich von Jens Kötter kam ein leichter Protest, den der Staatsanwalt aber ignorierte.

Von Ludwig war überhaupt nicht die Rede und er wunderte sich, warum er überhaupt an den See hatte kommen müssen. Da wäre er doch viel lieber mit Gabi nach Ulm gefahren. Doch dann nahm Dr. Bellmann ihn zur Seite und sagte leise zu ihm:

»Ich will, dass Sie allen Vernehmungen beiwohnen, Herr Hirschberger. Ich möchte, dass Sie so schnell wie möglich herausbekommen, ob Bruno Beehr auch für die Entführungen verantwortlich gemacht werden kann. Ich bin nämlich auch nicht vollständig von der Ein-Täter-Theorie überzeugt. Ich werde auch die weiteren Vernehmungen des Tatverdächtigen von Frau Lüscher durchführen lassen.«

»Warum?«, fragte Ludwig ohne jeden Hintergedanken, er wollte es einfach wissen.

»Weil ich will, dass Sie die Kollegin Lüscher bei diesen Vernehmungen unterstützen, weil ich will, dass Sie als der routinierteste und erfahrenste Vernehmer auch mit alternativen Methoden arbeiten.«

»Welche Methoden meinen Sie?«

»Na, die Methode von eurer ›Aktensau‹!«

Ludwig war sichtlich beeindruckt von Dr. Bellmann. Er hatte sich sogar über die alternative Verhörmethode von Dr. Gernot Heubl kundig gemacht. Das war schon erstaunlich.

»Hätte ich«, fuhr Dr. Bellmann fort, »den Moor oder den Biller eingesetzt, hätte keiner von denen auf Ihre Unterstützung spekuliert. Die kämen gar nicht auf die Idee. Aber die Lüscher wird sich Ihrer Hilfe bedienen, da bin ich sicher.«

»Und mir«, antwortete ein überraschter Ludwig, »ist eine Gegenüberstellung zwischen Bruno Beehr und den Entführungsopfern und der Apothekerin wichtig.«

»Das sollten wir hinkriegen. Aber wieso die Apothekerin?«

Jetzt schien Dr. Bellmann überrascht.

»Weil sie unsere einzige Zeugin ist, die nicht auch Betroffene ist, und weil sie als Einzige von einem großen, starken Mann gesprochen hat, wohingegen die Entführungsopfer den Täter immer nur als drahtigen, kleinen Kerl beschrieben haben. Sie ist diejenige, die die Verbindung von Bruno

Beehr zu den Entführungen herstellen kann. Wenn es diese überhaupt gibt.«

»Alles klar, das bekommen wir hin«, rief Dr. Bellmann im Hinausgehen und flüsterte ihm im Vorbeigehen noch ins Ohr:

»Dieses Gespräch hat nie stattgefunden, dass das klar ist!«

Dass sich der Staatsanwalt absicherte, überraschte Ludwig nicht im Geringsten. Als Externer durfte er gerade noch Opfer und Zeugen befragen, das Vernehmen von Tatverdächtigen war aber durch nichts gedeckt. Also konnte ihn der »Stinkbert« nicht offiziell beauftragen. So ein Staatsanwalt hat es auch nicht leicht, dachte Ludwig bei sich, bis der alle gesetzlichen Vorschriften beachtet hat, ist der Tag fast schon vorbei.

Aber Ludwig hatte seine Botschaft verstanden. Das war eine Vereinbarung zwischen Bellmann und Hirschberger, das ging sonst keinen etwas an.

Als Bruno Beehr mit Handschellen schließlich ins Revier gebracht wurde, sah sich Ludwig als Erstes die Hände des Mannes an. Das waren in der Tat imponierende Pratzen. Mit ihnen konnte man eventuell schon zwei zarte, relativ weiche Schläfen von Frauen eindrücken. Die eiskalten Augen des Mannes ließen selbst den erfahrenen Fallanalytiker frösteln. Ein wahres Ungeheuer stand da vor ihm.

Am Eingangsverhör nahm Ludwig natürlich nur als Zaungast teil. Er schrieb alles mit, was diese Bestie von sich gab. Nach seinem Bauchgefühl war dieser Mann der

Mörder. Aber Gefühle hatten in Ludwigs Tätigkeit nichts verloren. Da zählten nur Fakten und nochmals Fakten.

Und genau an diesen mangelte es. Das zeigte sich in diesem Verhör. Bruno Beehr stritt alle Anschuldigungen vehement ab und attackierte Gerlinde Lüscher umso heftiger, je länger die Vernehmung dauerte. Für Ludwig war dieses Verhalten typisch. Solche Täter waren immer so von sich überzeugt, dass sie sich für unschlagbar hielten und glaubten, die Polizei könne ihnen nie etwas nachweisen.

Wenn ich dich unter meine Fittiche bekomme, dachte Ludwig, dann kannst du dich warm anziehen. Dann geht's nicht so harmlos zu wie heute. Dir werde ich deinen Hochmut noch austreiben. Ludwig hätte erbrechen können vor diesem Typen.

Am nächsten Morgen gab es ein kurzes Soko-Treffen, das jedoch nicht offiziell als Sitzung deklariert wurde. Ludwig war deswegen im Kommissariat in Biberach geblieben und brütete über seinen Akten. An dem Treffen, das in Überlingen stattfand, nahm er nur via Skype teil.

»Also ich finde, dass die Frau Lüscher das Verhör sehr gut geführt hat«, begann der Leitende Oberstaatsanwalt seine Ausführung, »deswegen wäre es mir sehr recht, wenn Frau Lüscher auch die weiteren Vernehmungen durchführt.«

Dagegen wurde heftig protestiert, vor allem durch Joachim Moor.

»Da habe ich eine andere Meinung. Wie soll Gerlinde, die dieses Verhör zweifellos glänzend geführt hat, aus dem Brocken tatsächlich etwas herausbekommen? Das ist ein Mann, der keinerlei Achtung vor Frauen hat. Er wird sie nicht einmal ignorieren, geschweige denn ihr gegenüber ein Geständnis ablegen.«

Mit einem vehementen Kopfnicken unterstrich Konrad Biller, dass er Moors Ansicht teilte.

Diese jedoch konnte Ludwig nicht so stehen lassen, er meldete sich energisch zu Wort.

»Genau das kann aber ihr Vorteil sein. Würden der Joachim oder der Konni das Verhör führen, würde Bruno Beehr die Vernehmer als adäquate Personen akzeptieren. Das hätte aber zur Folge, dass er vollkommen konzentriert in die Verhöre geht und auch bleibt. Kommissarin Lüscher hingegen akzeptiert er niemals. Er wird sie als nicht adäquat betrachten. Deshalb liegt hier unsere Chance. Womöglich wird seine Überheblichkeit zu einer kleinen Unkonzentriertheit führen, die Gerlinde Lüscher nützen könnte. Aus seinen früheren Vernehmungsprotokollen und den Berichten der Gerichtspsychiater entnehme ich, dass Bruno Beehr ein mit allen Wassern gewaschener und in allen Tiegeln gebadeter Delinquent ist. Da muss man auch mal exotische Lösungen suchen.«

»Das ist doch alles nur Spekulation«, wehrte sich Moor und wieder nickte Konrad Biller dazu beifällig.

»Aber eine Spekulation, die mir sehr einleuchtet«, meldete sich Dr. Bellmann, »und genau deswegen machen wir das so.«

Sprach's und entschwand dem Treffen. Das war typisch für ihn. Wenn ihm die Diskussionen lästig wurden, ging er einfach. Und diese Diskussion war ihm mehr als lästig.

Ludwig war gespannt, was Gerlinde Lüscher am nächsten Morgen erzählen würde.

Ludwig bemerkte genau, dass Gerlinde etwas schwer zu schaffen machte. So gut kannte er sie zwischenzeitlich.

»Was liegt dir denn im Magen?«, fragte er.

»Ganz ehrlich: Das Verhör von Bruno Beehr. Ich könnte mich erbrechen, wenn ich nur daran denke. Erstens ist mir der Mensch per se unheimlich und zweitens habe ich einen richtigen Ekel vor seiner Erscheinung. Ich bin vermutlich zu emotional und werde wohl kein professionelles Verhör zustande bringen.«

»Dann lass es doch einfach den Kötter machen. Weißt du, ich würde es dir sehr gerne abnehmen, aber meine Vereinbarung mit der Staatsanwaltschaft schließt das ganz einfach aus.«

Ludwig konnte ihr zu diesem Zeitpunkt noch nicht mitteilen, dass der »Stinkbert« ihm bereits einen anderen Auftrag erteilt hatte.

»Leider!«, sagte die Kommissarin seufzend. »Es gibt vermutlich keinen, der dazu befähigter ist als du. Der Kötter ist ein talentierter, lieber Kerl, aber viel zu unerfahren für solch einen Brocken. Der Biller könnt's vielleicht auch noch, aber der scheint mir befangen zu sein.«

»Richtig«, stimmte Ludwig zu, »der würde sich in seiner Wut auf ihn nur verrennen. Und die daraus entstehende Eskalation würde ich weder dir noch dem Konrad zumuten wollen. Aber es gäbe noch eine andere Lösung, wenn sie auch exotisch ist.«

»Und die wäre?«

Gerlinde Lüscher schien neugierig zu werden.

»Ich mach es doch. Ich führe die Vernehmung und du schreibst hinterher das Protokoll. So, als ob du das Verhör selbst geführt hättest.«

»Und du glaubst, der ›Stinkbert‹ nimmt uns das ab?«

Gerlinde schüttelte ungläubig den Kopf.

»Na ja, ein bisschen tricksen werden wir beim Protokollieren schon müssen. Ich glaube, nüchtern betrachtet, werde ich das sowieso machen müssen, weil dich der Beehr gar nicht akzeptiert, als Vernehmerin.«

»Woraus schließt du das?«

»Als ich einmal einen Fall in Ried im Innkreis bearbeiten musste, hatten wir befürchtet, die ›Bestie von Straubing‹ hätte jetzt auch diesseits der österreichischen Grenze zugeschlagen. Ich hatte mir die Verhörprotokolle meines Münchener Kollegen kommen lassen. Nach eingehendem Aktenstudium konnten wir Beehr als Täter zwar ausschließen, aber durch eben dieses Aktenstudium habe ich Einblicke in seine Psyche nehmen können. Und bin auf das absolute Grauen gestoßen. Der Begriff ›Bestie von Straubing‹ ist noch geschönt.«

»Und was hat das mit meinem Verhör zu tun?«

»Genau diesen Akten«, fuhr Ludwig fort, »habe ich entnehmen können, dass eine Frau für Bruno Beehr ausschließlich aus den paar Quadratzentimetern behaarter Stelle zwischen den Beinen besteht. Er hat Frauen meinem Kollegen aus München gegenüber als reine Fickmaschinen bezeichnet. Ich hoffe, du verzeihst mir den ordinären Ausspruch. Das bedeutet, er wird dich gar nicht für voll nehmen. Vermutlich wird er dich nur auslachen und übelst beleidigen. Der redet nur mit jemandem, den er als gleichwertig betrachtet, wobei wohl niemand dieses Privileg anstrebt.«

»Meinst du nicht, der Beehr durchschaut das ganze Spiel?«

Gerlinde Lüscher schien immer noch skeptisch.

»Natürlich, der ist viel zu gerissen, um unsere Rochade nicht zu durchschauen. Aber gerade darin sehe ich unsere Chance.«

»Na ja, deine Verhörmethoden mögen zwar ein bisschen

verschroben sein, aber sie sind höchst erfolgreich, wie du mir ja schon einmal bewiesen hast.«

»Du bist einverstanden?«

»Okay, ich nehme das auf meine Kappe, aber ich hoffe, du weißt, was das für mich im schlimmsten Fall bedeuten kann.«

»Klar«, sagte Ludwig. »Deshalb dürfen wir den Konrad Biller auf gar keinen Fall hinzuziehen. Der Kötter kann, schätze ich, dichthalten und wird keine Probleme machen. Ihr beide dürft nur für den Beehr nicht sichtbar werden. Er muss das Gefühl haben, dass nur er und ich bei diesem Verhör zugegen sind. Deshalb werden wir das Ganze am Samstagnachmittag veranstalten.«

»Und wozu soll das gut sein?«

»Wart's einfach mal ab«, gab Ludwig mit einem verschmitzten Lächeln zu verstehen.

»Aber das Verhör muss in Überlingen stattfinden, weil wir den Beehr da hinbringen in U-Haft. Was passiert, wenn der Biller plötzlich auftaucht?«

»Hoffen wir einfach auf schönes Wetter, dann ist er entweder auf dem See oder er fährt als Caddy seiner Frau in Owingen das Golfwägelchen.«

»Ihr beiden werdet nie Freunde«, sagte Gerlinde lachend.

Am Samstag war der Himmel tatsächlich wolkenlos und der azurblaue See gespickt von den weißen Segeln der unzähligen Boote. Ein Bilderbuchtag. Unzählige Tagestouristen aus der Stuttgarter Gegend sowie ganze Horden einkaufswütiger Schweizer bevölkerten Überlingen mal wieder. Dafür sorgten die Autobahn 81 und der unverändert hohe Kurs des Schweizer Franken.

»Ein Geschäft in der Fußgängerzone Überlingens sollte man haben«, sinnierte Ludwig.

Bevor die beiden Justizbeamten Bruno Beehr auf die Überlinger Wache brachten, hatte Gerlinde bestens dafür gesorgt, dass auf der Etage des Verhörraumes niemand zu sehen war.

»Sie können Herrn Beehr die Handschellen abnehmen«, meinte Ludwig zu den Justizbeamten. »Und Sie, meine Herren, brauch ich für die nächste Stunde sicher nicht. Sie können in dieser Zeit hinunter an den See gehen.«

Die beiden Männer weigerten sich, ließen sich aber von Ludwig breitschlagen, im Flur zu warten und ihn mit Beehr alleine im Verhörraum zu lassen.

»Aha, der große Star persönlich. Der Herr Fallanalytiker, der Profiler aus Wien verhört mich heute. Schon klar warum! Diese halb verwesten, faulen Säcke von den Bullen arbeiten samstags ja gar nicht.«

»Setz dich hin, Bruno, und mach kein Tamtam!«

Ludwig trat sehr bestimmt auf.

»Oh, ich wüsste nicht, dass wir beide einmal Schweine gehütet haben.«

Bruno Beehr war nicht an einer vertrauensvollen, intimen Art des Verhörs gelegen.

»Wo du recht hast, haste recht. Wir beide haben noch nie Schweine gehütet. Ich habe nämlich noch gar nie Schweine gehütet.«

»Ja klar, der Herr Profiler musste noch nie Schweine hüten, aber der Verbrecher, der Gangster, der hat in der Kindheit Schweine gehütet. Alles klar. Eure Vorurteile kotzen mich an, weißt du das?«

Bruno Beehr gab den Aggressiven. Aber Ludwig ließ sich nicht aus der Ruhe bringen.

»Du hast doch mit den Schweinen angefangen, nicht ich«, sagte er ohne jegliche Regung. »Aber jetzt komm, machen wir weiter, ich will bei dem schönen Wetter auch noch an den See.«

»Und ich muss wieder in diese stickige Zelle, in die ihr mich völlig zu Unrecht hineingesperrt habt.«

Brunos Taktik war eindeutig. Nur, was bewiesen worden war, gab er auch zu. Ludwig hatte ihn zutreffend eingeschätzt.

»Also, zu Unrecht sitzt du da nicht wirklich drin, das weiß ich ganz genau.«

»Auch für dich Profiler: Ich habe diesen Weibern nichts getan, ich habe die nicht umgebracht. Ihr macht es euch viel zu einfach. Zwei Weiber gekillt – Bruno Beehr verhaftet, Fall erledigt, ha?«

»Du wirst lachen, die beiden ermordeten Frauen interessieren mich jetzt nicht wirklich. Das ist nicht mein Fall. Ich bin lediglich für die sieben Entführungen zuständig. Und mein Job ist es herauszufinden, ob du das auch gemacht hast.«

Ludwig saß dabei so lässig auf dem Stuhl, als habe er Bruno Beehr gerade nur die aktuelle Uhrzeit mitgeteilt. Er malte mit dem Bleistift einen großen Kreis auf den Stenoblock, den er wie früher bei seinen Vernehmungen in Wien vor sich liegen hatte.

»Auch? Was heißt hier auch. Ich habe gar nichts gemacht. Ich habe weder sieben Frauen entführt und schon gar nicht zwei umgebracht. Merk dir das!«

Während Ludwig zwei gegenläufige Pfeile in seinen Kreis malte, als Symbol dafür, dass der Verdächtige die

Fragen nicht in der Reihenfolge, wie sie gestellt worden waren, beantwortete, schob Bruno Beehr mit aggressivem Tonfall nach:

»Du glaubst das doch selber nicht: Ihr sucht den Mörder von zwei Weibern, ihr verhaftet mich deswegen und beim ersten Verhör fragst du mich nach sieben entführten und wieder frei gelassenen Fotzen.«

Bruno Beehr war zwar unglaublich ordinär, aber beileibe nicht dumm.

»Das kann ich dir genau erklären: Wegen der Morde haben die Kollegen dich am Wickel. Da ist das Verhör gar nicht mehr so wichtig. Wo wir allerdings noch Aufklärungsbedarf haben ...«

»Was habt ihr mich am Wickel? Nix habt ihr mich am Wickel! Gar nichts. Das kannst du mich noch so verdreht fragen. Verkauf mich hier bloß nicht für blöde, sonst sag ich dir gar nichts mehr.«

Bruno wirkte echt entrüstet.

Währenddessen beobachteten Gerlinde Lüscher und ihr Assistent Jens Kötter das Verhör von einem Nebenraum aus.

»Darf der das«, wollte Jens Kötter wissen, »ich meine, darf der den einfach so anlügen?«

»Der darf das.« Gerlinde lächelte. »Der ist kein deutscher Beamter, der ist ein pensionierter österreichischer Beamter und für uns als freier Berater tätig. Glaube mir, der darf das.«

Gespannt warteten sie auf die nächste Verhörsequenz von Ludwig.

»Jetzt hör mir mal gut zu, Bruno: Du weißt ganz genau, dass mich die Soko als Berater zu den Entführungsfällen geholt hat. Als freien Berater. In diesem Fall habe ich die Befugnis erhalten, meine Forschungen anzustellen und meine Beobachtungen und Wahrnehmungen an das Kommissariat weiterzuleiten. Aber keine deutsche Behörde und kein deutscher Staatsanwalt würden zulassen, dass ein pensionierter österreichischer Polizeibeamter in einem deutschen Mordfall ermittelt.«

Ludwig blieb bei seinem fast unakzentuierten Sprachkauderwelsch. Nach einer bewusst eingelegten kleinen Pause sagte er:

»Also jetzt sage mir mal: Was hast du mit diesen Entführungen zu tun? Mal ehrlich: Du hast siebenmal geübt, bis du zweimal losgeschlagen hast.«

»Du hast doch einen Riss in der Schüssel, alter Bulle. Noch mal zum Mitschreiben oder zum Malen von Kreisen mit Pfeilen: Ich war das nicht. Ich habe niemanden umgebracht und niemand entführt! Geht das endlich in deine Birne oder ist die schon total vertrocknet?« Bruno Beehr wurde zusehends lauter. »Ich musste weder sieben Mal üben noch habe ich zwei Weiber gekillt. Klar? Und sowieso: Womit wollen die mich am Wickel haben?«

Es war Ludwigs Taktik, Beehr über die Ermittlungsergebnisse im Mordfall der beiden Frauen im Unklaren zu lassen und immer wieder auf die Entführungsfälle zu sprechen zu kommen.

»Wie gesagt, ich bin nicht in die Ermittlungen involviert. Wirklich nicht. Was ich dir dazu sagen kann, dass ich irgendwas von DNA-Spuren mitbekommen habe. Aber nur zufällig zwischen Tür und Angel.«

»Das gibt's nicht«, ereiferte sich Beehr, »da können keine DNA-Spuren von mir sein, weil ich nicht da war!«

Beehr wollte wieder auf die Mordfälle lenken und offensichtlich das Verhör nutzen, um von Ludwig zu erfahren, welche Beweise gegen ihn vorlagen. Das hätte ihm sehr in die Karten gespielt für ein weiteres Verhör durch Kommissarin Lüscher.

Ludwig hatte Bruno Beehr jetzt genügend Köder hingeworfen. Er insistierte, ohne die Tonlage zu verändern:

»Also Bruno, komm jetzt, reden wir über die Entführungen. Lass uns einfach diese Morde vergessen. Was ich darüber weiß, habe ich dir gesagt. Und ich habe keine Lust, an einem so schönen Tag wie heute mit dir über Dinge zu reden, von denen ich nichts weiß und die mich nichts angehen. Dafür ist mir meine Zeit einfach zu schade. Wenn du nicht über die Entführungen reden willst, sage es mir und wir beenden das jetzt.«

»Das wird jetzt garantiert ein Schuss in den Ofen«, orakelte Jens Kötter im Nebenraum.

»Abwarten und Tee trinken, der Hirschberger ist ein sehr erfahrener Ermittler. Glaube mir endlich: Der weiß genau, was er wann machen muss«, sagte Gerlinde Lüscher im Brustton der Überzeugung.

»Na ja, dein Wort in Gottes Ohr, Chefin.«

»Du wirst sehen, der gesteht heute noch!«

»Ha!« Kötter lächelte zynisch. »Nicht mit diesem Typen da. Der gesteht das nie. Nicht in hundert kalten Wintern.«

Das Gespräch jetzt beenden wollte Beehr allerdings auch nicht. Er hatte noch nicht genug Informationen für seine Verteidigungsstrategie herausbekommen.

»Also frag mich zu den Entführungen, alter Bulle. Aber was soll das, ich habe doch ein Alibi.«

Beehr begann plötzlich einen uralten Schlager aus den 60ern vom Schweizer Hazy Osterwald zu singen: »Bonsoir, Bonsoir, Herr Kommissar …«

Ludwig musste schmunzeln, er kannte den Song.

»Weißt du, wie viele lückenlose Alibis ich schon habe zusammenbrechen sehen? Wie ein Kartenhaus. Frage mal die Kommissarin Lüscher. Vor ein paar Jahren haben wir gemeinsam mit einem Fall in Biberach zu tun gehabt. Da hat es zehn Jahre gedauert, bis wir ihn geklärt haben, weil wir an ein falsches Alibi geglaubt hatten.«

»Ich habe aber ein echtes Alibi, das nicht zusammenbricht«, beharrte Bruno.

»Das kannst du alles der Kommissarin erzählen. Die betrifft das. Ganz alleine. Mich interessieren ausschließlich die Entführungen.«

»Also, jetzt mal ganz im Ernst: Glaubst du wirklich, ich mache solchen Kinderkram? Entführe Frauen, streichle sie, ernähre sie tagelang auf meine Kosten, fahre sie weiß Gott wohin und lasse sie wieder frei? Für wie dämlich hältst du mich denn?«

Bruno Beehr wurde ärgerlich.

»Ja, so ein bisschen rumschnüffeln kann doch auch ganz schön reizvoll sein, oder?«

Ludwig wollte den Nerv Brunos genau treffen.

»Rumschnüffeln? Reizvoll? Du hast doch einen Vogel. Knallen musst du die Weiber. Bumsen! Verstehst du? Rumschnüffeln kannste an Blumen!«

Und er stimmte wieder ein Lied an. Nach der Melodie des Marsches »Preußens Gloria« sang er: »Bladibumms, die Fotz, die stinkt und schwitzt, weil sie so nah beim Arschloch sitzt.«

Er lachte höhnisch, weil er genau bemerkte, wie angewidert Ludwig war. Das hat gesessen, dachte Bruno Beehr und grinste dabei triumphierend.

In der Tat: Ludwig hätte die Vernehmung am liebsten abgebrochen, so angeekelt war er von Bruno Beehr. Der war genau der Typ Mensch, weswegen er sich 2009 hatte frühzeitig pensionieren lassen. Jeglicher Empathie unfähig. Für diesen Dreckskerl bestand eine Frau nur aus den wenigen Quadratzentimetern Vagina zwischen den Beinen. Für dieses entsetzliche Schwein waren Frauen ausschließlich zur Befriedigung seiner Lust da. Umso wichtiger war es jetzt, ihn schnellstmöglich zu überführen und endgültig aus dem Verkehr zu ziehen. Deshalb ging Ludwig gar nicht auf die Provokation Beehrs ein.

»So, so – und das soll ich dir glauben? Weißt du, je bunter deine Worte werden, je vehementer du das abstreitest, desto mehr bin ich davon überzeugt, dass du diese sieben Frauen vorher entführt hast, um zu üben. Dafür zu üben, wie man diese Frauen in seine Gewalt bringt, um sie danach umzubringen. Und zwar so, dass man dich nicht überführen kann. Das war der Grund für diese sieben Entführungen!«

Ludwig tat so, als sei er völlig überzeugt von dem, was er da sagte, also Bruno tatsächlich für diese »reinen« Entführungen verantwortlich zu machen. Und der geriet zusehends in Rage.

»Du scheißalter Psychobulle, fahr doch nach Wien, wo du hingehörst, oder meinetwegen nach Biberach, aber lass mich mit deinen abstrusen Vorwürfen, die du eh nicht beweisen kannst, in Frieden. Ihr könnt mir gar nichts nachweisen. Ich habe weder die beiden Weiber abgemurkst noch irgendwelche sieben Frauen entführt. Wenn du auch nur ein bisschen Ahnung hättest, einen Funken Grips im Hirn hättest, wärst du draufgekommen, dass ich während der ersten beiden Entführungen noch in Straubing bei meiner Schwester gewohnt habe und erst danach nach Überlingen gezogen bin.«

Ludwig fiel durchaus auf, dass Bruno Beehr nicht nur der ordinäre Frauenhasser war, sondern sich hinter dieser Fassade ein Mensch mit erstaunlicher Raffinesse versteckte, weshalb er sich mit seiner Verhörmethode auf dem absolut richtigen Weg wähnte.

»Ach ja, du warst noch in Straubing, bei deiner Schwester. Aber du hast schon gewusst, dass du nach Überlingen ziehen wirst, und hast das Ganze so raffiniert vorbereitet, dass wir dir nicht auf die Schliche kommen sollten. Aber da hast du die Rechnung ohne den Wirt gemacht.«

»Und deswegen haben sie einen pensionierten Psycho-Bullen aus Wien einfliegen lassen. Geh wieder nach Hause, geh zum Heurigen nach Grinzing oder geh meinetwegen in ein Altersheim, aber lass die Finger von Dingen, von denen du gar keine Ahnung hast.«

Dass Bruno so persönlich wurde, war ein weiteres Indiz dafür, dass Ludwig richtig lag. Die Strategie Bruno Beehrs geriet – nur für Ludwig ersichtlich – immer mehr ins Wanken.

»Also nochmals zu den sieben Entführten. Du bist also erst nach Überlingen gezogen, nachdem die ersten beiden Taten bereits geschehen waren. Hast du in Straubing etwas davon mitbekommen?«, bohrte Ludwig nach.

»Nein, denn dann wäre ich erst gar nicht nach Überlingen gezogen, weil mir schon in Straubing klar geworden wäre, dass man mir das bestimmt wieder anhängen will, so wie die beiden Morde. Aber ich war's nicht. Nicht die beiden Morde und nicht die sieben Entführungen! Vielleicht kriegst du das jetzt mal in dein Hirn und erzählst es dieser Kuh von Kommissarin.«

Ludwig machte unbeeindruckt weiter:

»Als du in Überlingen warst, wann hast du zum ersten Mal mitbekommen, dass es diese Entführungen gab?«

»Nachdem ich in der ›Badischen Bodensee-Zeitung‹ gelesen habe, dass eine dritte Frau entführt wurde, habe ich mir sofort gedacht, dass das mir angehängt werden wird.«

»Wir hängen niemandem einfach was an, wenn nicht ein klarer Tatverdacht besteht, Bruno. Das solltest du mit deiner Vergangenheit wissen.«

»Aber genau das macht ihr im Augenblick.«

»Nein Bruno, genau das machen wir nicht. Wie ich dir bereits gesagt habe, hat die Frau Kommissarin Lüscher eindeutige Spuren von dir. Die werden jetzt mit deiner DNA abgeglichen und auch mit den Spuren verglichen, die wir an den Frauen gefunden haben.«

Dass man weder an den entführten Frauen noch an den Ermordeten DNA-Spuren gefunden hatte, brauchte er Bruno ja nicht unter die Nase zu binden.

»Ihr habt doch gar keine Spuren, ihr blufft doch nur.«

»Wir haben an beiden Köpfen der Ermordeten dieselben Spuren gefunden.«

Ludwig tat so, als sei ihm das herausgerutscht, und hielt sich die Hand vor den Mund.

»Das ist doch der beste Beweis für meine Unschuld: Für vier Taten hat man mich verurteilt. Lebenslänglich. Alle vier Frauen wurden erwürgt. Euren beiden Mordopfern wurden aber die Schläfen kaputtgemacht. Also kann ich das gar nicht gewesen sein!«

Im Nebenraum triumphierte Gerlinde Lüscher:

»Siehste!«

»Was, siehste?«

Jens Kötter verstand nur Bahnhof.

»Na, das war ein Geständnis, Mann. Außer uns und dem Täter wusste bis jetzt noch niemand, dass den Frauen jeweils die Schläfen eingedrückt worden sind. Wir haben's ja noch nicht einmal den Angehörigen erzählt.«

»Bin ich blöd. Klar!«, gab Jens Kötter betroffen zu.

Ludwig ließ sich nichts anmerken. Aber er hatte schon Mühe, seinen Triumph zu unterdrücken. Wieder einmal hatte die alternative, wenn auch nicht anerkannte Verhörmethode seines Freundes Gernot Heubl voll gegriffen. Wieder einmal hatte er einen mit allen Wassern gewaschenen Täter damit aus der Reserve gelockt. Dennoch wunderte es Ludwig, dass er bei Beehr so schnell erfolgreich war. In der Regel dauerte es viel länger, bis sich der Täter verhedderte.

»Wenn die DNA-Spuren zeigen, dass von dir nichts dabei ist, bist du in derselben Minute wieder frei, das kann ich dir versprechen, Bruno. Aber kommen wir auf die entführten sieben Frauen zurück. Was wir nämlich immer noch nicht wissen: Wo hast du sie versteckt, in welchem Krankenwagen hast du sie transportiert?«

»Krankenwagen? Ich höre immer Krankenwagen. Wie soll ich zu einem Krankenwagen kommen, Psycho-Bulle?«

Bruno lächelte siegessicher. Er hatte noch nicht einmal bemerkt, dass er sich schon ans Messer geliefert hatte.

»Mehrere Krankenwagen, Bruno. Du hast die Opfer in verschiedenen Krankenwagen nach Biberach gefahren, das wissen wir. Wie bist du an diese Krankenwagen gekommen?«

»Na ja, ich bin in die Überlinger Rot-Kreuz-Station gegangen und habe gefragt, ob ich ein paar Sankas mitnehmen darf. Die haben mir dann bereitwillig die Schlüssel gegeben.«

Bruno Beehrs Grinsen wirkte süffisant, überlegen.

Ludwig hatte eigentlich keine Lust mehr, sich an diesem schönen Samstagnachmittag mit diesem Abschaum der

Menschheit zu befassen, und beschloss, das Gespräch zu Ende zu bringen.

»Woher weißt du denn, dass den beiden Frauen die Schläfen kaputt gemacht wurden?«

Ludwig stellte diese Frage scheinbar völlig belanglos, aber Bruno Beehr war zu gerissen, um nicht sofort zu erkennen, dass er ausgespielt hatte.

Wozu er allerdings fähig sein konnte, hätte sich Ludwig nicht in seinen schlimmsten Albträumen vorstellen können: Mit einem Satz stand er hinter Ludwig und wollte ihn erwürgen, wie er es bei seinen früheren Opfern getan hatte.

»Du Teufel, du elendes Schwein, du verdammter hinterlistiger Bulle. Du hast mich reingelegt. Jetzt bist du fällig!«

Der Druck in Ludwigs Kopf wurde unerträglich. Der erwürgt mich jetzt, dachte er und spürte Panik in sich aufsteigen.

Währenddessen entsicherten die völlig entgeisterten Justizbeamten ihre Waffen und rannten, gefolgt von Gerlinde Lüscher und Jens Kötter, in den Verhörraum. Sie kamen jedoch um den Bruchteil einer Sekunde zu spät.

Wie bei allen Menschen, denen das letzte Stündlein geschlagen hat, zog auch bei Ludwig sein Leben wie in einem Film rasend schnell an ihm vorbei. Seltsamerweise stoppte dieser Film plötzlich am 19. September 1987, einem wunderschönen Spätsommertag.

Samstagnachmittag. Eigentlich wollte Ludwig mit seiner Familie in den Prater. Ludwigs kleiner Sohn Marco hatte ein Kinderfahrrad bekommen und sollte jetzt das

Radfahren lernen. Aber stattdessen wurde Ludwig von seiner Dienststelle zu einem Selbstverteidigungskurs der Gruppe Cobra nach Traiskirchen ins südliche Niederösterreich beordert.

Kurse dieser Art waren stets verpflichtend und Ludwig war entsprechend schlecht gelaunt.

Er saß neben Gernot Heubl, einem Assistenten der forensischen Psychiatrie, den er bis dahin nur rein dienstlich kannte und der nach seiner Meinung in diesem Kurs überhaupt nichts zu suchen hatte. Heubl war deshalb noch schlechter gelaunt als Ludwig.

»Hörn S', haben Sie auch was zu trinken da?«, war dann auch die erste Frage, die Gernot Heubl dem Seminarleiter stellte.

»Das Mineralwasser steht doch direkt vor Ihnen, junger Mann.«

»Na ja, ich dacht eher an was zu trinken für Männer, net so a Sprudlzeugs da. Wann i scho mein Samstag opfern muaß, wird ma doch wenigstens wohl no an Spritzer kriagen«, empörte sich Gernot.

Bis auf den Seminarleiter lachten alle, auch sie hätten gegen eine Weinschorle nichts einzuwenden gehabt.

»Hören Sie, Sie sind nicht zum Tschechern, nicht zum Alkoholtrinken, hierhergekommen, sondern um etwas sehr Wichtiges zu lernen. Glauben Sie, mir macht es besondere Freude, Ihnen meinen freien Tag zu widmen?«

Der Seminarleiter wurde etwas schroff, kam aber bei Gernot Heubl gerade an den Richtigen.

»Hörn S', dann simmer ja alle Opfer heut. Gehen S', fohr mer nach Gumpoldskirchen rüber zum Heurigen, i lad Sie ein.«

»So, Schluss jetzt mit diesen Albernheiten. Ich mache Sie

heute mit den wichtigsten Selbstverteidigungsmethoden bekannt. Sie sollten sich diese ganz genau ansehen und sie lernen, denn sie könnten für Sie eines Tages lebensrettend sein.«

Den ganzen Tag lernten die Teilnehmer, wie man sich aus brenzligen Situationen befreit. Eine davon zeigte den Seminarteilnehmern, wie sie sich gegen einen Gegner zur Wehr setzen können, der einen von hinten erwürgen will, wenn man auf einem Stuhl sitzt.

»Wir lernen hierzu den sogenannten ›Liston-Schlag‹, benannt nach dem früheren Box-Schwergewichtsweltmeister Sonny Liston. Er wurde in einem Boxkampf disqualifiziert, weil er seinen Gegner mit einem Leberhaken niedergestreckt hatte. Ein gezielter Leberhaken führt zu einer etwa zwei Sekunden dauernden Bewusstlosigkeit. In diesen Sekunden schlug Liston seinen Gegner k. o. Der Ringarzt erkannte den Tiefschlag und Liston verlor den Kampf. Wir aber wollen diese Methode für unsere Selbstverteidigung nützen.«

Der Seminarleiter setzte sich auf einen Stuhl und forderte einen Kursteilnehmer auf, einen simulierten Würgeangriff von hinten durchzuführen.

»Sehen Sie, meine Herren, wenn der Täter direkt hinter Ihnen steht, nehmen Sie den Ellbogen und versetzen ihm mit einem kurzen Hieb nach hinten einen Leberhaken. Dieser setzt ihn so lange außer Gefecht, dass Sie sich seiner bemächtigen können. Wichtig dabei ist allerdings, dass Sie nicht weit ausholen, um einen festen Schlag zu machen, sondern einen kurzen schnellen Schlag durchführen.«

Der Seminarleiter demonstrierte mehrere Male, wie dieser Schlag auszuführen war.

»Hörn S', i hab doch hinten keine Augen, wie soll i da

sei Leber treffen?«, fragte ein ziemlich genervter Gernot Heubl.

»Wissen Sie, wenn Sie in Gefahr sind, wenn Sie in wirklicher Lebensgefahr sind, dann spüren Sie die Aura Ihres Gegners hinter ihnen ganz deutlich«, erläuterte der Seminarleiter.

»I gschpier keine Aura, i gschpier an Durscht«, witzelte Gernot.

Ludwig, der jetzt auf dem Stuhl saß und von Bruno Beehr offenbar mit der Absicht angegriffen wurde, ihn zu töten, erinnerte sich plötzlich an diesen »Liston-Schlag«. Und er spürte tatsächlich jene Aura, die der Seminarleiter vor fast dreißig Jahren prophezeit hatte. Nicht weit ausholen, sondern kurz und schnell zuschlagen, das war die Devise.

Und Ludwig schlug zu. Mit dem rechten Ellbogen fuhr er kurz und schnell und sehr heftig nach oben. Er musste etwas nach oben schlagen, weil Bruno Beehr ziemlich groß war.

Schwer atmend und stark stöhnend, fast sogar röchelnd lag Bruno Beehr am Boden, als die Beamten, die Kommissarin und ihr Assistent in den Verhörraum gerannt kamen. Derweil saß Ludwig auf seinem Stuhl und hielt sich den Kopf. Er jammerte, weil er immer noch das Gefühl hatte, ihm würde die Luft abgeschnürt und der Schädel bersten.

»Was war denn das jetzt?«, fragte die völlig entgeisterte Kommissarin.

»Und wie ging das?«, ergänzte ihr Assistent.

»›Liston-Schlag‹«, wimmerte Ludwig, »habe ich von der Cobra gelernt.«

»Von welcher Cobra?«, fragte Gerlinde Lüscher verwundert.

Ihr Kollege legte derweil dem immer noch bewusstlos am Boden liegenden Bruno Beehr Handschellen an. Ludwig hatte offenbar ein bisschen fester zugeschlagen, als notwendig gewesen wäre.

»Die Cobra ist eine österreichische Spezialeinheit, vergleichbar mit eurer GSG 9.«

»Ach so, ja, kenne ich, weiß ich. Sag mal, wie geht's dir?«, fragte Gerlinde, die echt besorgt wirkte.

»Beschissen wäre geprahlt«, stöhnte Ludwig, »aber einen echten oberschwäbischen Dickschädel bringt man nicht eben mal so um wie zwei Frauen.«

Ludwig antworte mit einem Sarkasmus, den man von ihm nicht gewohnt war und der ihn selbst erschreckte, als er sich nach ein paar Tagen die Szene noch einmal vor Augen führte.

Bruno Beehr kam langsam wieder zu sich. Seine Leber fühlte sich an, also ob tausend Schrauben mit einem Presslufthammer hineingetrieben worden wären.

»Willst mich wohl umbringen, Scheißbulle!«

»Ein Fehler wär's ganz sicher nicht. Wer derart inhuman denkt und fühlt, sollte von der Gesellschaft nicht mit Humanismus belohnt werden«, konterte Ludwig bewusst zynisch.

Seinen Triumph konnte er wegen seiner furchtbaren Kopfschmerzen aber gar nicht genießen. Er wandte sich an Gerlinde Lüscher und fragte:

»Hast du vielleicht eine Kopfschmerztablette dabei?«

»Nein, nur eine Schmerztablette gegen Regelbeschwerden.«

»Egal, gib sie mir trotzdem«, stöhnte Ludwig.

»Ich auch bitte«, schloss sich ein ziemlich kleinlauter Bruno Beehr an.

»Also den ›Liston-Schlag‹ musst du mir beibringen«, forderte die Kommissarin.

»Österreichisches Staatsgeheimnis, darf ich nicht ausplaudern.«

Ludwig war schon wieder zu Scherzen aufgelegt.

»Euer Psycho-Bulle hätte mich jetzt wirklich bald ins Jenseits befördert. Mein lieber Scholli, so ein Ding habe ich lange nicht verpasst bekommen«, beschwerte sich Bruno Beehr. »Dabei hatte ich den so sicher im Griff.«

»Ich heiße aber nicht Dornröschen, Schneewittchen, Rapunzel oder Aschenbrödel«, antwortete Ludwig trocken, »und auch nicht Schneeweißchen und Rosenrot, wie du wohl deine jüngsten Opfer nennen würdest.«

Als Bruno Beehr in Straubing des vierfachen Mordes überführt werden konnte, hatte er seinen Opfern Märchennamen gegeben. Und das hätte auch jetzt zu der 73-jährigen, weißhaarigen Emma Frischle und der 15-jährigen Kim mit ihrem feuerrot gefärbten Haar gepasst.

Gerlinde Lüscher staunte schon sehr über Ludwig. Sie hielt ihn zwar für sehr fähig, aber dass er dieses Monster in einer nahezu ausweglosen Situation mit einem einzigen Schlag hatte niederstrecken können, noch dazu in seinem Alter, das hätte sie ihm niemals zugetraut. Aber bei Ludwig war man nie vor Überraschungen sicher.

Nachdem Bruno Beehr begriffen hatte, dass er unter keinen Umständen jemals wieder in Freiheit kommen würde, war er schließlich zur Zusammenarbeit mit den Behörden bereit. Sein Anwalt hatte zuvor mit Dr. Bellmann vereinbart, dass Beehr im Falle einer Kooperation wieder in die JVA Straubing verlegt werden sollte, wo sich der Mörder bestens auskannte.

Zwei Dinge stellten sich inzwischen ganz klar heraus:

Erstens war es relativ unwahrscheinlich, dass Beehr mit den Entführungen etwas zu tun hatte, denn während der ersten beiden Entführungsfälle befand er sich noch in Straubing bei seiner Schwester, was diese gegenüber der Polizei glaubhaft versicherte. Vor allem aber: Er hätte in Überlingen oder in Biberach Zugang zu Krankenwagen und zu diesem Notfallraum mit dem gynäkologischen Stuhl haben müssen. Dies erschien nicht logisch.

Zweitens: Er besaß keine weiteren Ortskenntnisse über Biberach. Dass er bei der »Entsorgung« von Emma Frischle eine derart spezielle Stelle gefunden hatte, war nach seinen eigenen Angaben reiner Zufall. Er wollte auch Kim dort ablegen, sah dann aber im letzten Augenblick Polizisten, die Streife fuhren und das Gebiet überwachten.

»Da habe ich Panik bekommen. In meinem Stress habe ich auch noch die falsche Ausfahrt genommen und bin dann in dieses Thermalbad gefahren. Dort habe ich das Mädchen einfach zum Auto hinausgeworfen.«

Dass Beehr seine Opfer in Biberach abgelegt hatte, war nachvollziehbar: Er wollte seine Morde dem Entführer unterjubeln.

Bruno Beehr wurde anschließend in die JVA Ravensburg-Hinzistobel verbracht, wo er bis zu seinem Prozess in U-Haft saß.

In der nächsten Soko-Sitzung maßregelte Dr. Bellmann die Kommissarin, weil sie Ludwig unzulässigerweise das Verhör von Bruno Beehr überlassen hatte, sagte aber abschließend:

»Weil die etwas ungewöhnlichen Methoden von Herrn Hirschberger geradezu rasant zum Geständnis des Verdächtigen geführt haben, will ich ausnahmsweise von einer Dienstaufsichtsbeschwerde Abstand nehmen und die Sache auf sich beruhen lassen.« Und mit Nachdruck wiederholte er: »Aber wirklich nur ausnahmsweise.«

Dabei zwinkerte er, für die anderen nicht zu erkennen, Ludwig zu.

Trotz der geringen Wahrscheinlichkeit, dass Bruno Beehr auch die Entführungen begangen hatte, sollte es zu einer Gegenüberstellung kommen. Dr. Bellmann blickte in seinen Terminkalender und sagte:

»Meine Dame, meine Herren, Gegenüberstellung mit allen Entführungsopfern und der Frau Ingrimm am Mittwoch um 11 Uhr in Überlingen. Moor und Biller sorgen für alle Zeuginnen, ich sorge für die Überführung von Beehr. Biller, Sie sorgen außerdem für die Vergleichspersonen.«

»Aber wieso die Apothekerin?«, fragte Konrad Biller höchst erstaunt.

»Weil sie die einzige Zeugin ist, die einen Täter beschrieben hat, auf den die Figur von Bruno Beehr passen würde«, gab der Leitende Oberstaatsanwalt zurück, was PHM Biller einsehen musste.

»Auf Christa Burmeister werden wir allerdings bei der Gegenüberstellung verzichten müssen«, warf Jens Kötter ein.

»Wieso?«, fragte Dr. Bellmann misstrauisch.

»Weil man sie extra von Bad Dürkheim nach Friedrichshafen bringen müsste. Frau Burmeister ist dort in einer Reha und Bad Dürkheim ist ein ganzes Stück von Friedrichshafen entfernt.«

»Danke, ich weiß, wo Bad Dürkheim liegt und wie weit das entfernt ist.«

Dem gebürtigen Saarländer war natürlich das benachbarte Rheinland-Pfalz ein Begriff und Bad Dürkheim kannte er sehr gut.

»Dann verzichten wir halt auf die Frau Burmeister. Die war ja sowieso nur für kurze Zeit in den Fängen des Täters.«

Ludwig bestand darauf, bei der Gegenüberstellung anwesend zu sein. Zum einen wollte er sich ein Bild machen, wie die Frauen auf Bruno Beehr reagierten. Insbesondere bei Sonja Ingrimm war ihm das wichtig. Wenn sie ihn nicht eindeutig als denjenigen identifizierte, den sie als massiven großen, schwarz gekleideten Mann im Fall Dorothea Frank beschrieben hatte, wäre Bruno Beehr mit Sicherheit nicht in die Entführungen verwickelt.

Zum anderen freute er sich auf ein Wiedersehen mit Katrin Schmitz, der lustigen und so unkomplizierten Kölnerin.

Am Dienstagabend war Ludwig äußerst redselig und erzählte Gabi endlich, dass der Mörder überführt werden konnte und dingfest gemacht worden war. Von seinem persönlichen Erlebnis mit dem Ungeheuer und dem »Liston-Schlag« erzählte er lieber nichts.

»Du Gabi!« Unvermittelt kam ihm eine Idee. »Ich muss morgen wieder nach Überlingen fahren. Komm doch einfach mit. Bei dem schönen Wetter kannst du dir ein paar schöne Stunden an der Strandpromenade machen und anschließend können wir ja noch zum Italiener in die Greth gehen.«

»Das ist prinzipiell eine hervorragende Idee«, meinte

Gabi, »aber ich habe morgen wieder Damenkränzchen. Da kann ich schlecht absagen.«

»Wie viele Damen seid ihr denn?«

»Vier.«

»Passen alle in mein Auto. Ruf sie an und frage sie, ob sie mitwollen. Dann machen wir einen Ausflug.«

Gabi rief sofort ihre Freundinnen an und kam freudestrahlend zurück.

»Also, alle drei gehen mit. Sie freuen sich auf den Bodensee und auch, den Herrn Hirschberger kennenzulernen.«

Relativ früh fuhr Ludwig mit dem Damenquartett los. Unterwegs machten sie zuerst kurz Rast in Altshausen, um die Schlossanlage, Residenz des Herzogs von Württemberg, zu besichtigen.

»Hier sieht's ja aus wie auf der Mainau«, meinte eine von Gabis Freundinnen.

Sie hatte rasch die große Ähnlichkeit der Gebäude in Altshausen mit denen auf der Bodensee-Insel festgestellt.

»Eigentlich müsste es umgekehrt heißen: Auf der Mainau sieht's ja aus wie hier, denn diese Anlage wurde vor der Mainau erbaut. Aber prinzipiell stimmt's. Es handelt sich ja auch bei beiden Anlagen um Bauten von Bagnato«, gab Ludwig stolz sein Wissen preis.

»Und das sagt uns ein Wiener!«, reagierte das Trio belustigt.

»Allerdings mit oberschwäbischen Wurzeln«, ergänzte Gabi.

Anschließend fuhr Ludwig mit dem Quartett noch auf den Höchsten, um die auch an diesem Morgen herrliche Aussicht genießen zu können. Danach machten sie sich in die ehemalige Reichsstadt am blau schimmernden See auf. Es gibt Tage, an denen der Bodensee den Himmel derart stark reflektiert, dass der Eindruck entsteht, er sei wirklich blau.

Die Entführungsopfer und die Apothekerin warteten schon auf die Gegenüberstellung. Sie mussten sich vor eine Glasscheibe setzen. Dabei wurde ihnen versichert, dass man sie von der anderen Seite nicht erkennen könne. Kaum hatten sie Platz genommen, wurden fünf männliche Personen, darunter auch Bruno Beehr, in den Raum hinter der Glasscheibe hereingeführt. Auf Ludwigs Anregung nahmen auch zwei der Frauen vom Empfang der »Balance«-Studios an der Gegenüberstellung teil.

»So, meine Damen«, begann Konrad Biller die Aktion, »Sie sagen jetzt gar nichts, sondern betrachten sich diese fünf Herren ganz genau. Wenn Sie glauben, einen wiederzuerkennen, merken Sie sich seine Nummer ganz genau und sagen mir diese hinterher.«

Bruno Beehr trug die Nummer zwei, die anderen Männer kannte Ludwig nicht.

Die beiden Empfangsdamen vom Fitnessstudio erkannten niemanden. Drei Opfer glaubten eine Person zu erkennen, jedoch nicht Bruno Beehr, sondern den 18-jährigen Sohn von Konrad Biller, einem schmächtigen und etwas klein geratenen jungen Mann, der von seinem Vater als Vergleichsperson aufgeboten worden war. Lediglich Sonja Ingrimm meinte, es könne sich um die Nummer zwei handeln, sie sei sich aber nicht hundertprozentig sicher.

Ernüchterung machte sich bei der Soko breit. Und bei Konrad Biller sogar Entrüstung.

»Jetzt glauben Sie aber hoffentlich nicht, dass mein Sohn was damit zu tun hat!«

»Das wäre ja absurd!« Ludwig musste lachen. »Die

haben ihn nur erkannt, weil der am ehesten zur Täterbeschreibung passt, die uns die Damen gegeben haben.«

Beim Verabschieden der Entführungsopfer kam Katrin Schmitz unvermittelt auf Ludwig zu, stupste ihn in die Rippen und fragte unverblümt:

»Hätten Se nit Freud op a Käffchen met mir?«

»Oh ja, sehr gerne hätte ich Lust darauf. Leider bin ich aber heute verhindert.«

»Verleech a andermol«, gab eine leicht enttäuscht wirkende Katrin Schmitz zurück und ging.

War vielleicht doch keine so gute Idee, Gabi und ihr Kaffeekränzchen heute mitzunehmen, dachte Ludwig, als ihm bewusst wurde, dass er viel lieber mit der Kölnerin zusammen gewesen wäre.

Er tröstete sich damit, keine Zeit zu verlieren. Denn so kam er nach dem Mittagessen früher nach Biberach zurück und konnte sich direkt seinem Abschlussbericht widmen, den er jetzt der Soko abliefern musste. Danach, davon war er überzeugt, würden die Beamten den Entführer wohl recht schnell festnehmen können.

Wie gewohnt arbeitete Ludwig stundenlang höchst konzentriert und akribisch an seinem Exposé für die Soko.

Zunächst aber überprüfte er noch einmal alles, was er zu Nico Biller, Konnis Sohn, in Erfahrung gebracht hatte. In der Tat gab es einige Verdachtsmomente gegen den 18-Jährigen. Drei der Entführungsopfer hatten den zufällig teilnehmenden Nico identifiziert. Er entsprach dem äußeren Erscheinungsbild, das alle sieben Opfer von ihrem Peiniger abgegeben hatten. Und es würde vor allem erklären, warum der Täter immer einen Schritt voraus war, immer genau wusste, was die Kripo als Nächstes vorhatte.

Demgegenüber stand allerdings eine ganze Reihe von Argumenten, die eindeutig gegen eine Beteiligung des Polizisten-Sohnes sprachen.

Erstens: Welchen Grund sollte Nico Biller, wäre er tatsächlich der Entführer, haben, sich freiwillig an einer Gegenüberstellung zu beteiligen, sich also ohne jegliche Not in eine gefährliche Situation zu begeben?

Zweitens: Nach Ludwigs Recherchen war der Täter um die 50 Jahre alt. Davon war Nico doch noch ein paar Jährchen entfernt.

Drittens: Bei dem Entführer handelt es sich eindeutig um einen Akademiker. Auch davon war Nico Biller noch weit entfernt.

Viertens: Wie sollte er in den Besitz eines Notarztwagens gelangt sein?

Fünftens: Wie sollte er Zugang zu einem Notaufnahmeraum in einem Klinikum bekommen haben?

Ludwig telefonierte mit Konrad Biller, dem inzwischen ernsthaft beunruhigten Vater.

»Konrad, ich wollte dir nur mitteilen, dass ich deinen Sohn in meinem Bericht zwar erwähnen muss, aber eindeutig nachweisen kann, dass er mit diesen Taten logischerweise nichts zu tun haben kann.«

»Na hoffentlich glauben das die anderen!«, sorgte sich Konni.

»Du kannst absolut beruhigt sein, da besteht überhaupt kein Zusammenhang.«

Danach machte sich Ludwig ans Werk. In zwei Tagen sollte er seinen Bericht in einem Sitzungssaal des Landgerichts in Ravensburg am Marienplatz präsentieren. Diesen Raum hatte Dr. Bellmann organisiert, um auszuschließen, dass der »Whistleblower« Daten übertragen könnte. Schließlich könnte der in den Revieren Überlingen und Friedrichshafen oder auch in Biberach sitzen. Ludwig teilte die Befürchtungen des Leitenden Oberstaatsanwalts allerdings nicht.

Dass er während dieser Tage Gabis Gastfreundschaft wieder einmal schamlos ausnutzte, kam Ludwig nicht in den Sinn. Für ihn stand die Aufklärung der Entführungsserie im Mittelpunkt. Sonst nichts.

Außer vielleicht sein Sohn Marco. Er lebte in New York und teilte seinem Vater via WhatsApp mit, dass er demnächst nach Genf zu einer Konferenz fliege. Ludwig wollte sich die Gelegenheit, seinen Sohn wenigstens für ein paar Stunden zu sehen, nicht entgehen lassen. Genf war von Biberach aus bequem mit dem Auto über Zürich zu erreichen.

Er plante, mit Marco auf jeden Fall das »Café de Paris« zu besuchen, jenes Restaurant, das der schmackhaften Soße zu saftigen Steaks ihren Namen gegeben hatte. Nach der Präsentation standen ihm sowieso ein paar Tage zur Verfügung, solange die Kollegen seine Daten auswerteten und anschließend – hoffentlich – den Täter festnahmen.

Die Sitzung zur Präsentation in den sicheren Räumen des Ravensburger Landgerichts eröffnete der Leitende Oberstaatsanwalt.

»Meine Dame, meine Herren«, begann er, »wir hören heute den mit viel Spannung erwarteten Abschlussbericht unserer Aushilfs-OFA. Ich hoffe, Sie sind mir über diesen Ausdruck nicht böse, Herr Hirschberger, aber ich nenne die Dinge aus unserer Sicht. Ohne lange Umschweife komme ich jetzt dazu, Ihnen das Wort zu erteilen, damit Sie uns auch diesen Täter auf dem Silbertablett präsentieren.«

Ludwig erhob sich. Es war eine solche Situation gewohnt. Allzu oft hatte er vor einer Soko seine Fallanalyse präsentiert. Allerdings vor viel mehr Teilnehmern. Häufig hatten allein seinem OFA-Team mehr Personen angehört als dieser Soko »Schnüffler«. Dass es hier intimer zuging, störte ihn jedoch nicht.

»Meine Dame, meine Herren«, auch er begann seinen Vortrag mit »Stinkberts« Höflichkeitsformel. »Meine Analyse ist eine Hypothese, eine Darstellung der höchsten Wahrscheinlichkeit. Hypothese deswegen, weil es uns an den nötigen Fakten fehlt, um den Täter zu ermitteln. Das ist die Grundlage jeder OFA. Im Gegensatz zu meiner Tätigkeit in Wien, wo ich ein ganzes Team zur Verfügung hatte, bin ich hier auf mich alleine gestellt. Deshalb bin ich auf Ihre Mithilfe angewiesen. In einer OFA wählen wir nämlich jene Hypothese aus, die aufgrund der vorliegenden Fakten am wenigsten zu widerlegen ist. Sollten Sie also sachliche und begründbare Zweifel an meiner Hypothese finden, sollten wir diese im Anschluss diskutieren.«

»Also doch ein Visionär«, warf Konni Biller ein, was Dr. Bellmann nur mit einem schlichten, aber lauten »Biller!« zurechtweisend kommentierte.

»Nicht ganz«, antwortete Ludwig auf Billers Einwand. »Visionen entstehen ausschließlich aus den Gedanken des Visionärs. Hypothesen gründen sich hingegen auf vorhandene Fakten und Argumente und fassen hier mögliche Varianten der Tat zusammen. Wie Ihnen sicher aufgefallen ist, habe ich alle Opfer, bis auf eines, noch einmal eingehend befragt. Manche von Ihnen haben dies als Misstrauen gegen Ihre Vernehmungsstrategie empfunden. Das war es jedoch keinesfalls. Ihre Verhöre und Befragungen mussten in aller Eile durchgeführt werden. Diese Eile bestand bei mir nicht. Daneben habe ich noch einmal alle Tatorte genauestens untersucht. Sowohl die Plätze, an denen unsere Opfer entführt worden sind, als auch jene Orte, an denen man sie gefunden hat. Ihre Zweifel an der Sinnhaftigkeit dieses Tuns waren mir bewusst und auch aus der Vergangenheit bekannt. Für meine Analyse war zunächst einmal wichtig, dass der sogenannte Modus Operandi, also das Herangehen des Täters an die Tat, in allen sieben Fällen absolut identisch war. Dadurch konnte ich auch von Beginn an mit Sicherheit ausschließen, dass die beiden Morde mit unserem Fall etwas zu tun hatten.«

Nach dieser Vorbemerkung ging Ludwig auf das Tatmuster in allen sieben Entführungsfällen ein. Er erklärte Tatplanung, Herangehensweise und Ablauf.

»Des Weiteren konnte ich feststellen, dass alle sieben Opfer ziemlich konkordant sind: sowohl im physiologischen als auch im geistigen Bereich. Alle Frauen, die unser Täter entführt oder versucht hat zu entführen, sind:

erstens sportlich, zweitens haben eine muskulöse Figur, ohne aber Ähnlichkeiten mit diesen spindeldürren, oft ausgemergelt wirkenden Langstrecken- und Ausdauersportlerinnen aufzuweisen. Im Gegenteil: Alle Damen haben eine ansprechende Figur mit weiblichen Rundungen. Keine davon neigt auch nur annähernd zum Übergewicht. Es sind schlichtweg frauliche Typen. Auch hier ließ sich ziemlich schnell ein prägnanter Unterschied zu den Mordopfern feststellen.

Drittens: Alle Damen entsprechen einer bestimmten Altersstufe mit relativ geringen Unterschieden. Alle Frauen sind Joggerinnen, die entweder frühmorgens oder aber am späteren Abend ihrem Hobby jeweils alleine nachgehen. Hier hat der Täter sehr präzise recherchiert.

Viertens: Alle Frauen haben ein gewisses Bildungsniveau und weisen eine gewisse Intelligenz auf. Daraus schließe ich, dass der Täter die Frauen persönlich kennen muss. Diese Feststellung ist mir außerordentlich wichtig!

Fünftens: Alle Opfer sind Mitglied der Fitnessstudios ›Balance‹. Auch hierin lag ein Unterschied zu den Ermordeten. Was aber bis zum heutigen Tage nicht erwiesen ist und wobei auch ich keinerlei Zusammenhang erkennen kann, sind mögliche Verwicklungen irgendwelcher Personen aus diesen Studios in diesen Fall. Es kann sich hier wirklich nur um einen riesigen Zufall handeln. Ich kann Sie jedoch insofern beruhigen, dass dies nicht der erste derartige Zufall ist, den ich in meinen langen Jahren als Fallanalytiker erlebt habe. So etwas kommt tatsächlich vor.«

Ludwig legte eine kurze Pause ein. Einerseits, um einen Schluck Wasser zu trinken, und andererseits, um den Kollegen die Möglichkeit zu geben, eigene Notizen zu machen. Aus eigener Erfahrung wusste er, dass dies sinnvoll war als Ergänzung zu seinem ausführlichen schriftlichen Exposé, das er jedem Teilnehmer der Soko zu Beginn der Präsentation übergeben hatte.

»Ich komme nun zu den unterschiedlichen Zeitspannen, die unsere Opfer festgehalten wurden. Wobei ich zunächst nur auf die fünf Damen eingehen will, die man hinterher in Biberach gefunden hat. Auf unsere ›Eintagsfliegen‹ komme ich später zurück. Nach meinen Analysen und vor allem nach den intensiven Befragungen kann ich hier festhalten, dass die Zeitunterschiede mit dem Menstruationszyklus der Frauen zusammenhängen. Ich komme auf eine Stammzeit von drei Tagen. Die habe ich folgendermaßen ermittelt: Drei der Damen befanden sich im neutralen Teil der Menstruation. Will heißen, sie hatten während dieser Tage keine Monatsblutung. Eine hatte bereits zu Beginn der Entführung ihre Monatsblutung. Unser Täter ließ die Frau während dieser Zeit völlig in Ruhe und begann erst danach mit der Beschnüffelung. Das erklärt den besonders langen Aufenthalt von Helga Wahl. Bei Anette Zick setzte hingegen am Ende des zweiten Tages die Regelblutung ein. Das Abwarten bis zu deren Ende dauerte dem Täter zu lange, weshalb er Frau Zick bereits nach zwei Tagen wieder gehen ließ. Frauen während der Regel sind für unseren Täter nicht interessant.«

»Das hatte von uns keiner auf dem Radar«, konstatierte Joachim Moor.

»Wenigstens ich hätte das ahnen können«, gab eine ziemlich konsternierte Gerlinde Lüscher zu.

»Der Geruchsfetischismus ist eine Ersatz- beziehungsweise Kompensations- oder Ausgleichshandlung für ein in frühester Kindheit oder aber kurz vor der Tat erworbenes Trauma«, ergänzte Ludwig, ehe er seine Präsentation fortsetzte.

»Ich komme nun zu unseren beiden ›Eintagsfliegen‹. Die Erklärung ist schlicht und einfach. Bernadette Schneider glaubte sich in akuter Lebensgefahr und hatte daraufhin eine spontane Darmentleerung. Da wir davon ausgehen, dass es sich bei den Taten um eine Ersatzhandlung handelt, war dies natürlich kontraproduktiv und der Täter musste Frau Schneider so schnell wie möglich wieder loswerden. Deshalb wurde sie noch am selben Tag in Überlingen gefunden und nicht in Biberach. Das gilt auch für Christa Burmeister: Sie verträgt Chloroform überhaupt nicht und erbrach im Krankenwagen. Somit war auch sie nicht mehr von Interesse für unseren Entführer und wurde sofort wieder freigelassen.«

»Ich begreife nur nicht, was das mit den Ersatzhandlungen zu tun haben soll«, fragte ein etwas ratlos wirkender Konrad Biller.

»Ganz einfach«, erklärte Ludwig ruhig. »Ein Geruchsfetischist ist auf bestimmte Gerüche fixiert. In unserem Fall haben wir es mit einem absolut reinlichen, nahezu sterilen Täter zu tun. Wie wir wissen, hat er die Damen nach jedem menschlichen Bedürfnis, ob groß oder klein, mit einer Unterleibsdusche beglückt. Da sind natürlich Opfer, die sich in die Hose gemacht haben oder nach Erbrochenem riechen, alles andere als interessant. Sie mussten unmittelbar aus seinem Geruchsumfeld verschwinden.«

Wieder unterbrach Ludwig für ein paar Augenblicke, um seine Schlussfolgerung wirken zu lassen.

»Womit ich eine wunderbare Überleitung zum Täterverhalten habe: Wir haben es mit einem Menschen zu tun, der erstens sehr planmäßig vorgeht. Alle Tatorte und alle Abladeorte mit Ausnahme der ›Eintagsfliegen‹, sind sorgsam ausgewählt worden. Entführung, ihre Dauer und Freilassung waren minutiös geplant, ein strategisches Meisterwerk. In meinem Exposé werden Sie eine genaue Analyse dieser Tatorte finden. Ich habe mir die Mühe gemacht, sie alle genauestens zu studieren. Ich bin zu der Überzeugung gekommen, dass auf der ganzen Strecke, die unsere Joggerinnen entlanglaufen, kein Ort besser geeignet wäre, um die Opfer zu entführen.

Zweitens: Er empfindet für alle Opfer eine hohe Empathie. Ich kann hier nicht beweisen, ob er in sie verliebt war oder nicht. Aber ich kann mit Bestimmtheit behaupten, dass ihm das Wohlergehen seiner Opfer sehr am Herzen liegt. Er behandelt sie quasi wie Schutzbefohlene. ›Patient care‹, wie die Amerikaner dazu sagen, kommt seinem Verhalten am nächsten. Dieses Verhalten war im Übrigen für mich das stärkste Argument, wieso der Entführer nicht zugleich auch der Mörder unserer beiden anderen Opfer sein konnte. Auf dieses Verhalten trifft man bei Fetischisten des Öfteren, weshalb man in diesen Fällen von ›harmlosem Fetischismus‹ spricht. Ganz im Gegensatz zu denjenigen, die sich in den Besitz von Gegenständen ihrer Opfer bringen wollen und dabei auch sehr gefährlich werden können.

Literaturhinweise und vergleichende Fälle, die meiner Analyse zugrunde liegen, finden Sie im Anhang meines Exposés. Ich habe mich bei meinen Recherchen sehr viel mit international vergleichbaren Fällen beschäftigt, die es mir ermöglichen, Ihnen hier folgendes Täterprofil abzuliefern. Auch stand mir die ViCLAS-Datenbank zur Verfügung, die mehr als 25 000 Fälle von Serientätern beinhaltet.«

»ViCLAS?«, warf Jens Kötter überrascht ein.

Auch Konrad Biller wirkte erstaunt. 25 000 Fälle? Ludwig Hirschberger, der pensionierte Fallanalytiker aus Wien, wurde ihnen allmählich unheimlich. Die konnte er doch unmöglich alle studiert haben.

»Natürlich habe ich nicht alle 25 000 Fälle studiert«, meinte Ludwig, als ob er Gedanken lesen könnte. »Ich habe alle vergleichbaren Fälle aus diesem Analysesystem zur Serienzusammenführung bei Gewaltverbrechen, das nach seinem englischen Namen abgekürzt wird, in meinen Bericht eingearbeitet, wobei ich Sie sehr herzlich bitten möchte, diesen anschließend sehr genau durchzulesen. Es würde nämlich den Rahmen der Zeit für diese Präsentation gewaltig sprengen, wenn ich Ihnen alles, was ich ermittelt habe, erläutern würde.«

»Jetzt bin ich aber gespannt wie ein Regenschirm«, sagte der »Stinkbert« spontan.

»Als Erstes möchte ich festhalten, dass wir es mit einem äußerst intelligenten Täter zu tun haben«, begann Ludwig, wurde aber sofort von Joachim Moor unterbrochen.

»Dann kann es dein Sohn schon mal nicht gewesen sein, Konni! Hahaha.«

Moor kam sich unheimlich witzig vor. Ludwig allerdings trieb diese Art von Humor zur Weißglut.

»Lieber Joachim, ich hatte zu Beginn meiner Ausführungen um Sachlichkeit gebeten. Zynische Gemeinheiten wie diese gehört da absolut nicht dazu!«

Dr. Bellmann nickte beifällig und Moor gefror sein Lachen im Gesicht. Ludwig verachtete Menschen, die ihren Zynismus unter dem Mäntelchen des Humors entsorgten. Die Späße nur auf anderer Leute Kosten machen konnten, indem sie sie mit Häme und beißendem Spott bewarfen. Meistens kamen sie sich dabei großartig vor. Ludwig indes hielt sie für erbärmliche Hampelmänner, die Humor mit herabwürdigenden Beleidigungen verwechselten.

»Wie gesagt«, fuhr Ludwig fort, »haben wir es hier mit einem wirklich intelligenten Menschen zu tun. Nach allem, was ich über die Persönlichkeit unseres Täters in Erfahrung bringen konnte, gehe ich davon aus, dass es sich um einen Akademiker handelt. Diesen Schluss lassen seine strukturelle Vorbereitung der Entführungen und seine strategisch geplanten Freilassungen in einem völlig anderen Umfeld zu. Zeitweise war ich sogar bereit zu glauben, dass es sich um einen Hochschullehrer handelt. Dass er im Gesundheitswesen arbeitet, steht für mich außer Frage. Zunächst hielt ich ihn für einen Medizinforscher, kam aber davon ab, weil er offensichtlich im Rettungsdienst tätig ist. Zu klären wäre in diesem Fall noch, ob er nur in Deutschland beschäftigt ist oder auch im angrenzenden Ausland, in der Schweiz oder in Österreich. Dafür würde sprechen, dass all jene Opfer, die bereits in einem in Deutschland gängigen Modell eines Notarztwagens saßen, berichtet haben, dass dieser Wagen zumindest andere Fenster hatte.«

Ludwig unterbrach kurz, als er sah, dass Gerlinde Lüscher sich eifrig Notizen machte.

»Die Reifenspuren«, sagte er dann, »die sowohl am jeweiligen Entführungsort als auch an den Auffindeorten gefunden worden sind, weisen im Übrigen alle die gleiche Größe auf, allerdings von unterschiedlichen Marken. Teilweise Marken, wie sie in Deutschland an Rettungswagen üblich sind, teilweise Marken, wie man sie in der Schweiz vorfindet, und teilweise solche, wie sie in Österreich gängig sind.«

»Das ist ja interessant, dem werde ich nachgehen und gleich meine Kollegen in Bregenz und Frauenfeld einschalten«, unterbrach Hauptkommissar Moor.

»Kommen wir zurück zu unserem Täterprofil«, setzte Ludwig seinen Bericht fort. »Er dürfte außerdem an der Erforschung von neuen Medikamenten beteiligt sein, denn die Analysen haben ergeben, dass das Narkotikum, mit dem unsere Opfer betäubt worden sind, zwar als Abkömmling der Gruppe der Benzodiazepine eingeordnet werden kann, die Substanz als solche unseren Experten beim LKA aber nicht bekannt ist. Es muss sich demnach um ein Forschungsprodukt in einer relativ frühen Phase handeln. Auffällig ist, dass die sonst sofort einsetzenden Abhängigkeitsmerkmale der Benzos fehlen. Auch das Narkotikum spricht also für eine mögliche Tätigkeit unseres Täters im Ausland.«

Wieder machte Ludwig eine Trinkpause. Wieder beobachtete er dabei seine staunenden Zuhörer.

»Nach der sehr dürftigen Beschreibung unserer Opfer war ich vermehrt auf die ViCLAS-Datei angewiesen, um ein Profil zu erstellen. Unser Mann dürfte so um die 50 Jahre alt sein, wie gesagt im medizinischen Bereich tätig sein und von außerordentlicher Intelligenz. Seine Beobachtungsgabe scheint mir geradezu legendär. Auch unterstelle ich ihm absolute Sportlichkeit. Ohne sie wäre dieser Modus Operandi nicht möglich gewesen. Dass es sich um einen eher kleinen, sehr drahtigen Mann handeln muss, zeigte sich, als wir bei den Gegenüberstellungen beweisen konnten, dass Bruno Beehr mit den Entführungen nichts zu tun hatte, weil keines der Opfer auf ihn zeigte, sehr wohl aber drei und damit fünfzig Prozent auf den nur zufällig anwesenden Sohn von Konni Biller hingewiesen haben. Dieser ist eher schmächtig und drahtig und ähnelt figürlich unserem Täter.«

Ludwig vermied es, weiter auf Konnis Sohn einzugehen.

Er war der Meinung, wenn er ihn nur beiläufig erwähnte, wäre es eindeutig genug, dass er keinerlei Verdachtsmomente gegen den 18-Jährigen hegte.

»Ich möchte jetzt zum Aufenthaltsort des Täters kommen. Im Gegensatz zu Ihnen allen bin ich zu der Auffassung gelangt, dass er nicht in Biberach beheimatet ist. Ich würde ihn eher dem westlichen Teil des Bodensees zuordnen. Allerdings kennt er sich am gesamten Nordufer des Sees hervorragend aus. Er muss durch seine Tätigkeit, die ich als möglichen Notarzt einstufen möchte, mit dem gesamten nördlichen Ufer sehr vertraut sein. Ausnahme: der Raum Lindau. An den bayerischen Teil des Bodensees dürfte er nicht allzu oft kommen, das scheint für mich erwiesen. Ich möchte Sie auffordern, in den nächsten Tagen nach Vereinen oder Gruppen zu suchen, die organisierte Läufe am Bodensee veranstalten. Möglicherweise ist unser Delinquent dort zu finden.«

»Warum nicht Biberach?«, fragte Gerlinde Lüscher dazwischen.

»Zweifellos verfügt unser Täter…«, Ludwig blickte dabei die Kommissarin direkt an, »… über exzellente Ortskenntnisse in meiner Geburtsstadt, die möglicherweise auch die Seine ist. Zumindest dürfte er eine gewisse Zeit in der alten Reichsstadt gelebt haben. Anders sind solch detaillierte Ortskenntnisse nicht zu erklären. Aber um jemanden zu entführen, braucht es aktuelle Kenntnisse über das Verhalten des Opfers. Zumindest, wenn man derart strategisch vorgeht wie unser Täter. Das wäre aber von Biberach aus nicht möglich. Dazu muss er tagtäglich am See scin, muss Tag und Nacht dort verbringen. Der Freilassungsort ist eher statisch. Das bedeutet, er kann sich hier auf Erinnerungen verlassen.«

An dieser Stelle unterbrach Dr. Bellmann Ludwigs Ausführungen und lud zu einer kleinen Kaffeepause ein, bei der es sogar belegte Brötchen gab.

»Dann bin ich ja von vornherein eine Fehlbesetzung gewesen«, meinte Gerlinde Lüscher zu Ludwig und wirkte dabei ziemlich niedergeschlagen. »Eigentlich müsste Joachim Moor jetzt die Leitung der Soko übernehmen.«

»Eigentlich schon. Wobei ich sagen muss, dass du nur örtlich eine Fehlbesetzung bist. Menschlich bist du die Idealbesetzung, weshalb ich dich bitten möchte, die Leitung wenn möglich zu behalten. Mit dem Moor hätte ich eher Probleme. Dieser Ausfall vorhin gegen den Konni war unverzeihlich. So was macht man einfach nicht!«

»Ich wusste gar nicht, dass du so nachtragend bist!«

»Ich bin nicht nachtragend, Gerlinde. Aber dieser Wesenszug, dieser Zynismus, der ist endogen verankert. Den kriegst du aus dem Joachim nicht mehr heraus.«

Nachdem sich alle gestärkt hatten, setzte Ludwig seine Präsentation fort. Er war zwar weiterhin höchst konzentriert, aber nicht mehr so angespannt wie zu Beginn, da er spürte, dass die anfängliche Skepsis der Soko-Mitglieder gänzlich gewichen war.

»Ich komme nun zur Tatmotivation. Ich gehe davon aus, dass unser Täter seinen Fetischismus erst vor relativ kurzer Zeit erworben hat. Dafür spricht, dass es Fälle dieser Art in dieser Region und von dieser Qualität noch nicht gegeben hat. Auch nicht in Biberach. ViCLAS zeigt auch auf, dass dieser Spätfetischismus als Ausgleichs- oder Reflexhandlung eines kürzlich erlebten Langfrist-Traumas zu sehen ist.«

»Moment«, warf Konni Biller ein, »das ist mir jetzt zu kompliziert. Bitte erläutere das ein bisschen genauer.«

»Gerne. Als Spätfetischismus bezeichnen wir Abweichungen, die der Delinquent erst im Erwachsenenalter erworben hat. Die überwiegenden Fälle von Fetischismus gehen auf Ereignisse in frühester Kindheit zurück und erste Auffälligkeiten zeigen sich bereits in der Pubertät. Spätfetischismus, besser gesagt, später Geruchsfetischismus ist zumeist dann anzutreffen, wenn ein Mensch über einen längeren Zeitpunkt unerträglichen menschlichen Ausdünstungen ausgesetzt wird. Dann sprechen wir von Ausgleichs- oder Kompensationshandlungen. Und um solch eine Art der Abweichung dürfte es sich bei unserem Täter handeln, was im Übrigen die Wahrscheinlichkeit erhöht, dass er im medizinischen Bereich tätig ist. Denn nur dort kann er mit Menschen in Kontakt kommen, die üble Ausdünstungen erzeugen.«

»Und solche Typen hast du in Wien erlebt?«, fragte Konni Biller und schüttelte sich.

»Noch ganz andere. Aber die meisten Informationen habe ich über ViCLAS und andere Datenbanken erhalten. So ganz ohne Zauberei!«

Diesen kleinen Seitenhieb konnte sich Ludwig dann doch nicht verkneifen, er lächelte dabei aber versöhnlich.

»Ein Detail möchte ich zum Schluss noch beleuchten: Obwohl unser Täter von den Opfern als eher klein und schmächtig beschrieben worden ist, muss er über sehr viel Kraft und vor allem sehr viel Ausdauer verfügen. Bei den Entführungs- und Auffindeorten handelt es sich teilweise um richtig bergiges Gelände. Hier einen Rollstuhl über größere Distanzen und teilweise recht ruppige Berge hinaufzuschieben, bedarf einer großen Kraftanstrengung. Möglicherweise haben wir es mit einem Athleten zu tun. Ich denke da an einen Gewichtheber oder Ringer.«

Damit beendete Ludwig seine Präsentation. Doch er war noch nicht ganz fertig.

»Im Anschluss an diese Sitzung fahre ich nach Genf, wo ich meinen Sohn treffen will. Für euch habe ich in der Zwischenzeit ein paar Hausaufgaben, die ich bitte, vor meiner Rückkehr nach Möglichkeit zu erledigen. Möglicherweise ist dazu die Zusammenarbeit mit den Kollegen in der Schweiz und in Österreich notwendig. Dabei sind folgende zwei Fragen zu klären:

Erstens: Besteht die Möglichkeit, dass ein Notfallmediziner sowohl in Deutschland als auch in Österreich und in der Schweiz Dienst tun kann? Wobei ich das Hauptaugenmerk eher auf die Schweiz legen würde.

Zweitens: Wo kann sich dieser Notfallraum mit dem gynäkologischen Stuhl befinden? Gibt es aufgelassene Spitäler, Privatkliniken, größere Arztpraxen mit einem solchen Raum? Auch hier sollte das benachbarte Ausland in die Untersuchungen miteinbezogen werden.«

»Was sind denn aufgelassene Spitäler?«, fragte Konni mit ratlosem Gesichtsausdruck.

»Sorry, da ist mir ein wienerischer Ausdruck unterlaufen. Ich meinte natürlich geschlossene Krankenhäuser.«

In das einsetzende Gemurmel seiner Kollegen hinein erklärte Ludwig abschließend:

»Es werden sich noch weitere Fragen auftun. Ich lasse meine Handynummer hier. Dennoch sind es diese beiden Dinge, die jetzt mit größter Priorität herausgefiltert werden müssen.«

Die kleine Auszeit in Genf mit seinem Sohn tat Ludwig sehr gut, denn die Vorbereitung auf die Präsentation hatte seine ganze Kraft in Anspruch genommen.

»Du bist halt doch nicht mehr der Jüngste«, mahnte Marco, nachdem sie im »Café de Paris« in der Nähe des Genfer Hauptbahnhofs Platz genommen hatten.

»Ja schon, aber am meisten hat mich angestrengt, dass ich die OFA praktisch alleine stellen musste. Mein Team aus Wien hätte mir da sehr geholfen.«

»Dad, wir leben im Zeitalter der digitalen Kommunikation. Da hätte es doch Möglichkeiten en masse gegeben, dich mit deinen alten Kollegen kurzzuschließen!«

Marco konnte es nicht fassen, dass sein »alter Herr«, wie er ihn zu nennen pflegte, diese Mittel nicht adäquat ausschöpfte.

»Du bist doch sonst nicht so auf den Kopf gefallen, Mann. Du hast ein Smartphone, ein Tablet, du hättest jederzeit mit denen skypen können!«

»Hätte ich, da hast du vollkommen recht. Aber erstens sind meine alten Kollegen nicht alle auf dem gleichen technischen Stand wie ich, und wie du weißt, hat das auch bei mir lange genug gedauert. Zweitens benötigst du für seriöse Ermittlungsarbeiten ein unheimliches Feingefühl. Du musst die Gegend ›riechen‹, musst die Tatorte einatmen, deine Fingerspitzen müssen vibrieren, wenn du an den Ort des Geschehens kommst, Dinge berührst, die Täter und Opfer auch berührt haben. Das alles können die modernsten digitalen Medien bis zum heutigen Tage nicht. Da brauchst du den Menschen noch. Gott sei Dank!«

Marco, der mit Polizeiarbeit überhaupt nichts zu tun hatte, konnte das Argument zwar nicht ganz nachvollziehen, wollte aber auch nicht dagegen argumentieren. Außerdem kam in diesem Augenblick ihr Steak, dem sie sich mit großem Genuss widmeten.

Wieder einmal war Marco vor Augen geführt worden, dass sein alter Herr Fallanalytiker mit Leib und Seele war. Dass er das sein Leben lang bleiben würde. Und dass ihn die Fälle vom Bodensee komplett elektrisierten. Sogar in Genf war über die mysteriösen Fälle in der Presse zu lesen.

»Bist du jetzt mit deiner Arbeit fertig?«, fragte der Sohn beim Dessert.

»Nein, ich habe zwar meinen Abschlussbericht abgeliefert, aber als Fallanalytiker begleitest du die Kripo solange, bis der Täter ermittelt und festgenommen ist. Außer, die Ermittler ziehen andere Schlüsse und schicken den Profiler nach Hause, wie es bei den NSU-Fällen leider gemacht wurde.«

Am Donnerstag flog Marco wieder zurück nach New York. Nicht ohne ein entsprechendes Geschenk für Manuela und Larissa, Ludwigs Enkelin, mitzunehmen.

»Zum Glück dürfen diese Geschenke einen gewissen Wert nicht übersteigen, sonst hättest du dich wieder in Unkosten gestürzt«, sagte Marco lachend zum Abschied.

Ludwig begab sich zur Terrasse, sah dem Swiss-Airbus 340 noch beim Start zu und setzte sich anschließend in sein Auto für die Heimfahrt. Obwohl, Heimfahrt konnte man das nicht nennen, er fuhr nach Biberach, in seine Geburtsstadt.

Überhaupt Heimfahrt, kam es Ludwig in den Sinn. Gibt es so etwas für mich? In Wien wohne ich, habe dort meine Freunde. Was heißt Freunde? Ehemalige Kollegen, denen es ähnlich ergeht wie mir. Längst von ihren Familien verlassen, fristen sie ihr Pensionistendasein, reden über Fälle von früher und darüber, dass uns viel Arbeit erspart geblieben wäre, hätte es die DNA schon viel früher gegeben.

Zurzeit aber hatte Ludwig einen aktuellen Fall, hatte neue Kollegen. Verdammt noch mal, fiel ihm plötzlich ein, wieso hat mich während der drei Tage hier in Genf keiner von denen angerufen? Nicht einmal Gerlinde. Das kam ihm schon sehr merkwürdig vor.

Als Ludwig am nächsten Morgen im Kommissariat auftauchte, traf er auf eine zerknirschte Gerlinde.

»Schlechte Nachrichten, Ludwig. Ganz schlechte Nachrichten«, sagte sie.

»Wieso, hat der Täter wieder zugeschlagen?«, fragte Ludwig verdattert.

»Nein, aber deine Analyse führt zu keinem Täter. Wir haben alles und jeden nach deiner Analyse untersucht. Wir haben Tag und Nacht gearbeitet. Aber es gibt ihn nicht. Kein Akademiker, kein Notarzt, kein im Medizinwesen Tätiger, auf den deine Beschreibung passen würde. Nicht am Bodensee, nicht in Biberach, nicht in der Schweiz und auch nicht in Österreich. Es gibt keinen Sanka, auf den die Beschreibung unserer Entführten hinweisen würde, es gibt keinen Notarztraum. Nirgendwo. Wir haben uns wirklich die Finger wund ermittelt, waren von deiner Hypothese überzeugt. Waren uns sicher, den Entführer zu schnappen, seiner habhaft zu werden. Aber es gibt ihn nicht!«

Ludwig war sprachlos. Konsterniert. Was ihm die Kommissarin soeben sagte, war für den erfahrenen Fallanalytiker fast demütigend. So etwas war ihm zuvor noch nie passiert. Es war zwar schon einmal geschehen, dass man seinen Analysen keine Glauben geschenkt hatte und die ermittelnden Beamten ihrer alten Schiene treu geblieben waren, aber dass man seinen Hypothesen folgte und überhaupt keinen Ansatzpunkt fand, das war ihm noch nie passiert.

»Und jetzt?«

»Hat die Soko beschlossen, auf deine Mitarbeit zu verzichten. Tut mir leid, das klingt jetzt sehr hart. Aber am Montag will dich Dr. Bellmann verabschieden. Mit der Überführung von Bruno Beehr hättest du dich sowieso in die Annalen der hiesigen Polizeiarbeit eingebrannt, meint er.«

Leere umgab Ludwig, nichts als Leere. Die ganze Arbeit umsonst? Alles für die Katz? Hatte er einen Fehler gemacht? Welchen? Wo war der Logikfehler?

Wie immer in solchen Fällen machte Ludwig einen langen, sehr ausgedehnten Spaziergang. Er musste seine Gedanken sammeln, musste diese Situation erst einmal verarbeiten. Er begab sich in die Stadt, suchte Plätze auf, an denen er mit positiven Kindheitserinnerungen konfrontiert wurde. Nur so konnte er wieder einen klaren Kopf bekommen.

Gerlindes Information passte Ludwig natürlich gar nicht. Am Montag sollte Schluss sein. Seine Aufgabe bei der Soko erledigt. Vorbei. Oberstaatsanwalt Dr. Bellmann traute ihm offenbar nicht mehr zu, der Ermittlungskommission Analysen zu liefern, die halfen, den Täter fassen zu können.

Eigentlich schade, aber man muss auch verlieren können, dachte er. Von Anfang an war diese Geschichte verfahren gewesen, hatte etwas Mysteriöses, kaum Fassbares aufgewiesen. Dabei war sich Ludwig sicher, eine einwandfreie Analyse abgegeben zu haben. Dass die Kripo den Täter noch nicht gefunden hatte, musste an einer ganz kleinen Stellschraube liegen. Bloß, wo war diese Stellschraube?

Er vermisste sein Team, auf welches er bei seinen Fällen in Wien immer hatte zurückgreifen können. Insbesondere die »Aktensau« vermisste er sehr, seinen Freund Dr. Gernot Heubl vom Bundeskriminalamt. Der Chef-Archivar beim BKA hatte nicht nur eine schnelle Lesegabe und ein phänomenales Gedächtnis, im Gegensatz zu jedem Computer konnte er auch Dinge miteinander verknüpfen, von denen es niemand für möglich gehalten hätte, dass sie miteinander verknüpft werden sollten oder gar mussten.

Ja, so eine »Aktensau« hätte ihm sicher sehr geholfen, aber in der Soko »Schnüffler« gab es eine solche Person nicht. Es gab auch diese Position gar nicht.

Obwohl – Gernot Heubl. Der war ja in der Zwischenzeit auch pensioniert. Ludwig fiel das persönliche Interesse des ausgewiesenen Habsburg-Kenners an Ludwigs näherer Heimat Oberschwaben ein.

»Euch hat erst der Napoleon 1802 zu Piefkes gemacht. Bis dahin wart ihr vorderösterreichisch«, pflegte er zu sagen.

In seinem alten und ziemlich zerschlissenen Telefonnotizbuch suchte sich Ludwig die private Nummer von Gernot Heubl heraus.

»Heubl hier.«

»Servus ›Aktensau‹.«

»Servus Piefke. Na so a Überraschung. Was kann ich für dich tun?«

»Na ja, du könntest sehr wohl was für mich tun. Ich

habe hier am Bodensee gefälligkeitshalber einer jungen Kommissarin eine Analyse erstellt, die aber leider nicht zum Täter geführt hat. Meiner Überzeugung nach liegt es an einer Kleinigkeit, die ich vermutlich übersehen habe. Jetzt bräuchte ich eine ›Aktensau‹ wie dich, der die ganzen Akten nochmals studiert und mich auf meinen Fehler drauflupft.«

Ludwig wusste, dass er Dr. Heubl nur mit Aufrichtigkeit begegnen konnte.

»Okay Piefke, schick mir die Akten vorbei, ich schau sie mir an.«

»Oje, das geht sich zeitlich nicht aus. Ich wollte dich eigentlich bitten, so schnell wie möglich hierherzukommen und die Akten unmittelbar vor Ort anzuschauen. Am Montag soll nämlich meine Beratung beendet werden. Der Staatsanwalt glaubt nicht mehr, dass meine Analyse zum Täter führt.«

»Und wie stellst dir das vor, Piefke?«

Ludwig fiel ein Stein vom Herzen. Durch die lange Zusammenarbeit kannte er den Ex-Kollegen so gut, dass er wusste, er konnte auch in diesem vertrackten Fall auf ihn zählen.

»Ganz einfach: du setzt dich heute am Nachmittag in den Flieger nach Altenrhein und ich hole dich dort ab.«

»Hörst, i bin a Pensionist, i kann mir nicht einfach so einen Flug nach Altenrhein und einen Aufenthalt am Bodensee leisten, obwohl's mich schon sehr reizen würde.«

Gernot Heubl war noch immer der alte Geizkragen.

»Zahl ich alles«, bot Ludwig an, obgleich er nur zu genau wusste, dass sein Freund wesentlich vermögender war als er selbst und viel mehr Geld besaß, als er gemeinhin zugeben wollte.

»Okay, wannst no mit mir in die Donau-Städte fahrst, bin i dabei.«

Ludwig wusste genau, welche sein Freund Gernot damit meinte: die ehemals vorderösterreichischen Städte Mengen, Bad Saulgau, Bad Waldsee, Riedlingen, Munderkingen und Ehingen.

»Ehrensache«, sagte er. »Aber jetzt pack deinen Koffer und fahre nach Schwechat, damit du den Flieger noch bekommst. Ich werde bereits in Altenrhein sein.«

»No, des wird a Hetz«, antwortete Heubl nicht etwa gereizt, vielmehr erfreut.

Ludwig ging unmittelbar nach diesem Telefonat in das Büro der Soko-Leiterin.

»Gerlinde, ich möchte mir am Wochenende noch einmal alle Akten durchsehen und genau kontrollieren, ob ich nicht doch irgendeine Kleinigkeit übersehen habe.«

Von der »Aktensau« sagte Ludwig kein Wort. Ihm war klar, dass das bei Gerlinde Lüscher und Staatsanwalt Dr. Bellmann nur noch größere Verwirrung stiften würde. Ganz zu schweigen von Konrad Biller, Joachim Moor und Jens Kötter.

»Na klar, kannst du. Obwohl ich nicht damit rechne, dass noch etwas anderes herauskommt. Deine Analyse scheint mir immer noch perfekt und ich kann den Bellmann nicht ganz verstehen, dass er auf deine Beratung so sang- und klanglos verzichten will. Fehlt nur noch, dass er sogar die Soko auflöst und die Entführungsserie in die Schublade ungelöster Fälle packt.«

Sie überließ ihm den Bürowagen mit den Akten, die Ludwig umgehend in den Kofferraum seines Autos verfrachtete.

»Also Gerlinde, bis Montag zur Schlussbesprechung. Und noch ein schönes Wochenende.«

»Danke, dir auch Ludwig. Und viel Spaß beim Aktenstudium.«

Gerlindes spöttischer Unterton bei dieser Bemerkung signalisierte Ludwig, dass offenbar auch sie nicht daran glaubte, er könnte am Wochenende doch noch eine Lösung für den Fall finden.

Ludwig war sich bewusst, dass diese Aktion nicht ganz legal war. Einen weiteren pensionierten österreichischen Polizisten in den Fall zu involvieren, hätte die vorherige Zustimmung von Dr. Bellmann unbedingt vorausgesetzt. Weil Ludwig davon überzeugt war, diese niemals zu bekommen, handelte er auf eigene Faust. Und auf eigenes Risiko. Auch finanziell, denn wenn sogar Dr. Heubl ihm nicht den entscheidenden Hinweis liefern konnte, würde er auf allen Kosten sitzen bleiben.

Aber in Ludwig war der alte Ehrgeiz wieder erwacht. Er hatte der jungen Kommissarin seine Hilfe versprochen. Und sie zu enttäuschen, fiel ihm unheimlich schwer. Ungelöste Fälle lagen ihm schon während seiner aktiven Zeit als Fallanalytiker jahrelang im Magen und nicht umsonst hatte es in seiner Dienststelle immer geheißen: »Der Piefke, der gibt nie auf. Nie!« Das wäre doch gelacht, wenn er diesen Kerl nicht noch entlarven würde. Diesen Schnüffler.

»Wieg dich nur nicht zu sehr in Sicherheit. Dich krieg ich noch!«, murmelte Ludwig vor sich hin.

Ludwig fuhr sehr frühzeitig los. Er wollte in Bregenz noch ein Wiener Schnitzel essen. Bregenz ist zwar die am weitesten von Wien entfernte österreichische Landeshauptstadt. Aber irgendwie schmeckte das Wiener Schnitzel selbst dort wienerischer als auf der deutschen Seite des

Sees. Zumindest bildete sich Ludwig das ein. Auch ein paar Fläschchen Grünen Veltliner würde er noch mitnehmen. Schließlich war Gernot Heubl ein ausgesprochener Weinliebhaber. Und wenn er seinen »Grüve« nicht bekam, konnte die »Aktensau« ausgesprochen grantig sein. Und uninspiriert. Er hoffte, in einem Weingeschäft genau jenes Anbaugebiet zu finden, welches Heubl bevorzugte. Zu seiner großen Freude wurde Ludwig fündig und kaufte einige Flaschen.

Dann machte er sich auf den Weg nach Altenrhein, einem winzigen Flughafen auf der Schweizer Seite des Bodensees, der allerdings einen unschätzbaren Vorteil hatte: Es gab vier tägliche Nonstop-Flugverbindungen nach und von Wien.

Als er zur Schweizer Grenze kam, fiel ihm sein Lapsus auf. Durch diese Reise in die Schweiz verließ er den EU-Raum und müsste den Wein anmelden. Sonst eher pedantisch veranlagt reagierte Ludwig erleichtert, als ihn der Schweizer Zollbeamte einfach durchwinkte.

Gernot Heubl gehörte zu den ersten Passagieren, die das Flugzeug verließen. Nach der Zoll- und Passkontrolle gab es ein fröhliches Hallo.

»Servus Piefke, lange nicht gesehen!«

»Servus ›Aktensau‹, hast dich überhaupt nicht verändert.«

»So was darf sich Flughafen nennen?«, amüsierte sich der Forensiker.

»Wie sich das nennt, ist mir wurscht. Hauptsache, du

bist hier. Und jetzt erst einmal herzlich willkommen am schönen Bodensee«, freute sich Ludwig.

»Na ja, der hat mich ganz schön böig empfangen, es hat ordentlich gewackelt in dem Flieger«, beschwerte sich Heubl.

»Liegt am Föhn, der hier häufig das Rheintal herunterbläst«, erklärte Ludwig, nahm Gernot Heubl den Koffer ab und trug diesen zum Auto.

Sofort legte Dr. Heubl eine selbst gebrannte CD in den CD-Player. Ludwig nahm keine Notiz davon, denn das kannte er von seinem Beifahrer. In diesem Punkt war er unerbittlich. Egal, in wessen Auto er stieg, erst recht, wenn er selbst fuhr, es wurde Heubls Musik gespielt.

Diese Erfahrung hatte in Wien auch der Hofrat Pöltinger mehrfach machen müssen. Ihr gemeinsamer Vorgesetzter mochte keine deutschen Schlager, keine deutschen Sportler und insbesondere nicht den FC Bayern München. Das hatte natürlich Gernot Heubl inspiriert. Bei einer viele Jahre zurückliegenden Dienstfahrt legte er prompt eine neue Kassette in den damals in Autos noch üblichen Rekorder ein.

Gute Freunde kann niemand trennen, trällerte der Kaiser Franz Beckenbauer und der Herr Hofrat rümpfte die Nase.

»Hörn S' Dr. Heubl«, nuschelte Pöltinger im schönsten Schönbrunner-Deutsch, das durch Paul Hörbiger, Hans Moser und Peter Alexander Einzug in alle deutschen Wohnzimmer gehalten hat und dort vielfach völlig zu Unrecht für den echten Wiener Dialekt gehalten wird. »I mach Ihnen einen Vorschlag: Sie geben diese abgrundtief scheußliche Musik hinaus und ich schlage Sie für eine Beförderung vor.«

Sprach's und vertiefte sich wieder naserümpfend im Fond des Wagens in seine Akten.

Heubl spulte die Kassette ein bisschen vor. Gerd Müller, der »Bomber der Nation«, sang: *Dann macht es bumm.*

Der Hofrat rümpfte erneut die Nase und wurde deutlich.

»Dr. Heubl?«, fragte er eindringlich. »Hatten wir uns nicht drauf geeinigt, dass Sie diese widerliche Musik aus dem Kassettenrekorder herausnehmen?«

»Stimmt, Herr Hofrat, i hab a bisserl gelogen. Aber net mehr als Sie mit der Beförderung!«

»Woher wolln S' das denn wissen?«

»Weil das jetzt ungefähr das 23. Mal ist, dass Sie mir das versprechen, Herr Hofrat.«

In der Tat war Heubls Musik nicht jedermanns Geschmack, obwohl sie sehr vielseitig war. Vom deutschen Schnulzenschlager der 50er-Jahre bis hin zu Sofia Gubaidulina; alles war möglich bei ihm.

Heute war die »Aktensau« aber gnädig: Er spielte vorwiegend Musik des frühen André Heller. *Guten Morgen, Jean Harlow*, klang es aus dem Lautsprecher.

Nach kurzer Fahrt kamen Ludwig und sein Freund und früherer Kollege an die schweizerisch-österreichische Grenze.

»Haben Sie Waren anzumelden?«, fragte der Grenzbeamte auf der Vorarlberger Seite.

Heiliger Bimbam! Ludwig hätte sich erneut ohrfeigen können für seine eigene Dummheit.

»Ja, sechs Flaschen Wein, aber die hatte ich bereits heute Nachmittag in Bregenz gekauft«, gab er kleinlaut von sich.

Gernot Heubl musste unwillkürlich lachen.

»Bin i a Trottel, setz ich mich doch tatsächlich zu einem Schmuggler ins Auto!«

»Haben Sie wenigstens noch einen Beleg, Herr Hirschberger?«, wollte der Grenzbeamte wissen.

»Fein, hast wohl schon öfter geschmuggelt, dass sie dich schon kennen an der Grenze.«

Gernot Heubl verfügte über ein gerüttelt Maß an Ironie und ließ das sein jeweiliges Gegenüber gerne mal spüren.

»Da kann ich Sie beruhigen, mein Herr. Ich kenne den Herrn Hirschberger natürlich von seinen Fällen von früher noch«, ließ sich der Zöllner nicht ohne einen gewissen Stolz vernehmen.

»Wunderbar, dann kriegen wir ja einen Prominentenbonus«, konterte Heubl ironisch.

Er hatte nichts, aber auch gar nichts von seinem Esprit verloren. Er war immer noch »goschert«, wie man in Wien zu Leuten sagt, die nicht auf den Schnabel gefallen sind.

Nach einigem Suchen hatte Ludwig den Kaufbeleg für den Wein gefunden und ihn dem Beamten gezeigt.

»Es ist in Ordnung, Herr Hirschberger, Sie können weiterfahren. Aber in Zukunft bitte den Wein erst kaufen, wenn Sie wieder zurück in Österreich sind. Hätte ich Sie jetzt meinem Kollegen da drüben gemeldet, hätten Sie ordentlich Probleme bekommen. Gute Fahrt und schönes Wochenende!«

»Ihnen auch und vielen Dank für Ihre Nachsicht!«

Ein paar Kilometer weiter nahm ihnen plötzlich ein älterer Herr die Vorfahrt. Ludwig musste eine Vollbremsung machen, um einen Unfall zu vermeiden.

»So ein Volltrottel«, schimpfte er.

»Lass ihn, er ist unschuldig. Alterssyndrom bei Männern. Fehlende Sexualhormone!«

»Was hat das damit zu tun?«

»Schau Wiggerl, die androgenen Hormone sind noch für viel mehr verantwortlich als für die Fortpflanzung und für ein glückliches Eheleben. Sie regeln daneben auch den Grad der Aggressivität und der Aufmerksamkeit. Ein Zuviel macht aggressiv und ein Zuwenig vermindert die Aufmerksamkeit!«

»Und woher weißt du das so genau?«

In Ludwigs Tonfall schwang unverhohlene Skepsis mit.

»Ja, so ganz genau weiß ich's leider nicht. Ich wollte mal eine Studie lancieren mit dem Thema ›Auswirkungen des männlichen Sexualhormons Androgen auf den Straßenverkehr‹. Leider haben sowohl das Gesundheits- als auch das Verkehrsministerium die Finanzierung der Studie abgelehnt.«

»Also alles Spekulation?«, hakte Ludwig nach.

»Na klar, aber was wären wir Menschen ohne Spekulationen. Ich glaube, gerade die Fähigkeit zu spekulieren, hat uns Menschen zur überlegenen Spezies gemacht. Schau her, was war die allgemeine Relativitätstheorie von Albert Einstein bis zu ihrem Nachweis? Spekulation, reine Spekulation.«

Aus dem Lautsprecher war wieder André Heller zu hören, dieses Mal mit *Die Kinder sind immer aus Wien.*

Die beiden älteren Herren machten sich anschließend schnurstracks auf den Weg zu Gabi nach Biberach, wo auch Gernot Heubl ein eigenes Zimmer bekam. Lediglich das Badezimmer und die Toilette mussten sich die beiden früheren Kollegen teilen. Zur Feier des Abends köpfte man gleich noch eine Flasche Grünen Veltliner und unterhielt sich prächtig. Vor allem der Neuankömmling und Gabi verstanden sich sehr gut, was Ludwig natürlich gefiel. Er hatte schon Angst gehabt, seiner Jugendliebe mit dem doch etwas seltsamen Dr. Heubl eine Laus in den Pelz zu legen.

Währenddessen erzählte Ludwig seinem früheren Kollegen den komplizierten Fall und überließ ihm den ganzen Aktenberg. Zusammen mit einer weiteren Flasche Wein verzog sich die »Aktensau« auf ihr Zimmer. Ludwig wusste, dass Dr. Heubl die ganze Nacht Aktenstudium betreiben würde.

Frisch und ausgeruht betrat Ludwig am nächsten Morgen das Wohnzimmer. Zu seiner Überraschung saß Heubl bereits beim Frühstück am Tisch. Gut gelaunt begrüßte er Ludwig.

»Und ›Aktensau‹, wie weit bist gekommen?«, fragte Ludwig neugierig.

»Durch!«

»Wie – durch, alles gelesen? Gibt's ja gar nicht!«

»I bin a Schnell-Leser, Ludwig, des solltest wissen!«

Ohne jeglichen Triumph in der Stimme vermeldete Dr. Heubl, dass er sich in einer Nacht durch einen Aktenberg gelesen hatte, für den gewöhnliche Sterbliche mindestens eine Woche gebraucht hätten.

»Dafür siehst aber relativ frisch aus«, meinte Ludwig. »Hast scho was entdeckt?«

»Naa, da muss ich erst drüber nachdenken. Auf geht's, jetzt fahren wir in die Donau-Städte.«

Beschwingt stiegen die beiden in das Auto und fuhren los. Aber Ludwig hatte sich für Gernot Heubl vorher noch eine Überraschung ausgedacht. Das erste Fahrziel war nach gut einer Stunde erreicht: Kreenheinstetten. Ein kleines Dorf nahe Meßkirch. Geburtsort von Ulrich Megerle, der es in Wien als Prediger »Abraham a Santa Clara« im 17. Jahrhundert zu Ruhm und Ehre gebracht hatte. Auf dem Weg dahin hatte Heubl kein einziges Wort gesagt. Für Ludwig ein deutliches Indiz dafür, dass es in ihm arbeitete.

»Das ist jetzt aber eine echte Überraschung«, staunte Gernot Heubl, als sie vor dem Geburtshaus des Predigers standen. »Damit hätt ich jetzt echt nicht gerechnet, dass ich daher komm. Und ehrlich, Piefke, ganz ehrlich: Ich hätte es nicht gewusst, dass der von hier kommt. Kompliment. Überraschung geglückt. Eins zu null für dich!«

Das erfüllte Ludwig tatsächlich mit Stolz. Denn Heubl etwas zu zeigen, was er noch nicht kannte, ihm etwas zu erzählen, was er noch nicht wusste, schien nahezu unmöglich. Er konnte sich nicht erinnern, dass dem wandelnden Lexikon Gernot Heubl mal jemand etwas erzählt hatte, was dieser noch nicht wusste. Zumal, wenn es sich um Historisches handelte. Nach einer guten halben Stunde machten sie sich wieder auf den Weg, denn das kleine Museum in der ehemaligen Pfarrscheuer konnte nur nach Voranmeldung besucht werden.

»Da fahren wir noch einmal her, wenn der Fall gelöst ist, Piefke«, sagte Heubl, stieg ins Auto und sagte wieder erst mal gar nichts.

Nach etwa 25 Kilometern legte Heubl die Stirn in Runzeln und sagte halblaut:

»Leoben 1986.«

»Da gab's den ›Abraham a Santa Clara‹ aber nicht mehr.«

»Nein, aber einen ähnlich gelagerten Fall. Nur mit einer vagen Ähnlichkeit, aber die könnte uns weiterbringen.«

Im Bruchteil einer Sekunde bekam Ludwig feuerrote Ohren. Wie immer, wenn er sich in höchstem Erregungszustand befand.

»Schieß los, ›Aktensau‹!«

»Was brüllst denn so, Piefke, i bin ja net terisch!«

»Sorry, Heubl, ich weiß, dass du nicht schwerhörig bist, aber erzähle bitte!«, sagte Ludwig nun nicht mehr ganz so laut.

»Also, es war in Leoben in der Steiermark, Mitte der 80er-Jahre. Wir hatten eine Serie mit entführten Buben. Mindestens vier. Wir konnten den Täter aber relativ schnell ermitteln, im Gegensatz zu eurem Fall hier. Er war nämlich nicht so intelligent, nicht so gerissen, nicht mit allen Wassern gewaschen. Er war selbst noch ein halber Bub, gerade mal zwanzig Jahre alt. Er war Vollwaise seit fünf Jahren und lebte mit seinem acht, nein sieben Jahre älteren Bruder in der ehemals elterlichen Wohnung. Sie schliefen sogar beide in ihrem Jugendzimmer nebeneinander, was im Weiteren noch von Interesse sein wird.«

Gernot Heubl legte eine Denkpause ein, aber Ludwig wusste ganz genau, dass man ihn dabei niemals unterbrechen durfte, und er schwieg, bis sein Freund weitersprach.

»Der Bruder war mit der Aufgabe völlig überfordert, für den kleinen Jungen die Verantwortung zu übernehmen, und wurde schwerer Alkoholiker. Damit wiederum kam der Jüngere nicht zurecht.«

Heubl unterbrach und räusperte sich. Währenddessen saß Ludwig wie auf Kohlen und konnte es kaum erwarten, dass der frühere Kollege fortfuhr.

»Der Ältere kam jeden Tag vollkommen angesoffen von der Arbeit bei Alpine in Donawitz nach Hause, legte sich – wochenlang ungewaschen – ins Bett und stank dementsprechend fürchterlich. Oft lag er im eigenen Erbrochenen und der jüngere Bruder musste alles sauber machen.«

Erneute Pause.

»Und jetzt kommt's: Der Bub holte sich selber Buben ins Haus, fesselte sie an sein Bett. Er verging sich aber niemals an einem von seinen Entführungsopfern, sondern beschnüffelte sie an allen Körperöffnungen. Genau wie in eurem Fall. Nur halt bei Knaben.«

Ludwig brannten etliche Fragen auf der Zunge, aber er traute sich nicht, sie Gernot Heubl zu stellen. Heubl sprach derweil weiter.

»Als wir seiner habhaft wurden, stellte sich heraus, dass der Junge homosexuell war und die Buben quasi als Geruchskompensation entführt hatte. Er wollte einfach den bestialischen Gestank des Bruders übertünchen. Er sprach davon, den Geruch eines jeden Buben auswendig gelernt zu haben. Sobald der den Geruch auswendig kannte, ließ er den Buben wieder gehen. Völlig unversehrt im Übrigen wie in eurem Fall.«

Ludwig kannte den ehemaligen Archivar des BKA nur zu gut, um zu wissen, dass er mit seinen Ausführungen noch immer nicht am Ende war.

»Einen ähnlichen Fall gab es in den frühen 90er-Jahren in Bozen. Auch ein Homosexueller, der Knaben zum Beschnüffeln entführte. Jetzt bist platt, gell!«

Ludwig wäre nun endlich dran gewesen, doch er konnte nicht sprechen. Er war sprachlos und rang nach Luft.

»Willst du mir damit sagen, dass wir es womöglich mit einer lesbischen Täterin zu tun haben?«

»Womöglich, ja!«

Aus Ludwig platzte es heraus:

»Ich Knallkopf, ich Hornochse, ich blöder Hund! Das

ist ganz genau die kleine Stellschraube, die nicht gestimmt hat. Deswegen sind wir auf keinen Täter gekommen. Wir hätten eine Täterin suchen müssen. Oh nein!«

Fast automatisch fuhr Ludwig weiter, doch seine Gedanken waren irgendwo ganz anders. Sein Freund holte ihn wieder in die Realität zurück.

»Wir sollten uns die Donau-Städte für heute glaub ich schenken.«

Oft erinnerte die Sprache von Gernot Heubl an die Sprache der Beamten unter Kaiser Franz-Josef. Eine Zeit, in die er auch viel besser gepasst hätte.

»Denkst du an dasselbe wie ich?«, fragte Ludwig.

»Wenn du das Fitnessstudio für Frauen meinst, dann ja.«

»Genau das meine ich.« Ludwig bog in den nächsten Feldweg ein und machte kehrt. »Wenn wir Glück haben, ist einer der Steinhauser-Brüder anwesend«, sagte er.

»Heut ist eh dein Glückstag, Piefke!«

Jetzt war es Gernot Heubl, der genau wusste, dass er Ludwig in den nächsten Minuten nicht stören durfte. Zu sehr war der frühere Kollege damit beschäftigt, das soeben Gehörte zu verarbeiten.

Ludwig nahm sein Smartphone in die Hand und rief bei der Zentrale der »Balance«-Studios an, wo er erfuhr, dass Bodo Steinhauser heute im Überlinger Studio sei. Dass er sich eigentlich strafbar gemacht hatte, weil er während der Fahrt telefonierte, fiel weder ihm noch Dr. Heubl auf. Ludwig hatte nur noch einen Gedanken: Wer war die Frau?

Schnurstracks fuhr Ludwig nach Überlingen. Die Donau-Städte konnten wirklich warten. Jetzt war Ermittlungsarbeit angesagt. Eigentlich hätte Ludwig jetzt Gerlinde Lüscher oder ihren Assistenten Jens Kötter informieren müssen. Da aber Samstag war, wollte er den beiden das Wochenende – noch – nicht vermiesen. Erst wollte er Näheres in Erfahrung bringen.

Sie dürfen hier nicht herein, das ist ein Fitnessstudio ausschließlich für Damen«, ereiferte sich die resolute junge Frau am Empfang des Studios.

»Wir sind von der Polizei, wir möchten Herrn Steinhauser sprechen.«

»Welchen?«

»Egal welchen. Aber wir müssen einen der Herren Steinhauser dringendst sprechen.«

»Wen darf ich melden?«

»Mein Name ist Ludwig Hirschberger, das sollte genügen!«

Die Empfangsdame wählte eine Nummer und sagte:

»Hi Bodo, hier sind zwei Herren von der Überlinger Altersheimpolizei. Einer von den beiden heißt Ludwig Hirschberger.«

»So sieht also mein Glückstag aus«, zischte Ludwig Gernot Heubl ins Ohr.

»No, die wird sich wundern.«

»Herrn Steinhauser finden Sie im zweiten Stock, zweite Türe links. Bitte den Hintereingang benutzen und nicht durchs Studio gehen.«

»Jawohl, Frau Brunhilde«, blaffte Gernot Heubl. »Übrigens: Jugend ist eine Krankheit, die jeden Tag ein bisserl besser wird!«

Ludwig war sich nicht ganz sicher, ob die junge Frau Heubls Ironie überhaupt erfasst hatte.

Nachdem sie Bodo Steinhausers Büro gefunden hatten, entschuldigte sich dieser erst einmal für die Unverschämtheit seiner Angestellten.

»Die wird sich noch was anhören müssen, das geht gar nicht.«

»Wir können uns schon zur Wehr setzen, nur keine Angst, Herr Steinhauser«, sagte Ludwig gelassen.

»Womit kann ich dienen?«, fragte der Studioinhaber.

»Wir sollten wissen, wie viele Kundinnen von Ihnen Zugang zu den Filialen Überlingen, Meersburg, Markdorf, Immenstaad und Tettnang haben oder innerhalb der letzten vier Monate hatten!«

»Aha, jetzt ist also doch was dran an meinen Beobachtungen. Dachte ich mir doch gleich. Aber ich dachte, Sie hätten Bruno Beehr verhaftet?«

»Hat man, hat man«, beruhigte Ludwig, »aber der Staatsanwalt will, dass sämtliches mögliches entlastendes Material durchforstet wird. Und deshalb hat man jetzt die Altersheimpolizei beauftragt, alle sogenannten Falsch-Spuren noch einmal gründlich unter die Lupe zu nehmen.«

»Und das am Samstagnachmittag?«, meinte Steinhauser skeptisch.

»Ach wissen Sie, im Altersheim ist jeder Tag gleich langweilig.« Ludwig wollte keinen Raum für Spekulationen lassen. »Nein, im Ernst, wir beide wollen Mitte nächster Woche an den Lago Maggiore fahren und müssen bis dahin fertig werden. Es ist sowieso nur eine reine Formsache.«

Bodo Steinhauser hantierte an seinem Computer. Er gab einige Befehle ein und es dauerte eine gute Minute, bis er Bescheid geben konnte.

»Also, es gibt überhaupt nur sieben Kundinnen, die Zugang zu jedem unserer Studios haben. Alles Besitzerinnen unserer Global-Card.«

»Na fein, da haben wir ja dann nicht allzu viel Arbeit«, murmelte Gernot Heubl.

»Moment, es gibt innerhalb des letzten Jahres nur eine einzige Kundin, die vom Recht Gebrauch gemacht hat, alle die von Ihnen genannten Studios zu besuchen. Die meisten besuchen lediglich zwei oder drei verschiedene Studios, nur diese eine Kundin sucht noch mehr auf. Und zwar sehr regelmäßig.«

»Und wer ist diese Dame?«

Ludwig strengte sich mächtig an, seine Anspannung zu verbergen. Nur Gernot Heubl sah seinen roten Ohren die Erregung an, in der sich sein Freund befand.

»Es ist Frau Apothekerin Ingrimm, aber die wird ja wohl kaum als Täter in Frage kommen. Und es gibt einen logischen Grund, warum sie zu allen Studios Zugang hat. Interessiert Sie das?«

»Nur für die Vollständigkeit der Akten«, log Ludwig.

»Also, Frau Ingrimm betreibt vier Apotheken in Einkaufszentren am Nordufer des Sees. Da ist sie einen Tag da und am anderen Tag dort. Mit unserer Global-Card kann sie alle unsere Studios nutzen, die auf ihrer Route liegen, was sie auch sehr regelmäßig tut, wie ich hier ersehen kann. Sie besucht wöchentlich mindestens dreimal eines unserer Studios.«

Bodo Steinhauser wirkte ein bisschen enttäuscht, dass er offensichtlich nichts Wesentliches zur Klärung beitragen konnte.

»Tja, da haben wir wohl einen weiteren abgearbeiteten Punkt, oder?«

Ludwig sah bei diesen Worten Heubl an.

»War mir eh klar.« Die »Aktensau« spielte die Langeweile in Person. »Aber Sie haben doch sicher die Anschrift der Dame, dann müssen wir am Montag nicht mehr suchen und der Akt ist komplettiert!«

»Hier in Überlingen, Am Nellenbach 1«, gab Steinhauser bereitwillig Auskunft.

»Wo ist das denn?«

Ludwig bemühte sich um formlose Neugierde.

»Die wohnt in einem abgelegenen ehemaligen Weingut zwischen Aufkirch und Bambergen. Da sagen sich Fuchs und Hase gute Nacht.«

Ludwig war derartig elektrisiert, dass er erhebliche Mühe hatte, sich im Zaum zu halten.

»Vielen Dank, Herr Steinhauser, Sie haben uns trotzdem geholfen. Jetzt haben wir nur noch vier falsche Spuren. Die haben wir sicher bis Dienstag fertig und können dann am Mittwoch nach Ascona fahren.«

»Vornehm, vornehm«, sagte der Studioinhaber etwas spitz.

»Na ja, die Cousine meines Kollegen ist dort verheiratet. Sie geht für eine Woche in die Staaten und hat uns zum Homesitting engagiert.«

»Ja und machen S' Ihrer BdM-Führerin da unten kein so ein großes Theater, sie hat es sicher nicht bös gemeint und die Jüngsten sind wir beide ja wirklich nicht mehr«, ergänzte Gernot Heubl.

»Was ist denn eine BdM-Führerin?«, fragte Steinhauser erstaunt.

»Ach so, Sie sind ja auch noch relativ jung. Also, das war während der Nazizeit. BdM bedeutet Bund deutscher Mädchen und war das Pendant zur Hitler-Jugend bei den

Jungen. Und wer sich besonders stramm von den Mädchen verhielt, hatte die Chance, BdM-Führerin zu werden«, erklärte Ludwig geduldig.

»Ja, davon hat mir mein Opa mal erzählt«, erinnerte sich Bodo Steinhauser und nickte dabei mehrmals.

Ludwig und Heubl gingen scheinbar gelangweilt die Treppen hinunter. Dabei seufzte Ludwig und sagte halblaut:

»Das hab ich doch gleich gesagt, dass das ein Schuss in den Ofen wird.«

Sein Freund zwinkerte und zeigte mit dem Finger nach oben. Bodo Steinhauser stand am oberen Treppenabsatz und lauschte.

»Was kann denn ich dafür, wenn der Bellmann will, dass wir jedem Scheiß-Nachweis nachgehen.«

Ludwig sagte dies eine Spur lauter und grinste dabei.

Als die beiden wieder im Auto saßen, verließen sie den Parkplatz des Studios und fuhren erst mal zum See. Ludwig brauchte jetzt die Luft und das Wasser, um sich zu sammeln. Zu überraschend, zu sensationell war das, was sie gerade eben erfahren hatten. Sollte Sonja Ingrimm die Täterin sein? Kaum vorstellbar.

»Du weißt schon, dass diese Frau Ingrimm am ersten Tatort gesehen wurde. Und dass sie anschließend den Bruno Beehr belastet hat.«

Gernot Heubl, die »Aktensau«, brillierte mal wieder mit Details aus den Akten.

»Nicht so schnell, Gernot«, versuchte Ludwig zu bremsen. »Sie belastete nicht direkt Bruno Beehr, sie nahm einen Mann wahr, aufgrund dessen vager Beschreibung ein Zusammenhang mit Bruno Beehr hergestellt wurde. Und am

Tatort schob sie ihre schwerstkranke Mutter im Rollstuhl. So kann man keine andere Frau entführen.«

»Und wenn das gar nicht ihre Mutter, sondern das erste Entführungsopfer war, das da im Rollstuhl saß?«

»Jederzeit denkbar«, meinte Ludwig, »es könnte aber auch tatsächlich ihre Mutter gewesen sein.«

»Quod esset demonstrandum, was zu beweisen wäre«, sagte Heubl trocken.

»Kennst du den Namen der Frau, die Frau Ingrimm damals gesehen hat?«

»Elke Schmidt oder Schmid, muss ich erst nachschauen«, knurrte Heubl.

»Was wir jetzt machen werden, ist, diesen Nellenbachweg zu finden und uns als unscheinbare Spaziergänger einen ersten Eindruck von dem Anwesen zu machen.«

Froh, dass es ein Navigationssystem gab, das er früher so verschmäht hatte, setzte sich Ludwig ans Steuer und fuhr los.

Es war wirklich eine gottverlassene Gegend, in der Sonja Ingrimm wohnte. Aber man hatte eine traumhafte Aussicht auf den Überlinger See, den nordwestlichen Teil des Bodensees. Über den Turm der Aufkircher Kirche hinweg genossen die beiden ehemaligen Wiener Kripobeamten den Ausblick.

»Eigentlich schon schade, dass uns der Napoleon diesen Herrgottswinkel weggenommen hat.«

Gernot Heubl befand sich offensichtlich mal wieder in längst vergangenen Zeiten.

»Jetzt übertreib mal nicht, diese Gegend ist gerne bei Deutschland, da möchte keiner mehr zu den Ösis. Und die meisten wissen's gar nicht mehr.«

»Aber wahr ist es trotzdem. Tu felix Austria!«

Er war ein unverbesserlicher Monarchist, dieses Genie, das man so unschön mit »Aktensau« titulierte.

»Und wir sind Kaiser«, stichelte Ludwig.

»Hör mir auf mit dem Sch...«

Sie stapften durch ziemlich unwegsames Gelände, um nicht gleich aufzufallen. Apothekerin Ingrimm wohnte wirklich sehr abgelegen auf einem riesigen Grundstück. Hilferufe der Entführten wären hier tatsächlich nicht zu hören gewesen. Bloß, man kam nicht nahe genug heran, um sich das Anwesen genauer ansehen zu können. Doch Dr. Gernot Heubl war tatsächlich ein Mann für alle Fälle: Er zog einen Feldstecher aus seinem Mantel hervor, der sicher noch aus der K.-u.-k.-Zeit stammte, aber den beiden beste Dienste erwies.

»Es steht ein Wohnmobil neben der Garage, es hat eine Autonummer aus Korneuburg.«

»Lass sehen«, meinte Ludwig, um dann zu sagen: »Das ist nicht Korneuburg, das ist eine deutsche Autonummer und die kommt aus Koblenz. Notiere dir mal die Nummer: KO-BI 355.«

»Annektiert bleibt annektiert.« Kontrollfreak, der er war, sah Heubl auch noch einmal nach der Nummer. »Weißt du was, das Wohnmobil hat hinten eine Vorrichtung dran, mit der man Dinge ins Innere befördern kann. Zum Beispiel Rollstühle.«

Jetzt war es Ludwig eindeutig zu heiß geworden. Er zückte sein Handy und rief Gerlinde Lüscher an.

»Lüscher.«

»Hallo Gerlinde, hier ist der Ludwig. Ich bin gerade etwas außerhalb von Überlingen und du solltest unbedingt sofort hierherkommen. Ich glaube, nein ich bin überzeugt: Unser Fall hat soeben eine Wendung um 180 Grad erlebt.«

»Wieso, wurde wieder jemand entführt?«

»Nein, aber wenn mich nicht alle Sinne täuschen, habe ich die Stellschraube entdeckt, die uns bisher gefehlt hat.«

»Wer ist es?«, wollte sie wissen.

»Kann ich dir jetzt noch nicht sagen. Komm her und zwar sofort.«

»Ich kann nicht, ich bin auf dem Kindergeburtstag meines Patenkindes in Baienfurt. Ruf den Jens an, der müsste Zeit haben.«

Gerlinde Lüscher schien nicht unbedingt davon überzeugt zu sein, dass Ludwig tatsächlich kurz vor der Lösung des Falls stand.

»Ich hab gar keine Handynummer von dem!«

»Also gut, ich ruf ihn an, er soll sich bei dir melden.«

»Nein, sag ihm, ich erwarte ihn in einer halben Stunde auf dem Parkplatz in Aufkirch. Wenn das nicht klappt, rufst du mich nochmals an, sonst nicht.«

»Alles klar!«

Gerlinde Lüscher fühlte sich überrumpelt. Das kannte sie vom ruhigen und besonnenen Ludwig Hirschberger bisher gar nicht. War da vielleicht tatsächlich etwas dran an der Geschichte?

Pünktlich nach 30 Minuten fuhr Jens Kötter auf den Aufkircher Parkplatz ein. Seine Laune war nicht gerade gut, denn er wollte sich zu dieser Zeit gerade bei einem Freund auf einem Privatsender ein Fußballspiel seines geliebten SC Freiburg ansehen. Da Ludwig ein erklärter Fan des VfB Stuttgart war, hielt Kötter die Aufforderung, sofort zu kommen, für eine gemeine Spitze gegen seine Anhängerschaft und war entsprechend grantig. Zudem wunderte er sich, dass sich Ludwig in Begleitung eines ebenfalls älteren Herrn mit seltsamem Gewand und einem Aussehen wie Karl Marx befand. Ein Glück, dass Kötter dies nicht laut aussprach, Heubl wäre tödlich beleidigt gewesen, sah er sich doch Che Guevara ähnlich.

»Ist das der neue Stürmer vom VfB Stuttgart?«, lästerte Kötter.

»Nein, der neue Trainer vom SC Freiburg«, schoss Ludwig zurück. »Darf ich vorstellen: Dr. Gernot Heubl, forensischer Psychiater und ehemals Archivar des BKA Wien, – Kommissar Jens Kötter, Assistent von Gerlinde Lüscher.«

»Und was macht er hier?«

»Er besucht mich und hat mir ganz nebenbei dabei geholfen, dass unser Fall womöglich doch noch aufgeklärt wird«, verteidigte sich Ludwig.

»Da wird der Bellmann aber toben. Und der Biller erst!«, war sich Kötter sicher.

»Quatsch, froh werden sie sein. Und jetzt Schluss mit dem Gesülze. Machen Sie sich mit dem Gedanken vertraut, dass wir es nicht mit einem Täter, sondern mit einer Täterin zu tun haben.«

»Wie, wo, was. Waaasss?«

»Ja und sie wohnt hier ganz in der Nähe. Ist Akademikerin, Anfang fünfzig, sehr wohlhabend und ist im unmittelbaren Umfeld der Medizin tätig.«

»Und wer soll diese Dame sein?«

Jens Kötter hatte überhaupt keine Vorstellung.

»Die Apothekerin Sonja Ingrimm!«

»Wie bitte? Sind Sie jetzt durchgeknallt, oder was? Sie können wohl überhaupt nicht verlieren. Was?« Kötter schien außer sich. »Nur weil Ihnen der Bellmann die Türe vor der Nase zugemacht hat, drehen Sie jetzt voll am Rad. Deswegen jagen Sie mich von meinem Fußballnachmittag hierher, um mir eine völlig unbescholtene und ehrbare Bürgerin als Täterin zu präsentieren. Wie krank ist das denn? Ich glaube, Sie sind übergeschnappt!«

»Jetzt reißen Sie sich mal ein bisserl zusammen, junger Mann, und hören Sie Herrn Hirschberger ruhig zu, so wie es Ihre Pflicht ist. Und kommen Sie mal von Ihrem Thron herunter.«

So viel Schärfe im Ton hatte Ludwig bei Gernot Heubl noch nicht gehört bisher. Aber es schien zu wirken. Kötter lenkte ein.

»Also bitte, welche Verdachtsmomente gibt es gegen Frau Ingrimm?«

»Es gibt verschiedene Ansatzpunkte, die jeweils zu Frau Ingrimm führen. Wenn wir von der Annahme ausgehen, dass es sich beim Täter um eine Frau handelt, was ich im Übrigen Herrn Doktor Heubl zu verdanken habe, dann gewinnt als Erstes die Aussage von Herrn Steinhauser vom Fitnessstudio wieder Gewicht, wonach alle Opfer Kundinnen seiner Studios sind. Allerdings verteilt auf verschiedene Studios. Auf fünf, um ganz genau zu sein.«

»Durchaus, sollte sich die Theorie mit der Täterin bewahrheiten«, gab Kötter zu.

»Gut. Laut Aussage von Herrn Steinhauser vor ungefähr zwei Stunden haben nur sieben Frauen unbegrenzten Zugang zu all seinen Studios. Und nur eine Frau hat in den letzten Monaten genau diese fünf Studios regelmäßig besucht.«

»Lassen Sie mich raten: Sonja Ingrimm.«

»Richtig. Nächster Punkt: Wer hat die Personenbeschreibung abgegeben, die nach der Festnahme von Bruno

Beehr den Verdacht bei den Entführungen auch auf ihn lenken sollte?«

»Sonja Ingrimm.«

»Richtig. Nächster Punkt. Wer wohnt dort drüben am Nellenbach, völlig abgeschieden von Gott und der Welt, sodass niemand irgendwelche Hilferufe der Entführten hören kann?«

»Auch Frau Ingrimm? Ich wusste bisher nicht, wo sie wohnt.«

»Richtig, nächster Punkt. Und für mich der wichtigste: Wer ist im medizinischen Umfeld tätig? Wer hatte die Möglichkeit, die Opfer zu betäuben? Wer hatte die Möglichkeit, die Opfer anschließend in einen tiefen Schlaf zu versetzen? Mit verschreibungspflichtigen Medikamenten, die teilweise noch gar nicht auf dem Markt sind, sondern in der Erprobungsphase?«

»Klar, Frau Ingrimm!« Langsam dämmerte es auch Jens Kötter. »Aber der Krankenwagen, wo kommt der her?«

»Kommen Sie mit uns mit. Wir müssen allerdings ein Stückchen zu Fuß gehen.«

Ludwig trichterte dem Assistenten unterwegs ein, ruhig zu bleiben und sich nicht zu verraten.

»Sehen Sie, dort drüben wohnt Frau Ingrimm. Ganz alleine, seit ihre Mutter gestorben ist.«

»Ich seh nicht viel«, monierte Kötter.

Heubl gab ihm sein Fernglas.

»Sehen Sie mal durch. Fällt Ihnen was auf?«

»Ja, ein Wohnmobil mit Koblenzer Kennzeichen.«

»Sehen Sie am Heck des Wagens eine Vorrichtung?«, mischte sich der ehemalige BKA-Archivar ein.

»Ja.«

»Wissen Sie, wofür so eine Vorrichtung benötigt wird?«

»Sie werden es mir gleich sagen.«

»Man benötigt sie, um mit einem Rollstuhl in das Wohnmobil hinein- und auch wieder herauszukommen. Mein Nachbar im Wiener Bezirk Penzing, ein Rollstuhlfahrer, hat genau so eine Vorrichtung an seinem Wohnmobil.«

»Und weil es in Koblenz zugelassen ist, hatten wir es nie auf unserem Radar«, ergänzte Ludwig. »Stellen Sie doch bitte mal fest, auf wen dieses Auto zugelassen ist.«

Sie stapften zurück zum Parkplatz. Im Auto bediente Jens Kötter seinen Laptop. Nach kurzer Zeit kam er aus seinem Wagen heraus und sagte:

»Der Wagen ist zugelassen auf eine ›Apotheke zum göttlichen Heiland‹ in Koblenz. Inhaber dieser Apotheke ist ein gewisser Berthold Ingrimm.«

»Aha«, meinte Ludwig, »daher die Autonummer KO-BI. Koblenz – Berthold Ingrimm.«

»Ich glaube, ich muss jetzt meine Chefin anrufen, die muss jetzt kommen, mitsamt dem Bellmann.«

Jens Kötter war ziemlich blass um die Nase geworden.

»Eines noch, Herr Kötter: Wen hat diese Frau Schmidt oder Schmid am 3. August am ersten Tatort gesehen?«

»Frau Ingrimm, aber mit ihrer inzwischen verstorbenen Mutter im Rollstuhl!«

»Mir kommen da aber inzwischen ernste Zweifel«, meinte Ludwig.

»Woran, dass die Mutter gestorben ist?«

Kötter war völlig durcheinander.

»Nein, ob die Person im Rollstuhl überhaupt ihre Mutter war oder nicht doch Dorothea Frank.«

»Boaah, ich glaub's nicht!«, entrüstete sich der Assistent.

»Können Sie feststellen, wann die Mutter von Sonja Ingrimm gestorben ist?«

»Kein Problem.«

Kötter betätigte wieder sein Laptop. Nach einer Weile und nach ein paar »Hmms« und »Komisch« sagte er:

»Die Mutter von Frau Ingrimm war gar nicht in Überlingen gemeldet.«

»Versuchen Sie es mal in Koblenz«, riet ihm Ludwig.

Wieder ging der Assistent zu seinem Laptop. Nach gerade mal zwei Minuten kam er mit weit aufgerissenen Augen zurück.

»Das glauben Sie jetzt nicht, was da steht.«

»Schießen Sie los.«

Ludwigs Ohren wurden wieder einmal feuerrot.

»Hier steht: Käthe Ingrimm, geboren am 13. Oktober 1927 in Koblenz. Gestorben am 27. Juli 2016 in Überlingen am Bodensee, beerdigt am 31. Juli in Koblenz.«

»Also nur wenige Tage vor der ersten Entführung! Ich glaube, jetzt sollten Sie wirklich Ihre Chefin anrufen.«

Gernot Heubl genoss die schreckensgeweiteten Augen des Kommissars sichtlich.

»Lüscher, was ist Jens?«

»Hallo Gerlinde. Du hattest recht. Vollkommen recht. Absolut recht.«

»Womit hatte ich recht?«

»Mit dem Hirschberger. Er hat tatsächlich herausbekommen, wer die Frauen entführt hat.«

»Wie? Echt jetzt? Und wie heißt der Kerl?«

Gerlinde Lüscher wollte es sofort wissen.

»Es ist gar kein Kerl. Es ist eine Frau. Und sie heißt Sonja Ingrimm!«

»Spinnt ihr jetzt alle? Ihr habt doch einen riesengroßen Vogel. Doch nicht die Apothekerin. Für solche

Hirngespinste fahr ich jetzt nicht nach Überlingen. Bis Montag!«

Gerlinde Lüscher wollte schon auflegen, als ihr Assistent ins Telefon rief:

»Es gibt aber ganz eindeutige Indizien, die keinen Zweifel zulassen.«

»Keinen Zweifel?«

»Keinen!«

Jens Kötter fasste in kurzen Worten zusammen, was er in der letzten halben Stunde erfahren hatte, und konnte damit letztlich auch Gerlinde Lüscher überzeugen.

»Also, ich komme. Ich fahre sofort los. Probiere, ob du den ›Stinkbert‹ erreichst. Den sollten wir unbedingt mit dabeihaben. Und auch den Moor. Sage aber ja nichts dem Biller Konni, der ist eng befreundet mit der Ingrimm!«

Von der Lösung dieses Falles konnte Gerlinde auch ein Kindergeburtstag nicht abhalten.

»Womit auch geklärt sein dürfte, wo unsere undichte Stelle lag, wieso *der* Täter immer genau wusste, was wir bei der Soko gerade besprochen haben«, analysierte Gerlindes quirliger Assistent.

Ludwig kam aus seinem Wagen heraus. Heubl war sitzen geblieben. Es war Zeit für ein Viertel Grüner Veltliner geworden, den er nebst einem aus Gabis Wohnung mitgewanderten Römer in seiner Aktentasche versteckt hatte.

»Übrigens, Ihr SC Freiburg hat mit 2:1 gewonnen.«

»Super!!!« Jens Kötter schlug Ludwig voll auf die Schulter. »Heute ist mein Glückstag.«

»Meiner auch«, entgegnete Ludwig, obwohl der VfB nur 2:2 gespielt hatte. »Wie immer, bis zur 84. Minute 2:0 geführt und dann noch zwei dumme Dinger kassiert!«

Gemeinsam warteten sie auf die Ankunft der Hauptkommissarin Lüscher und des Leitenden Oberstaatsanwalts Dr. Bellmann. Während Ludwig mit Jens Kötter erörterte, ob Sonja Ingrimm den Tod ihrer Mutter bewusst verschwiegen hatte oder ob dies zufällig geschah und sie dadurch ihre Taten verschleiern konnte, saß Dr. Heubl in Ludwigs Auto und schlürfte genüsslich seinen Grünen Veltliner.

»Also ehrlich, auf die Frau Ingrimm wäre ich im Leben nie gekommen. Ich wär noch nicht mal draufgekommen, dass eine Frau die Täterin ist!«, sagte der junge Kriminalbeamte.

»Ja, aber ich hätte früher auf diese Möglichkeit kommen können«, geißelte sich Ludwig selber. »Was mir allerdings schleierhaft bleibt, ist das Motiv von Frau Ingrimm.«

Das herauszubekommen, würde der Kommissarin sicher noch einiges an Arbeit bereiten.

Irgendwann kamen sie auf die Fußball-Bundesliga zu sprechen. Jens Kötter interessierte sich dafür, wie stark die österreichische Profi-Liga sei.

»Das Niveau ist bei Weitem nicht so hoch wie hier in Deutschland. Ich würde sagen, drei, höchstens vier Mannschaften könnten sich dauerhaft in der deutschen Bundesliga etablieren. Der Rest ist zweite Liga und teilweise auch dritte Liga. Aber sagen Sie das ja nicht meinem Kumpel, sonst redet er die nächsten zwei Jahre nicht mehr mit mir«, sagte Ludwig.

»Haha«, meinte Kötter, »dann wundern mich aber die Leistungen Ihrer Nationalmannschaft sehr.«

Eine knappe Stunde später trafen Gerlinde Lüscher und Dr. Bellmann ein.

»Das ist unerhört, das ist so etwas von unvorstellbar«,

meinte Joachim Moor, der schon kurz zuvor angekommen war.

Ludwig ließ ihn ziemlich links liegen und begann seinerseits seinen Bericht. Er erzählte von Dr. Gernot Heubl, von dessen Verdacht, dass es sich um eine lesbische Täterin handeln könne, und von ihrem Besuch im »Balance-Fitnessstudio«. Und natürlich auch vom Ergebnis des Besuches. Ferner berichtete er von der Vorrichtung am Wohnmobil.

»Die Beschreibung der Fenster würde ganz genau auf ein Wohnmobil passen«, meinte die Kommissarin.

»Lasst uns hineingehen und der Dame mal auf den Zahn fühlen«, schlug der Leitende Oberstaatsanwalt vor.

Zuvor wollte er aber noch Dr. Heubl kennenlernen. Der saß immer noch in Ludwigs Auto und genoss den Grünen Veltliner.

»Sie sind also die berühmte ›Aktensau‹ aus Wien. Ich begrüße Sie herzlich bei uns in Baden-Württemberg.«

»Dann müssen Sie also der ›Stinkbert‹ sein, von dem mir der Piefke erzählt hat. Ich begrüße Sie auch. Aber nicht in Baden-Württemberg, sondern in Vorderösterreich.«

Gernot Heubl blieb lieber im Auto sitzen. Er wollte sich diese Szenen nicht mehr antun.

Vier Männer und eine Frau begaben sich zum Gebäude Am Nellenbach 1 und klingelten.

Sonja Ingrimm öffnete die Türe und schien sehr gefasst.

»Guten Tag. Ich habe Sie erwartet.«

»Wieso haben Sie uns erwartet?«, fragte Gerlinde Lüscher überrascht.

»Als ich heute Nachmittag den Herrn Hirschberger mit noch einem älteren Herrn mit einem Fernglas auf mein Grundstück blicken sah, wusste ich, dass es um mich geschehen ist. Mir war sofort klar, dass ich entlarvt bin, und habe deshalb Ihren Besuch erwartet.«

Jetzt war es Ludwig, der überrascht war.

»Woher haben Sie gesehen, dass wir das waren?«

»Nicht nur Sie«, sprach die Apothekerin, »haben ein Fernglas. Auch ich habe eines. Und habe ganz genau beobachtet, wie Sie und dieser andere Herr um mein Grundstück geschlichen sind. Dass Sie das nicht ohne Grund machen würden, war doch logisch. Wo ist übrigens Konni?«

»Dem wollten wir die direkte Konfrontation ersparen. Wir wissen, dass Sie mit der Familie befreundet sind. Wir wissen auch, in welchem Verhältnis Sie zu Frau Biller stehen!«, erklärte Joachim Moor der Apothekerin die Abwesenheit Konrad Billers.

Dr. Bellmann und Gerlinde Lüscher machten sich zwischenzeitlich im Haus auf Spurensuche und wurden relativ schnell fündig. Im Keller fanden sie den Raum, der tatsächlich perfekt medizinisch eingerichtet war. Außerdem war er derart schalldicht isoliert, dass niemand die Hilferufe der Opfer hören konnte.

»Wie kommen Sie zu diesem Notfallraum?«, fragte Dr. Bellmann die Apothekerin, als er mit Gerlinde in die geräumige Diele zurückkam, wo die anderen Beteiligten inzwischen an einer Essecke Platz genommen hatten.

»Meine Mutter war seit sechs Jahren schwer krank. Die war nicht mehr in der Lage, sich zu bewegen. Sie war nicht mehr in der Lage, sich zu waschen, sie konnte noch nicht einmal selbstständig essen. Mein Bruder Berthold in Koblenz und ich hatten vereinbart, dass ich die Pflege unserer Mutter übernehme und er für sämtliche Kosten aufkommt. Sie müssen wissen, meine Mama war eine äußerst vermögende und großzügige Person, die meinem Bruder und mir mit warmen Händen ein stattliches Vermögen überlassen hat. Da waren wir geradezu verpflichtet, für die Kosten und die Pflege aufzukommen. Auch das Wohnmobil vor dem Haus, das ebenfalls mein Bruder finanziert hat, ist perfekt auf die Bedürfnisse meiner Mutter abgestimmt gewesen.«

»Eine Frage hätte ich«, meldete sich Moor zu Wort. »Welcher Handwerker beziehungsweise welche Firma hat diesen Notfallraum eingerichtet? Ich meine, es müsste doch jemand zu finden sein, der hier tätig war?«

»Ja, den finden Sie. Aber in Koblenz. Mein Bruder hat lauter Koblenzer Firmen damit beauftragt, sowohl im Keller als auch im Wohnmobil. Er hatte Geschäftsverbindungen mit etlichen Firmen und wollte diesen die Aufträge geben. Mir war das völlig egal, solange alles funktionierte. Und das tat es.«

Diese Antwort erklärte, warum sie bei ihrer Suche nach den Handwerkern überhaupt keinen Erfolg gehabt hatten. Darauf, dass sämtliche Lieferanten aus Koblenz stammten, hatte wirklich keiner kommen können.

»Warum haben Sie die sieben Frauen entführt, Frau Ingrimm?«

Ludwig mischte sich zum ersten Mal ein. Es war für alle selbstverständlich, dass er Sonja Ingrimm zum Tathergang befragen sollte.

»Riechen Sie denn nicht diesen bestialischen, nein infernalischen Gestank, der von da unten heraufzieht?«

Die Augen der Täterin weiteten sich und wurden starr.

»Ich rieche nichts. Riecht ihr etwas?«, fragte Ludwig in die Runde.

Dr. Bellmann, die Kommissarin, ihr Kollege aus Friedrichshafen und Gerlindes Assistent schüttelten alle den Kopf. Sonja Ingrimm saß hingegen still da und stützte den Kopf mit ihren Händen.

»Welchen Gestank meinen Sie, Frau Ingrimm?«

»Die letzten Jahre ihres Lebens oder besser ihres Dahinvegetierens hat meine Mutter auch noch das TMAU-Syndrom bekommen.«

»Noch nie gehört!«

Ludwig war zwar medizinisch bewandert, aber von diesem Syndrom hatte er tatsächlich noch nie etwas gehört.

»Stellen Sie sich mal vor, Sie leben mit einem Menschen zusammen, der stinkt wie ein seit mehreren Wochen vergammelter Fisch. Verantwortlich dafür ist eine Stoffwechselstörung. Das rationale Wissen darüber ist die eine Seite, den Geruch tagtäglich ertragen zu müssen, die andere. Stellen Sie sich vor, dieser Gestank übertüncht alle anderen Gerüche in diesem nicht gerade kleinen Haus. Bedenken Sie einmal, dass es keinen Duftstoff, kein Parfüm gibt, womit dieser infernalische Gestank neutralisiert werden kann. Und es gibt keinen Arzt, der ihr helfen konnte.«

Der Ekel stand der Apothekerin ins Gesicht geschrieben.

Ludwig dämmerte sofort, dass es tatsächlich dieser spät erworbene Kompensations-Fetischismus war, der die Täterin trieb.

»Am Schluss spürte sie nicht mehr, wann sie Hunger oder Durst hatte, nicht mehr, wenn sie zur Toilette musste. Nicht einmal ihre Schmerzen hatte sie noch gespürt. Ihr Tod war eine Erlösung. Nicht nur für sie.«

»Und danach?«

Ludwig blieb am Ball.

»Danach haben wir sie in Koblenz beerdigt. Und ich

habe diesen Raum desinfiziert. Mehrmals täglich. Aber der Horror ging weiter. Der Gestank hörte nicht auf. Immer und immer wieder kroch er die Kellertreppe herauf. Immer wieder hatte ich das Gefühl, meine Mutter ist noch da unten und stinkt und stinkt und stinkt.«

In diesem Moment brachte Jens Kötter die schwarze Lederkombi herein und die Kapuze.

Joachim Moor, der ebenfalls auf Spurensuche in Ingrimms Haus unterwegs war, kam ebenfalls hinzu und sagte:

»Ich weiß jetzt auch, warum wir von einem athletischen Täter ausgegangen sind: Der Rollstuhl hat einen elektrischen Hilfsmotor, genau wie mein E-Bike.«

Also war auch dieses Phänomen geklärt.

»Ich glaube, die gesamte Kommunikation mit den Entführungsopfern ist noch im Computersystem vorhanden«, teilte Moor ergänzend mit.

Ludwig setzte die Befragung der Apothekerin fort:

»Und dann haben Sie diese Frauen entführt, um den Gestank aus Ihrem Kopf zu bekommen?«

»Nicht aus meinem Kopf, aus meinem Haus. Ja, ich habe diese sieben Frauen entführt. Und ich habe sie alle gekannt. Aber eines müssen Sie mir glauben: Ich habe keiner der Frauen auch nur ein Haar gekrümmt. Es ist ihnen gut gegangen bei mir.«

»Kannten Sie alle vom Fitnessstudio?«

»Natürlich. Mit den meisten bin ich sogar noch gejoggt oder habe Nordic Walking betrieben. Deshalb wusste ich auch ganz genau, wo und um welche Uhrzeit sie unterwegs sind.«

»Ihr erstes Opfer, Dorothea Frank, haben Sie in Überlingen entführt. Erzählen Sie mal!«

Ludwig wollte jovial wirken, hatte aber den Eindruck,

dass Sonja Ingrimm dies gar nicht registrierte, sondern nur diesen ganzen Schwall loswerden wollte, der ihre Gedanken so belastete.

»Das war sehr lehrreich. Als ich die Doro auf den Rollstuhl verfrachtet hatte, kam mir diese Frau Schmidt entgegen. Zu meinem großen Glück wusste sie nicht, dass meine Mutter drei Tage vorher in Koblenz begraben worden war, und hielt die Doro für meine Mama. Daraus habe ich natürlich gelernt und viel besser abgewartet in Zukunft, ob die Luft auch rein ist.«

»Und der große Mann in schwarzer Ledermontur, den Sie dort gesehen haben wollen?«, hakte Ludwig nach.

»Den gab es natürlich nicht. Der war eine reine Erfindung von mir«, gestand Sonja Ingrimm.

»Und dass die Beschreibung perfekt auf Bruno Beehr passte, war demzufolge reiner Zufall?«

»Ja.«

»Und mussten Sie manchmal auch abbrechen und wieder weggehen?«, mischte sich Dr. Bellmann in Ludwigs Befragung ein.

»Ja natürlich. Oft genug, bei der Rosi Herbolzer gleich viermal. Das war an der Gießenbrücke bei Langenargen. Erst beim fünften Mal hat es dann geklappt – und auch nur mit Mühe und Not, weil die Ecke dort an manchen Tagen belebt ist.«

»An die Katrin Schmitz werden Sie auch nicht so angenehme Erinnerungen haben?«, fragte Ludwig.

»Ja, bei der hat meine Quintazepam-Spritze nicht richtig gewirkt. War eigentlich verwunderlich, denn sonst war die richtig zuverlässig. Ach, Sie meinen, weil sie mir ins Gesicht gepupst hat. Ja das war eklig, nein fürchterlich und ich hätte sie beinahe sofort wieder freigelassen.«

Gerlinde war hellhörig geworden und fragte:

»Quintazepam? Diese Substanz ist uns völlig unbekannt.«

»Wundert mich jetzt nicht so«, gab die Apothekerin zurück. »Quintazepam ist eine Entwicklung von Purka-Pharm. Mein Bruder ist an Purka-Pharm beteiligt und hat auch an der Entwicklung von Quintazepam maßgeblich mitgewirkt. Zu Ihrer Information: Quintazepam wird der erste Tranquilizer, der keinerlei Abhängigkeit und keine Tachyphylaxie haben wird.«

»Was ist denn eine Tachyphylaxie?«, fragte Kommissar Moor, für den dieser Begriff wie ein Buch mit sieben Siegeln war.

»Es gibt viele Substanzen, an die sich der menschliche Körper gewöhnt. Manchmal dauert es etwas länger, manchmal geht es recht schnell. Dann muss die Dosis immer stärker erhöht werden, bis der Wirkstoff schließlich völlig versagt. Das nennt man Tachyphylaxie. Der gewaltige Fortschritt von Quintazepam ist, dass dieser Gewöhnungseffekt vermieden wird. Dieses Medikament wird ein Segen für die Menschheit sein.«

»Wie kamen Sie zu den Mengen?«

»Quinta wird derzeit in Rheinland-Pfalz und Nordrhein-Westfalen erforscht. Mein Bruder hat mit seiner Apotheke in Koblenz die Versorgung der Kliniken mit der Substanz übernommen. Als meine Mutter so krank wurde, hatte er mir große Mengen für Mama zur Verfügung gestellt, um sie von ihrer permanenten inneren Unruhe zu befreien. Hier hat Quintazepam wunderbare Dienste geleistet. Meine Mutter, die gar nicht mehr schlafen konnte, fiel nach jeder Spritze Quinta in einen komaähnlichen Schlaf, wachte aber völlig beschwerdefrei wieder auf. Die Substanz ist auch wunderbar zu steuern. Die Dauer des Schlafes hängt von der Stärke der Dosis ab. Überzeugt hatten mich nicht nur die Testergebnisse, die ich von meinem Bruder bekommen habe, sondern auch ein Selbstversuch. Nach dem Tod von meiner Mutter hatte ich noch genug von diesem Mittel übrig. Ich hatte damit ein problemloses Werkzeug an der Hand, um den Gestank von meiner Mutter mit neuen angenehmen Düften zu übertünchen, ohne dass dies von den Frauen bemerkt werden konnte. Nur bei Katrin hat das nicht so richtig geklappt.«

»Na ja, die hatte mindestens 25 Operationen hinter sich. Ich glaube, da wirkt fast keine Narkose mehr!«, kommentierte Ludwig.

»Deswegen musste ich ja bei ihr die Dosis erhöhen!«

»Aber mit Christa Burmeister hatten Sie ja auch ein Problem«, fasste Ludwig nach.

»Ja, aber nicht mit dem Quintazepam. Christel hat schlichtweg das Chloroform nicht vertragen und sich die Seele aus dem Leib gekotzt. Damit hätte sie mir nur noch mehr Gestank ins Haus gebracht und deswegen ließ ich sie gleich wieder frei.«

»Mit Bernadette Schneider war das Problem aber noch größer, oder?«

»Verschonen Sie mich mit Bernadette. Eine Katastrophe! Ich habe erst, als wir hier zu Hause ankamen, bemerkt, was ihr passiert war, Gerade, als ich ihr vor dem Transport ins Haus eine Quinta spritzen wollte ... Ich musste sie unmittelbar loswerden und habe sie hier in Überlingen wieder freigelassen. Ich konnte nicht zulassen, dass sie mein Wohnmobil länger vollstinkt. Die Ärmste. Sie hat mir so leidgetan, sie wirkte so hilflos. Ich habe danach mein Wohnmobil sofort desinfiziert. Ich musste unter allen Umständen vermeiden, dass ich den Geruch auswendig lernte!«

»Auswendig?«

»Ja, wenn ich einen Geruch im Kopf habe, werde ich ihn nicht mehr los. So wie ich den Gestank meiner Mutter nie mehr loswerden kann.«

»Wie lange brauchen Sie denn in der Regel, um einen Geruch auswendig zu lernen?«

Ludwigs scheinbar belanglos klingende Frage hatte durchaus Sinn.

»Drei Tage, dann ist er im Kopf. Fest verankert. Und da bleibt er auch!«

Ludwig sah zu Gerlinde Lüscher hinüber, die unmerklich nickte. Sie hatte begriffen, hatte verstanden, was Ludwig in seiner Präsentation gesagt hatte. Die Stammzeit der Entführungen betrug drei Tage. So lange brauchte der Täter, von der er damals noch sprach, danach ließ er seine Opfer wieder gehen.

»Wir haben verschiedene Reifenspuren gefunden. Teilweise Reifen aus der Schweiz, teilweise Reifen, wie man sie nur in Österreich erwerben kann. Hatten Sie mehrere Fahrzeuge zur Verfügung?«

»Nein, nur dieses Wohnmobil da draußen. Aber Sie dürfen mich ja nicht für bescheuert halten. Immer, wenn ich eine der Frauen freigelassen hatte, habe ich mir neue Reifen gekauft. Ich gab mich in der Schweiz, in Österreich oder auch hier in der Gegend als Touristin aus, die aus Koblenz kommt und die völlig falschen Reifen auf ihrem Gefährt hat. Ich kaufte mal Reifen in Feldkirch, mal in Frauenfeld, dann wieder in Zürich, in Lindau, in Tuttlingen und in Dornbirn!«

»War das nicht sehr teuer?«

»Natürlich war das teuer, aber es musste sein. Das war von Anfang an Teil meiner Strategie.«

»Und den Reifenhändlern ist das nicht suspekt gewesen, dass Sie quasi neue Reifen austauschen sollten?«

»Nein, überhaupt nicht. Ich hatte mir zuerst sehr harte Reifen gekauft. Danach bin ich nach Feldkirch gefahren und habe dem Reifenhändler erzählt, ich komme gerade aus Koblenz, wolle nach Kalabrien, hätte aber viel zu harte Reifen. Ich könne so unmöglich weiterfahren und er solle mir weiche Reifen aufziehen. Beim nächsten Mal bin ich dann nach Frauenfeld gefahren, habe dieselbe Geschichte erzählt. Nur, dass ich viel zu weiche Reifen aufgezogen hätte. Und so habe ich das Spielchen immer weitergetrieben. Dem Monteur habe ich jeweils die alten Reifen, die ja praktisch neuwertig waren, geschenkt. Der hat die natürlich behalten, ohne es seinem Chef zu sagen. Auch das war Teil meiner Strategie: Wären die Monteure befragt worden, hätten sie niemals zugegeben, dass sie diese Reifen unter der Hand für neu weiterverkauft haben.«

»Deswegen haben wir also nie verwertbare Reifenspuren vorgefunden. Wir hatten Ihre Spuren, aber weil immer neue Reifen aufgezogen waren, gingen wir davon aus, dass es sich um verschiedene Fahrzeuge handeln müsse. Ganz schön raffiniert!«

Gerlinde Lüscher schüttelte mit dem Kopf. Darauf wäre sie nie gekommen.

»Die Anette Zick ließen Sie nach zwei Tagen wieder frei«, fragte Ludwig weiter.

»Ja, die hat ihre Regel bekommen. Ich konnte sie ja nicht so lange hier behalten, bis die wieder vorbei ist.«

Auch diese Erklärung passte vollkommen in das Bild, das Ludwig vom »Täter« gezeichnet hatte.

»Uns ist aufgefallen, dass Sie einen ganz bestimmten Typ Frau bevorzugt haben. Die Damen sind alle ungefähr im selben Alter, haben ziemlich die gleiche Statur und sind alle sehr sportlich. War das Zufall oder hatte das einen Grund?«

Warum Ludwig mit seinen Fragen derart unlogisch hin und her sprang, erschloss sich Gerlinde nicht. Aber ihr war klar, dass das einen Sinn haben musste. Sie nahm sich vor, ihn später danach zu fragen.

»Dicke Frauen mag ich nicht und zu dünne Frauen haben ausgemergelte Körperdüfte. Sie riechen nicht gut. Ich habe eine sehr feine Nase. Die Frauen dürfen nicht dick, aber auch nicht zu dünn sein. Dann strömen sie den Duft aus, den ich mag und haben will!«

Wie krank ist das denn, fragte sich Gerlinde Lüscher. Und auch Ludwig war überzeugt davon, dass Sonja Ingrimm ein Fall für die Psychiatrie war. Allerdings kam ihm das weniger unbekannt vor als der Kommissarin. In seinen langen Jahren der Arbeit mit Sexualstraftätern waren ihm schon viel seltsamere Dinge untergekommen. Da gehörte dieser Geruchsfetischismus eher zu den harmloseren Fällen. Dass aber eine lesbische Frau Geruchsfetischistin war, hatte auch er noch nicht erlebt.

»Ich erkläre Ihnen die vorläufige Festnahme, Frau Ingrimm, wegen des Verdachts auf Entführung, Freiheitsberaubung und Körperverletzung. Ich werde Sie jetzt in Ihr Schlafzimmer begleiten, damit Sie sich ein paar Utensilien für die U-Haft mitnehmen können.«

Gerlinde Lüscher gelang es, bei diesen Worten zu unterdrücken, dass sie angewidert war und zugleich doch immer noch sehr erstaunt.

»Ich möchte mich aber vorher noch bei Herrn Hirschberger bedanken«, sagte Sonja Ingrimm plötzlich zur Überraschung aller Anwesenden. »Als die beiden Frauen ermordet wurden, habe ich schon befürchtet, dass man einmal mir die Sache in die Schuhe schieben würde. Sie haben den Fall geklärt. Dafür gilt Ihnen mein Dank. Aber ganz ehrlich: Danach war mir klar, dass Sie auch auf mich kommen würden. Es war so ein Bauchgefühl. Der kriegt das auch raus, egal, wie raffiniert ich alles geplant habe.«

»Da muss ich Sie enttäuschen«, gab Ludwig zu. »Auf Sie gekommen ist letztlich der Mann, der mich heute begleitet hat, als Sie uns gesehen haben.«

»Aber der kennt mich doch gar nicht!«, rief die Apothekerin irritiert aus.

»Oje«, konterte Ludwig. »Wahrscheinlich kennt Sie kein Mensch so gut wie der!«

Ludwig löst damit allgemeines Erstaunen aus, schob aber rasch noch eine Frage nach.

»Wieso kennen Sie sich in Biberach eigentlich so gut aus? Und warum haben Sie die Frauen dort freigelassen?«

»Ich habe jahrelang in diesem Städtchen gewohnt und in der Pharma-Forschung gearbeitet. Eines Tages wurde jemand gesucht, der eine Apotheke in einem Supermarkt übernimmt. Da ich Apothekerin bin und aus der Forschung komme, habe ich die sofort bekommen.«

»Und später sind Sie dann an den See gezogen?«

»Ja, dieses Fleckchen Erde hat mich magisch angezogen. Zuerst habe ich eine Apotheke in Nußdorf bei Überlingen gekauft. Danach hatte ich die Möglichkeit, Filialen zu eröffnen, alle in Einkaufszentren oder Supermärkten.«

»So, genug für heute«, mischte sich der Leitende Oberstaatsanwalt ein, »wir treffen uns alle hier am Montag. Mit allen sieben Entführungsopfern und Konrad Biller.«

»Sechs!«, warf Ludwig ein. »Christa Burmeister ist immer noch in Bad Dürkheim.«

»Na ja, dann halt sechs.«

Auf dem Weg zu den Fahrzeugen fragte Gerlinde den Fallanalytiker, warum er derart mit den Fragen gesprungen sei.

»Wenn sich jemand zu einem Geständnis entschlossen hat«, erklärte Ludwig, »dann legt er sich ein Konzept zurecht, mit dem er das Geständnis vollziehen will. Erfahrungsgemäß erfährst du dabei immer nur das, was der oder die Geständige sagen will. Nicht aber das, was du hören willst!«

»Ah, genau wie bei Bruno Beehr!«

»Genau. Entwickelt von dem Mann, der jetzt vermutlich etwas angesäuselt in meinem Auto sitzt.«

Ludwig musste lachen. Die ganze Spannung war von ihm abgefallen.

»No, hob i recht ghabt?«, wollte Gernot Heubl wissen mit genau dem Gesichtsausdruck, den Ludwig von früheren Jahren und Fällen an ihm kannte.

»Ja sicher, die hat sofort alles gestanden.«

»Hast sie aber hoffentlich …«

»… nach deinem Muster befragt. Ganz klar.«

»Und?«, fragte Heubl nach.

»Tja, die wird wohl in der Psychiatrie landen, des ist a ganz armes Hascherl. Ein Waserl, das eigentlich keiner Fliege etwas zuleide tun kann.«

»Und was mach mer jetzt?«

Gernot Heubl war zum Feiern aufgelegt.

»Jetzt rufen wir die Gabi an und gehen in das beste Restaurant von Biberach zum Essen.«

»Manchmal hast sogar du gute Ideen, Piefke!«

Gabi war erfreut von dem Angebot und überrascht von der Neuigkeit, die ihre Gäste mitbrachten.

»Was, eine Frau? Das hätte ich nie gedacht. Ich dachte immer an einen perversen Täter. Wie, sagst du, heißt die?«

»Sonja Ingrimm und wie du siehst, gibt es auch Frauen mit abgewandelten Sexualzielen.«

Ludwig gefiel das Wort pervers im Zusammenhang mit Sonja Ingrimm nicht.

»Die kenn ich doch, die hatte doch mal 'ne Apotheke in einem Einkaufszentrum!«

»Richtig«, bestätigte Ludwig.

»Die war das? Das hätte ich im Leben nicht gedacht!«

»Da ging's dir wie mir. Ich hätte noch nicht einmal an eine Frau gedacht.«

Die drei gingen in ein sehr feines Restaurant, das Ludwig gar nicht kannte. Es musste nach seiner Biberacher Zeit eröffnet worden sein. Zur großen Überraschung saß Ludwigs Jugendfreund Lothar Sattler mit seiner slowenischen Frau Jelena in diesem Lokal. Das Hallo war groß und natürlich folgten Ludwig, Gernot und Gabi der Einladung, an deren Tisch Platz zu nehmen.

»Sag mal, Lude, jetzt bist du schon ewig hier in Biberach und hast uns noch nicht ein einziges Mal besucht. Das finde ich ganz schön schofel von dir. Auch Jelena hätte sich gefreut, dich nach so langer Zeit wieder einmal zu sehen.«

In der Tat. Ludwig hatte sich fest vorgenommen, den Jugendfreund mit seiner schönen Jelena einmal zu besuchen, aber der Fall hatte ihn derart beschäftigt, dass er dafür keine Zeit und auch nicht mehr daran gedacht hatte.

»Vielleicht klappt's ja jetzt noch, nachdem wir den Fall der Entführungen aufgeklärt haben.«

»Wie, du hast auch den Entführer geschnappt?«

Jelena zeigte sich überrascht und beeindruckt.

»Entführerin, um genau zu sein. Und ohne die Hilfe

meines Freundes aus Wien wäre mir dieser Coup niemals gelungen. Ich war nämlich ganz schön auf dem Holzweg!«

Ludwig musste natürlich sämtliche Einzelheiten erzählen. Auch die Menschen an den Nebentischen lauschten ihrem Gespräch äußerst interessiert, wobei peinlich darauf geachtet wurde, den Namen der Täterin nicht preiszugeben. Während sich Ludwig danach vor allem mit Lothar Sattler und Jelena unterhielt, fanden Gabi und Gernot ein interessantes Gesprächsthema nach dem anderen. Recht spät und in feucht-fröhlicher weinseliger Stimmung gingen sie nach Hause.

Am nächsten Tag, einem wunderschönen Sonntagmorgen, unternahmen die drei nach einem ausgiebigen Katerfrühstück einen Spaziergang durch Biberach. Ludwig zeigte dem Freund die Stellen seiner Jugendsünden in der ehemaligen freien Reichsstadt und natürlich auch das Hundertguldenloch, in dem man Gabis Ehemann, Robert Maurer, vor 17 Jahren ermordet hatte und wo Ludwig bei den ersten Ermittlungen selbst in Verdacht geraten war. Gernot Heubl wollte auch die Orte sehen, wo die entführten Frauen gefunden worden waren. Nach diesem ausgiebigen Spaziergang stärkten sich die drei im »Biberkeller« und fuhren anschließend nach Bad Buchau an den Federsee.

»Hörst, Piefke, do schaut's aus wie am Neusiedler See«, meinte der forensische Psychiater, »bloß kleiner, wie alles hier.«

Auf dem Rückweg legten sie noch eine kurze Pause in Steinhausen ein, um Gernot Heubl noch Dominikus Zimmermanns Barockkirche zu zeigen.

Am nächsten Morgen fuhr Ludwig ohne Gernot Heubl wieder nach Überlingen – zum Ortstermin Am Nellenbach 1. Die sechs Entführungsopfer erkannten sowohl den Kellerraum als auch das Wohnmobil von Sonja Ingrimm wieder.

Ludwig war auf einiges vorbereitet, aber dass das Treffen derart emotional werden sollte, überraschte auch ihn. Er fand es schön, die sechs Frauen noch einmal wiederzusehen. Er freute sich auf jede Einzelne von ihnen, besonders aber auf Katrin Schmitz. Jede kam zu Ludwig und bedankte sich. Ihnen war die Erleichterung anzumerken, dass ihr »Peiniger«, der ja eine Peinigerin war, endlich gefasst worden war. Anette Zick hatte sogar Tränen in den Augen, obwohl sie das Schnüffel-Opfer war, das in kürzester Zeit wieder freigelassen worden war.

Alle Frauen ließen es sich nicht nehmen, Ludwig zu umarmen.

»Darf ich stellvertretend för all?«, fragte Katrin Schmitz und drückte Ludwig einen dicken Kuss auf die Wange.

Der war auf der einen Seite hocherfreut, andererseits war es ihm aber auch etwas peinlich.

»Na ja, ohne meinen Freund Doktor Heubl hätten wir Frau Ingrimm nicht zu fassen bekommen. Ich war nämlich immer von einem Mann ausgegangen.«

»Wir auch!«, sprachen alle Damen wie im Chor.

»Nie im Leben hätte ich an Sonja gedacht«, meinte Rosalie Herbolzer.

»Was hat die dazu bewegt?«, fragte Helga Wahl, »wieso ist die so abartig geworden? Dass sie lesbisch ist, habe ich ja gewusst. Aber dass die so austickt? Nie im Leben hätte ich an so etwas gedacht.«

»Und ich dachte, die Mafia wäre hinter mir her.«

Zum ersten Mal sah Ludwig Bernadette Schneider lachen. Erlöst und gelöst lachen.

»Wissen Sie, dass Sie Ihren Freund dazu brauchten, ist für uns nicht von Belang«, machte Dorothea Frank klar, »Sie wussten, wen Sie hinzuziehen mussten, um den Fall aufklären zu können. Das alleine ist wichtig!«

»Sie sind ja der große Star, Herr Hirschberger!«, unterbrach in diesem Moment Dr. Bellmann.

»Ich, wieso?«

»Na lesen Sie mal die heutige Presse«, lachte der »Stinkbert«.

Ludwig las die Überschriften.

Das Rätsel ist gelöst

titelte die »Badische Bodensee-Zeitung« und darunter stand:

Pensionierte österreichische Kriminalbeamte lösen mysteriöse Entführungsserie auf. Renommierte Apothekerin ist die Täterin.

Endlich gefasst – Entführungsserie hat ein Ende

wählte der »Oberland-Kurier« als Überschrift und schrieb als Untertitel:

Zufällig anwesende ehemalige Kripobeamte aus Wien überführen völlig überraschend eine Apothekerin aus dem Bodenseekreis.

Unfassbar – Es war eine Frau!

lautete der Titel einer Boulevardzeitung mit vier großen Buchstaben, gefolgt von einem knappen:

Touristen überführen Apothekerin.

Ludwig verabschiedete sich im Anschluss von den sechs Entführungsopfern. Katrin Schmitz flüsterte er noch ins Ohr:

»Können wir den Kaffee noch nachholen? Ich kenne da ein nettes Café. Es heißt ›Mokkas‹. Wenn Sie Lust haben, nicken Sie einfach mit dem Kopf und wir treffen uns nachher dort!«

Katrin Schmitz nickte, heftig sogar.

Aber auch von der Soko galt es noch Abschied zu nehmen. Als Erster kam Konrad Biller auf Ludwig zu und sagte:

»Ludwig, herzlichen Glückwunsch. Ich bin zwar immer noch fassungslos, dass es unsere Freundin war, aber ich gratuliere dir von Herzen. Und ich entschuldige mich für mein dummes Verhalten.«

»Vergiss es«, meinte Ludwig, »wir haben sie, das ist entscheidend.«

Besonders herzlich fiel natürlich der Abschied von Gerlinde Lüscher aus.

»Ich hoffe, ich darf dich zu meinem nächsten ungelösten Fall wieder anrufen, Ludwig«, feixte die Kommissarin.

»Aber nur, wenn du mir die Reisekosten von Gernot Heubl erstattest«, gab Ludwig zurück, der natürlich nicht auf diesen Kosten sitzen bleiben wollte.

»Okay, dafür zeigst du mir den ›Liston-Schlag‹.« Gerlinde grinste dabei. »Nein, ganz im Ernst, der ›Stinkbert‹ hat mir die Genehmigung dafür schon gegeben. Du musst mir nur noch deine Kontonummer für die Überweisung angeben. Selbstverständlich kommt der deutsche Staat dafür auf, wenn österreichische pensionierte Beamte unsere Fälle lösen!«

Ludwig zückte seine EC-Karte und schrieb seine Kontoverbindung in Gerlindes Notizbuch.

»Eines musst du mir aber wirklich noch erzählen«, wechselte die Kommissarin das Thema. »Wie habt ihr den Johnny Breitleder damals wirklich geschnappt? In der Fernsehsendung hast du dich nämlich ziemlich bedeckt gehalten.«

Ludwig dachte kurz nach, entschloss sich aber dann, der Kommissarin alles zu erzählen.

»Weißt du, unser Täterprofil hatte ja ergeben, dass es sich um einen nicht unvermögenden Mann handeln musste. Also sind wir davon ausgegangen, dass er ausschließlich in Vier- beziehungsweise Fünf-Sterne-Hotels absteigt. Wir haben uns von all diesen Hotels die Namen der Gäste geben lassen, die in der Nacht, in der eine Prostituierte ermordet wurde, dort übernachtet hatten. Die mussten wir dann danach abgleichen, ob jemand in all diesen Nächten in der betreffenden Stadt genächtigt hatte. Damals gab es noch keine Computer und wir hatten eine wahre Sisyphusarbeit vor uns.«

»Wieso das?«

»Weil wir noch Kärtchen mit allen männlichen Hotelgästen beschreiben mussten. Diese Kärtchen wurden dann in verschiedene Gefäße gelegt. Zum Beispiel gab es ein Gefäß für die Anfangsbuchstaben ›Aa‹, dann ›Ab‹ und dann ›Ac‹ und so weiter, und so weiter. Und am Schluss musste irgendein Name mehrmals vorkommen. Alle, die mehrmals vorkamen, waren verdächtig!«

»Mein Gott, da brauchst du ja Monate dafür!«, entfuhr es Gerlinde Lüscher.

»Ja, in der Tat. Wir haben die Absolventen der Polizei-Akademie mit der Kärtchen-Arbeit beauftragt. Dabei kam uns dann Kommissar Zufall entgegen. Einer jungen Anwärterin zum Polizeidienst war beim Beschriften der Kärtchen aufgefallen, dass sie einen Namen zweimal gelesen hatte: Johnny Breitleder. Wir haben danach die Listen durchforstet und festgestellt, dass er jeweils am Ort des Mordes in einem Hotel dieser Stadt gewohnt hatte. Nur halt nicht in Wien, denn da wohnte er ja. Da war uns klar, wer der Mörder sein musste.«

»Heutzutage braucht da ein Computer keine Stunde dazu«, meinte Gerlinde.

»Und trotzdem sind wir nicht überflüssig.«

»Da hast du absolut recht, Ludwig. Und ich lasse dich nur gehen, wenn du mir versprichst, dass ich dich wieder anrufen darf, wenn ich mal wieder in Not gerate.«

»Nur zu, ich bitte darum. Sonst werde ich in Wien wieder zum gelangweilten Senioren-Treffler.«

»Also dann, servus Ludwig. Oder Wiggerl, wie deine Wiener Kollegen offensichtlich zu dir sagen.«

»Ins Gesicht schon«, sagte Ludwig und grinste dabei, »aber hinter meinem Rücken nennen sie mich ›Piefke‹.«

Auch Dr. Bellmann, Joachim Moor und Jens Kötter verabschiedeten sich von Ludwig, freundschaftlich und herzlich.

»Ich halte sogar deinem VfB die Daumen, dass es mit dem Wiederaufstieg klappt«, meinte Gerlindes Assistent, was für einen eingefleischten SC-Freiburg-Fan einer Adelung des VfB-Fans gleichkam.

Danach ging Ludwig ins »Café Mokkas«, wo Katrin Schmitz schon auf ihn wartete. Sie war clever genug, trotz des herrlichen Wetters im Inneren des Cafés zu warten. Draußen wäre die Gefahr sehr groß gewesen, von Biller oder seinen Kollegen gesehen zu werden. Sie wollte offenbar vorschnelles Gerede ebenso vermeiden wie Ludwig.

»Schön, dass Sie Zeit gefunden haben, Frau Schmitz.«

Die schaute ihn mit großen Augen an.

»Eigentlich han ich gar keine Zick, sollte längst wieder bei der Arbeit sin. Aber für den Retter von min Seelenheil nehm ich mir jede Zeit der Welt!«

Oh, Oh Katrin, ich han mich verlore …

»Zuviel der Ehre. Aber weil ich Ihnen beim letzten Mal einen Korb geben musste, war es für mich fast verpflichtend, Sie heute zu einem Kaffee einzuladen.«

»Bevor Se wieder zoröck noh Wien jöcke?«

»Tja, meine Wohnung ruft nach mir und meine Wäsche ruft dringend nach der Waschmaschine!«, sagte Ludwig lapidar.

»Un söns, waat do nimmes op Se?«

»Ob da jemand auf mich wartet? Na ja, Freunde, Kollegen, meine Lieblingsheuriger.«

Wieder sah Katrin Schmitz Ludwig mit ihren wunderschönen Augen an.

»Un so verläuft mer sich widder.«

»Wissen Sie, an einen Satz von Ihnen während des Verhörs kann ich mich noch ganz genau erinnern: Man muss viele Frösche küssen, bevor man auf den König stößt.«

Die gebürtige Kölnerin dachte kurz nach und sagte dann:

»Wat sein Se dann, en Frosch, also en Höppekraat, oder en Künning?«

»Wäre ich zwanzig Jahre jünger, könnte man darüber sicher diskutieren.«

Sie begann zu lachen, wie es nun mal ihre Art war, und sagte dann ganz ernst, ohne völlig in ihren Dialekt zu verfallen:

»Wer diskutiert schon über einen edlen Wein, der zwanzig Jahre im Holzfass gereift is.«

»Halt!«, protestierte Ludwig. »Ich habe nicht das Gefühl, dass ich die letzten zwanzig Jahre in einem Holzfass gelebt habe!«

Ludwig hielt das alles für ein Scharmützel. Nie im Leben wäre er daraufgekommen, dass es der attraktiven Katrin vielleicht ernst mit ihm sein könnte.

So war er eben unser Ludwig. Souverän und selbstbewusst im Umgang, wenn es um Berufliches ging. Sobald er aber privat mit Frauen zusammenkam, zumal, wenn sie ihm gefielen, benahm er sich wie ein tapsiger Bär auf Glatteis: Unbeholfen, völlig ohne Selbstbewusstsein glaubte er, seine Zeit sei vorüber, was Beziehungen anbelangt. Auch mit Gabi war er in den Tagen, seit er hier war, keinen Schritt vorangekommen. Dass das ausschließlich an ihm lag, würde er nie begreifen.

Und so kam es, dass sich Katrin Schmitz freundlich von ihm verabschiedete. Sie musste schließlich wieder zurück zu ihrer Arbeit.

Zur gleichen Zeit kam Bodo Steinhauser mit einem Stapel Zeitungen an den Empfang des »Balance«-Studios in Überlingen.

»Da sieh mal, was deine Überlinger Altersheimpolizei gemacht hat«, meinte er und legte die Zeitungen eine nach der anderen seiner ziemlich verdutzten Mitarbeiterin vor.

Epilog

Den ganzen Tag lang besuchten die beiden Freunde die fünf ehemaligen vorderösterreichischen Orte. Während Ludwig besonders gut gelaunt war, schien der Psychiater eher nachdenklich. So wortkarg gab sich Dr. Heubl selten. Ludwig konnte sich zunächst keinen Reim darauf machen.

Er wird schon seine Gründe haben, dachte er sich, als er von Munderkingen nach Riedlingen fuhr. Von da aus ging es nach Mengen, anschließend nach Bad Saulgau, wo sie auch die Statue von Maria Theresia besuchten. Gernot Heubl blieb andächtig neben ihr stehen.

»Hut ab«, meinte er, »die bekennen sich sogar dazu.«

»Nicht nur das, die sind sogar stolz darauf«, sagte Ludwig und verwies auf den früheren Landrat von Biberach, der als Landtagsabgeordneter für Wien gestimmt hatte, als es nach der deutschen Wiedervereinigung darum ging, ob Bonn die Bundeshauptstadt bleiben sollte oder Berlin wieder Regierungssitz würde.

»Donnerwetter, dem Mann gebührt aber ein Orden!«, sagte Heubl überrascht.

Danach verließen die beiden Pensionisten die Donau-Region und fuhren nach Bad Waldsee, einem kleinen, aber idyllischen Kurort mit einem sehr schön gelegenen Stadtsee.

Auf der Fahrt zurück nach Biberach, von wo aus sie nach Wien zurückkehren wollten, taute Gernot Heubl langsam auf. Er steckte eine CD in den CD-Player, die er aus seiner Cordjacke zauberte. Schnürlsamt nennt man sie in Wien und der forensische Psychiater hatte jede Menge davon. Die meisten waren mit einem Lederflicken an den Ellbogen verziert, weil sie sich längst abgewetzt hatten.

O Pepito komm heut Nacht

Es war wirklich verwunderlich, warum ausgerechnet dieser hochintelligente, philosophisch veranlagte Mensch eine solch schnulzige Musik bevorzugte. Deutsche Schlager aus den 50er- und 60er-Jahren.

So schön, schön war die Zeit

Freddy Quinns erster großer Hit war der nächste Song auf der CD.

»War eh a Wiener«, prahlte Gernot.

Im nächsten Augenblick wurde er jedoch ganz ernst und fiel wie immer mit der Tür ins Haus.

»Hörst, Wiggerl, was ich mit dir noch besprechen wollte: Also die Gabi werd ich mir pachten. Ihr zwei, das war amal. Ihr passts eh nicht mehr zsamm und mir taugt die Gabi irrsinnig. Und i ihr glaub ich auch.«

Rumms, das hatte gesessen. Obwohl Ludwig seit ein paar Tagen beobachtete, wie sich seine Jugendliebe und der Freund näherkamen, traf ihn diese Nachricht wie ein Keulenschlag.

So schön, schön war die Zeit

»Du sagst ja gar nichts dazu, Wiggerl!«

»Was soll ich dazu noch sagen. Ohne Gabis Einverständnis hättest du mir das nie gesagt. Also stellst du mich vor vollendete Tatsachen.«

»Weißt, ich habe mit der Gabi lange darüber diskutiert. Sie glaubt, dass du ihr nie verziehen hast, wie sie dich damals behandelt hat.«

»Quatsch, natürlich habe ich ihr verziehen. So ein Blödsinn. Wer hat dir denn den Bären aufgebunden? Gabi etwa?«

»Exakt. Als sie vor sieben Jahren feststellen musste, dass sie wegen dieser üblen Lüge ihrer Eltern die Beziehung mit dir abgebrochen hatte, hat sie geglaubt und gehofft, dass es wieder etwas werden könnt zwischen euch beiden. Aber dann hast du dich sieben Jahre nicht mehr blicken lassen, hast sie nicht einmal gefragt, wie's ihr geht, wie sie sich fühlt, ob sie deine Gegenwart vielleicht brauchen könnt. Nichts. Außer einem Postkarterl zu Weihnachten nichts. Und dann stehst du plötzlich vor ihrer Tür und willst bei ihr wohnen. Tut man das? Ist man so rücksichtslos? Aus reiner Höflichkeit, und weil sie dir gegenüber noch immer ein schlechtes Gewissen hat, hat sie dich bei ihr wohnen lassen. Und was machst du? Gehst in der Früh um sieben aus dem Haus und kommst abends nach zehn wieder heim. Du bist so ein Hornochse. Das ist so eine liebe, eine herzensgute Frau. Die braucht Zuspruch, Zuneigung, eine Schulter, an die sie sich anlehnen kann. Keinen Kiberer, der zwanzig Stunden wie ein Besessener arbeitet. Wie oft hast du ihr Blumen mitgebracht, hast sie mal zum Essen eingeladen? Einmal und das war's. Gehacklt hast, sonst nix.«

Ludwig sagte gar nichts dazu, er erlebte gerade ein Déjà-vu. Waren das nicht genau dieselben Worte, die ihm vor 17 Jahren Lea an den Hals geworfen hatte, als sie ihn verließ?

Ludwig wirkte sehr niedergeschlagen. Ihn belastete nicht nur der erneute Verlust von Gabi, sondern hauptsächlich die Erkenntnis, dass er aus Leas Mahnung nichts gelernt hatte.

»Irgendwo hast du schon recht, Gernot. Was Beziehungen anbelangt, war ich schon immer ein Trottel. Genau diese Worte hab ich vor 17 Jahren von Lea gehört. Und was hat's genutzt? Gar nichts! Wahrscheinlich wäre ich eh Junggeselle geblieben, wäre da nicht diese Französin gewesen.«

»Da weiß ich ja gar nichts davon. Das hast du mir nicht einmal in unseren Sitzungen nach deiner Trennung von Lea gebeichtet. Los, raus mit der Sprache!«

Ludwig hatte ungefähr zwei Jahre, nachdem ihn Lea verlassen hatte, ein paar psychiatrische Sitzungen bei seinem Freund genommen, weil ihn die Trennung doch mehr traumatisiert hatte, als ihm lieb gewesen war.

»Da muss ich aber ganz früh anfangen. Meine erste große Liebe war Nscho-tschi, Winnetous Schwester. Verkörpert von der zauberhaften Madeleine Servier. Aber die war ja unerreichbar für mich, deswegen wollte ich nie eine Freundin. Höchstens noch Elli Pfundstein, eine Klassenkameradin. Deswegen, weil sie von allen Mädchen Biberachs der Servier am ehesten ähnlich sah. Aber auch Elli war unerreichbar für mich.«

»Das muss ganz schön niederschmetternd gewesen sein!«

»Überhaupt nicht. Ich trug es wie ein Mann. Ich hatte ja ein tolles Vorbild: Freddy! Da die Gitarre nie mein Freund wurde und das Meer damals so unerreichbar schien wie Elli Pfundstein, hießen meine Freunde: der Ball und das Tor.«

»Und die Französin?«, fragte Gernot beharrlich nach.

»Mit 17 Jahren kam ich zum Schüleraustausch nach Nancy. Ich wohnte bei Pascal, der schon bei uns in Biberach gewesen war. Pascals Eltern hatten eine Haushälterin. Sie war ungefähr zehn Jahre älter als ich, ziemlich nymphoman veranlagt und verführte mich in sämtliche Töpfe der körperlichen Liebe. Fast jeden Tag, solange ich in Nancy blieb.«

»Und das hat niemand bemerkt?«, fragte Gernot Heubl etwas ungläubig.

»Ich denke schon, dass Pascal und sein Vater genau gewusst haben, was nachts in meinem Zimmer geschah. Jedenfalls grinsten die beiden jeden Morgen, wenn ich hundemüde zum Frühstück erschien.«

»Waren die beiden nicht eifersüchtig?«

»Ich glaube, die waren ganz froh, eine Zeit lang ihre Ruhe zu haben.«

Gernot Heubl lachte heftig. Er hatte ein so herzerfrischendes Lachen, dass auch Ludwig mitlachen musste, obwohl ihm nicht zum Lachen zumute war.

Aber irgendwie hatte Gernot vielleicht recht, vielleicht hatte er sich Gabi gegenüber wirklich eher schäbig verhalten. Und vielleicht passte Gernot gar besser zu Gabi als er selbst. Er wollte doch ohnehin nach Abschluss des Falles nach Wien zurückfahren. Warum also regte er sich überhaupt so auf?

In diesem Augenblick bimmelte sein Smartphone.

»Soll ich rangehen?«, fragte Dr. Heubl.

»Das ist nur eine WhatsApp. Lies mir einfach vor, was draufsteht«, meinte Ludwig und fuhr gemächlich weiter.

»Eine Katrin Schmitz schreibt dir: ›Hallo, mein Frosch, ich wünsche dir eine gute Reise. Schade, dass du zurück nach Wien fährst. Du hättest gerne mein Prinz werden können!‹«

»Oh, von Katrin«, murmelte Ludwig.

»Bist du narrisch? Bist du wahnsinnig geworden, du

Trottel? Würde ich dich nicht so gut kennen, würde ich glatt glauben, der Alzheimer hätte bei dir um sich gegriffen. So eine Welt-Frau, so ein fantastisches Weib! Was lese ich da: Du bist der Frosch und hättest der Prinz werden können? Was hast du da bloß wieder für einen Mist gebaut, Wiggerl!«

»Woher willst du jetzt das wissen, dass die Katrin so eine tolle Frau ist. Du kennst die doch gar nicht«, empörte sich Ludwig.

»Hearst, i bin ja kein Rotzbua mehr. Und senil glaube ich auch net. Ich habe da ein Vernehmungsprotokoll eines gewissen Ludwig Hirschberger, auch Piefke genannt, gelesen. Wenn der so ein Vernehmungsprotokoll verfasst, muss diese Frau ein Welthase sein. Daraufhin habe ich mir noch ihr Bilderl angesehen und bin danach fast in Ohnmacht gefallen. Und jetzt schreibt dir diese Frau so eine Nachricht? Ich fass es nicht. Du bist der verbohrteste Typ, der mir jemals untergekommen ist, Wiggerl.«

»Na, ja, du hast schon recht, Gernot, die Katrin ist schon eine sehr begehrenswerte Frau und es ehrt mich auch unheimlich, dass sie Sympathie für mich empfindet. Aber bedenke bitte: Sie könnte meine Tochter sein. Mein Sohn Marco ist zwei Jahre älter als sie. Sie ist eine sehr impulsive, lebhafte und temperamentvolle Person. Ich weiß gar nicht, ob ich dem noch gewachsen wäre in meinem Alter.«

»Ich hör wohl nicht recht: Tochter, Alter. Was bist du nur für ein Rindvieh!« Gernot geriet richtig in Rage. »So ein Angebot bekommst du in unserem Alter nur einmal. Das ist ungefähr so, als ob ein 35-jähriger Fußballer aus der fünften Liga noch ein Angebot vom FC Bayern bekommen würde. Wann's nix wird, dann wird's halt nix. Dann ist es wie jetzt, verstehst?«

»Danke.« Ludwig lächelte gequält. »Danke für die fünfte Liga. Jetzt weiß ich, wo ich dran bin. Spaß beiseite, ›Aktensau‹, ich hab kein so ein sonniges Gemüt wie du. Ich kann mit der Mentalität, wenn's nix wird, wird's halt nix, gar nichts anfangen. Rein gar nichts. Die Enttäuschung, wenn es nichts wird, ist dann für mich umso größer! Und dass es nichts wird, ist doch bei dieser Konstellation à priori absehbar.«

»Ach, der Herr Hirschberger spielt den Propheten, den ganz gscheiten Propheten. Der im Vorhinein schon wissen will, ob eine Beziehung funktionieren könnte. Die sucht keinen feurigen Liebhaber, du Vollkoffer, die sucht einen Vaterersatz. Die will sich anlehnen, will über Gott und die Welt mit dir diskutieren. Und das, lieber Wiggerl, kann ich dir zu hundert Prozent attestieren: Da kann man mit dir angefangen, bei Pontius Pilatus. Und wenn a feuriger Liebhaber kommt, lass ihn kommen, der geht auch wieder.«

Dr. Gernot Heubl kannte Ludwig lange und gut genug, um zu wissen, dass der diesen Fatalismus nicht ertragen konnte.

»Des glaubst jetzt aber net wirklich, was du hier für einen Blödsinn erzählst. Einen feurigen Liebhaber könnte ich nie und nimmer akzeptieren, das ist klar und du weißt das auch ganz genau«, empörte sich Ludwig.

»Schau, Piefke, der Ivan Lendl, der früher so toll Tennis gespielt und auch Wimbledon gewonnen hat, der hat einmal einen wunderbaren Satz gesagt: ›Solange du noch selbst auf dem Platz stehst, kannst du das tolle Spiel der anderen nicht genießen, denn sie sind alle Konkurrenten für dich. Erst wenn du nicht mehr auf dem Platz stehst, erkennst du, welch herrliches Tennis sie spielen.‹«

»Und was soll das?«, fragte Ludwig, der damit nicht viel anfangen konnte.

»Stehst du noch am Platz?«, kam Gernots Gegenfrage wie aus der Pistole geschossen.

»Keine Ahnung, ich hab's schon ewig nicht mehr probiert«, gab Ludwig ehrlicherweise zu.

»Wannst schon so ehrlich bist, Piefke, i steh schon lang nimmer auf dem Platz. Ich glaube, ich weiß schon gar nicht mehr, wie mein Schläger aussieht!«

Jetzt war es Ludwig, der heftig lachen musste. Und je länger er über das nachdachte, was ihm Heubl gerade zu erklären versuchte, umso mehr kam er zur Einsicht, dass das gar nicht so dumm war, was ihm sein Freund da plausibel machen wollte. Solange man selbst auf dem Platz stand, hatte man Grund, eifersüchtig zu sein. War man zum Zuschauen verdammt, hatte man keinen Grund zur Eifersucht. War er noch auf dem Platz oder war er Zuschauer? Wäre schon verlockend, das herauszufinden.

»Aber die Katrin ist ein viel zu wertvoller Mensch, um zu testen, ob ich noch auf dem Platz stehe«, murmelte Ludwig vor sich hin. Eigentlich hatte er nur zu sich selbst gesprochen.

»Geh schau, der Herr Profiler hat's begriffen!«, triumphierte Gernot, »aber du kannst beruhigt sein, die Katrin ist so eine emanzipierte Frau, und zwar im besten Sinne emanzipiert, dass sie das durchaus selbst entscheiden wird. Sie wird sicher auch wissen wollen, ob du noch hin und wieder auf dem Platz stehst.«

»So habe ich das noch gar nicht gesehen, bis jetzt.«

»Weil du ein verdammter Idiot bist. Weil du immer noch an deiner Lea hängst. Weil du dich im Gegensatz zu ihr noch immer nicht gelöst hast von eurer Ehe.«

»Aber wir sind doch befreundet!«, warf Ludwig ein.

»Genau deshalb seid ihr befreundet, weil sich Lea von eurer Ehe völlig gelöst hat. Geht das nicht in deinen Schädel? Man kann nur Freundschaft haben, wenn man die gewesene Liebe völlig wegstellt. Anders funktioniert das mit der Freundschaft unter Geschiedenen nicht. Hast du vergessen, dass sie seit vier Jahren mit diesem Museumsleiter, der daherkommt wie ein völlig durchgeistigter Alt-Philologe, zusammen ist, dass es ihr überhaupt nicht wichtig ist, wie es dir dabei geht?«

»Ach, ich finde den gar nicht so unsympathisch und sie erkundigt sich immer, wie es mir geht.«

»Jessas, der Gutmensch Wiggerl. Jeden Fehler, den man bei Frauen machen kann. Wer macht ihn? Mein Freund Ludwig, der beste Fallanalytiker, den Europa jemals gesehen hat. Aber beim Umgang mit Frauen der größte Versager. Lass dir doch nicht von jedem aufs Hirn scheißen und vor allem, scheiß dir nicht selber aufs Hirn.«

Deutliche Worte, fand Ludwig. Aber vielleicht war sein Leben in den letzten Jahren genau deswegen so eintönig, so eingeschränkt, so sehr auf Marco, Manuela und Larissa fokussiert, weil er sich in ein Schneckenhaus zurückgezogen hatte. Oder sich, um es mit Heubl zu sagen, gar nicht mehr für Tennis interessiert hatte.

»Weißt, Gernot, ich finde, die Uhr lässt sich nicht zurückdrehen.«

»Zurückdrehen nicht, aber jeden Tag neu aufziehen. Und das solltest jetzt endlich amal machen, du Hirsch.«

»Schreib ihr zurück, ich will sie treffen. Heute noch.«

»Und wie komm ich zur Gabi?«, fragte Gernot.

»Das ist mir wurscht!«, sagte Ludwig etwas grob und dann lachend: »Natürlich fahre ich dich noch dahin.«

Während Ludwig auf der Bundesstraße 30 weiter in Richtung Biberach fuhr, schrieb Dr. Gernot Heubl die WhatsApp an Katrin Schmitz.

»Ich will dich unbedingt treffen. Dein Froschkönig.«

Die »Aktensau« kriegte sich kaum mehr ein vor Lachen über ihren eigenen Witz.

»Ein Wahnsinniger. Nein, schreib ihr ganz schlicht, ich würde sie vor meiner Abreise doch gerne noch einmal treffen. Sie soll einen Treffpunkt vorschlagen. Möglichst heute noch.«

»Genau so hab ich's geschrieben, Piefke. Ich kenn dich doch!«

Postwendend kam die Antwort auf Ludwigs Smartphone:

»Suuuuuper, ich freu mich riesig. Schaffst du es, in zwei Stunden nach Markdorf zu kommen? Wenn ja, treffen wir uns im Einkaufszentrum Proma in der Hauptstraße, da gibt es ein Café ›Ludwig‹.«

»Die sucht sogar schon die Lokale nach dir aus. Café ›Ludwig‹. Mein lieber Scholli. Schaffst du das in zwei Stunden?«

»Locker«, meinte Ludwig.

Und Heubl bestätigte den Termin.

Seemann, laß das Träumen

Doch Ludwig hörte Lolita gar nicht mehr zu, sondern fuhr schnurstracks nach Biberach. Vor Gabis Haus ließ er Gernot Heubl aussteigen und wollte gleich weiterfahren.

»Net ganz so hastig, Herr Lendl, Sie werden schon noch rechtzeitig auf den Tennisplatz kommen. Willst dich nicht wenigstens von Gabi verabschieden, das wärst ihr schuldig, glaube ich. Außerdem brauch ich noch meine Musik«, sagte Gernot trocken und zog die CD aus dem Player.

»Nein, ich komme auf jeden Fall noch einmal bei euch

vorbei, um mich zu verabschieden. Ich weiß ja schließlich, was sich gehört. Bloß, mit der Musik wirst bei der Gabi nicht landen, das versprech ich dir!«

»Schau'n mer mal«, zitierte Gernot Heubl den Kaiser Franz Beckenbauer.

Ohne sich noch einmal umzusehen, machte sich Ludwig auf den Weg nach Markdorf. Er genoss die Fahrt auf der Nebenstrecke über Aulendorf, Altshausen, Ostrach und Heiligenberg.

Oh, Oh Katrin,...

Obwohl sich Ludwig viel Zeit gelassen hatte, traf er gut eine halbe Stunde zu früh am Café »Ludwig« ein. Aber nicht nur er, auch Katrin war schon da. Nach einem teils fröhlichen, teils verlegenen Hallo setzten sich die beiden an ein kleines Tischchen, bestellten einen Kaffee und redeten. Längst war die Sicherheit, die Ludwig durch Gernots Instruktion erhalten hatte, wieder weichen Knien gewichen. Jetzt war nicht der charmante Fallanalytiker gefragt, jetzt war er selbst gefragt. Jetzt ging es um ihn.

»Wat es, warum bis du nochmals jekumme, Ludwig?«

»Weil ich dich nicht einfach so zurücklassen will.«

»Schon wieder so ein dummer Fehler«, hätte Gernot Heubl gnadenlos gesagt, »so fängt man doch kein Gespräch an.«

Da Katrin plötzlich mit dem vertraulichen Du begonnen hatte, duzte auch Ludwig die charmante Kölnerin.

»Und weil ich möchte, dass du mich mal in Wien besuchst.«

Für diesen Satz hatte Ludwig sein Herz in beide Hände genommen.

»Und dat fällt dir ausjerechnet jetzt ein, nachdem du

sang- und klanglos wieder nach Wien abhauen wolltest. Dat war ziemlich feige und verantwortungslos, Ludwig.«

Katrin hatte offensichtlich einen anderen Gesprächsverlauf erwartet. Und wie immer, wenn sie ernst wurde und sichergehen wollte, dass Ludwig sie auch wirklich verstand, verzichtete sie fast auf ihren sympathischen Dialekt.

»Ehrlich gesagt, mir hat nach deiner WhatsApp jemand die Augen geöffnet.«

Dr. Heubl würden sich die Haare sträuben, wie ungeschickt sich Ludwig mal wieder um alles zu bringen schien.

»Wat, du brauchst einen Fremden, um festzustellen, dass du mit mir noch einmal sprechen musst?«

»Nein. Ich brauchte einen Freund, der mir gesagt hat, was ich für ein Idiot bin. Dass ich mich allen neuen Dingen verschließe, weil ich längst Verlorenem nachhänge. Unwiederbringlich Verlorenem. Und weil ich vor Dingen Angst habe, die ich gar nicht mehr beeinflussen kann, und wie mir jetzt klar geworden ist, auch nicht beeinflussen sollte.«

Ludwig war sich gar nicht bewusst, dass seine Aussage für Katrin unheimlich kompliziert klang.

»Kannst du mir dat auch in einfachen Worten erklären?«

»Wenn du drauf besteht, ja. Sieh mal, ich bin 67 Jahre alt. Altern ist ein biologischer Vorgang, der nicht aufzuhalten ist. Auf meinem Klo hängt ein Spruch von La Rochefoucauld, der da heißt: ›Wenn die Laster uns verlassen, schmeicheln wir uns mit dem Wahn, wir hätten sie verlassen.‹ Du bist eine junge Frau, die mitten im Leben steht. So attraktiv, dass sie jeden Mann haben könnte, den sie sich aussucht. Und da soll ich als älterer Herr deinen Ansprüchen genügen? Das waren meine Bedenken. Ganz ehrlich. Und nun hat mir mein Freund gesagt, ich soll mich lösen, soll den

Augenblick genießen. Soll das Leben wieder annehmen, so wie es ist. Soll aus meinem Schneckenhaus, das mich eh nur altern lässt, herauskommen.«

»Kennst du noch die alten Aufkleber: Liebe is …? Ja? Auf meinem Lieblingsaufkleber stand drauf: ›Liebe ist, die Stärken seines Partners zu mögen und seine Schwächen zu lieben.‹ Und du meinst ehrlich, wenn du nicht täglich dreimal mit mir in die Kiste hüpfst, würde ich dich wieder verlassen? Wofür hältst du mich?«

»Für den wundervollsten Menschen, der mir seit 17 Jahren begegnet ist. Seit dem Tag, an dem mich meine Lea verlassen hat. Für einen Menschen, der es geschafft hat, dass ich in seiner Gegenwart nicht mehr an Lea denke, nachdem ich 17 Jahre lang bei allem, was ich machte und was ich tat, fragte, was wohl Lea dazu sagen würde. Und dass ich zugrunde gehe, wenn ich diesen Menschen verliere. Und dass ich Angst davor habe, den Ansprüchen dieses Menschen nicht gerecht zu werden. Oder besser gesagt, Angst davor hatte.«

»Und daran is dein Freund schuld?«

»Nein!« Ludwig musste lachen. »Daran bist ganz alleine du schuld!«

»Wat soll ich nur mit dir machen, Ludwig. Ich hab ja wirklich schon viele Männer kennenjelernt in meinem Leben. Aber noch nie so einen hoffnungslosen Romantiker wie dich.«

»Komm einfach nach Wien, dann werden wir weitersehen.«

»Ävver nor, wann do anschließend emol mit mir noh Colonia jehs!«

»Ich will zu Fuß nach Kölle jon«, sagte ein überglücklicher Ludwig.

Sie standen auf und verabschiedeten sich. Katrin hauchte Ludwig ein Küsschen auf die Wange.

»Tschüss, mein Pr... äh Frosch!«

Was war das? Was hatte Katrin mit diesem Küsschen angerichtet? Sie hatte ihn ja schon beim Ortstermin auf die Wange geküsst. Aber dieser Kuss war anders. Obwohl es nur ein Wangenküsschen war, war Ludwig übermannt von diesem Gefühl. Nie hätte er sich vorstellen können, derart viele Schmetterlinge im Bauch zu haben. Und niemals zuvor war er sich so sicher, dass er den Tennisplatz nicht als Zuschauer betreten wird.

»Tschüss, Nscho-tschi!«

Dank an:

Elga Lehari-Reichling, meiner Lektorin in Krefeld, für ihre unerschütterliche Geduld, ihre Präzision und Beharrlichkeit.

Lore und Herbert Bopp, Montreal, für ihre aufrichtige Kommentierung des Roh-Manuskripts.

Gabriele Schäfer-Lehari und den Oertel+Spörer-Verlag, Reutlingen, für die gute Zusammenarbeit.

Ausgerechnet beim Schützenfest in Biberach wird der bekannte Architekt Robert Maurer ermordet. Ludwig Hirschberger, ein Schulfreund, selbst Kriminalbeamter und Profiler in Wien, gerät in Verdacht.
Wegen der Mordmethode schalten sich zusätzlich LKA und BKA ein. Ohne Ergebnis.
Der Täter wird zunächst nicht gefunden. Erst nach zehn Jahren gelingt es Ludwig Hirschberger, der den Fall insgeheim weiter verfolgt hat, den Mörder aufzuspüren.
Die Lösung ist verblüffend ...

ISBN 978-3-88627-331-7, 10,95 Euro